U0894995

你的孤独，比这个世界更动人

王云超 作品

CNS
湖南文艺出版社
HUNAN LITERATURE AND ART PUBLISHING HOUSE
博集天卷
CS-BOOKY

孤独着的人最懂什么是爱，苦楚着的人最懂什么是幸福，
而空虚着的人，最接近自己的灵魂。

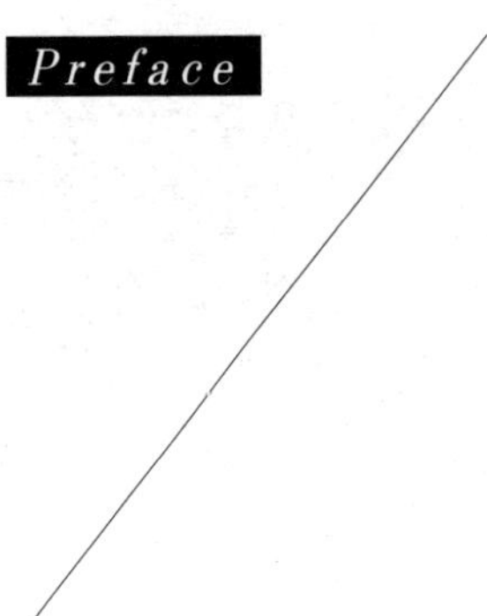

前　言

一个伪作家的自白

过去的一年，发生了很多事情，大多是来京七年从未经历过的，有惊喜，也有惊叹。

大概2013年9月的一天，北斗网编辑小慧上线对我说："超，你的文章被ONE那边看上了，他们问你能不能转载，有稿费。"我说："ONE是什么？"她说："你知道韩寒吗？"我说："知道。"她说："那就行了。"她接着说："你要出名了，超，恭喜啊。"

我答应了小慧，并且请她到公司附近吃了个饭，但除了那点儿稿费真的没想太多。当时我所有的情绪都停留在工作上，想到离开，我有这个经验，无论工作给你带来多么大的痛苦，换个地儿上班，迅速痊愈。北京这地方有这个魔力。

特有意思的是，当积攒多年的职业病为我带来空前绝后的职场痛楚时，业余第一爱好文学却呈现厚积之后的薄发状态。自2010年5月开始，我在豆瓣写了三年的散文和日记，无人问津，一千多名粉丝几乎都是冲着我的相册来的。2013年6月，写了《轻舔刀头恨，有鬼夜杀人》，照旧没几个人看，浏览不过百余次，推荐更是寥寥。两月后的一天，我醒来打开电脑，看到页面上方一堆提醒，知道它火了，两天后，推荐这篇文章的豆瓣用户便上了千。这数字着实吓坏了我，要知道豆瓣与微博或人人网并不一样，这地方号称中国文艺青年的聚集地，有着全中国最装×的架子和最挑剔的精神感官。

《轻舔刀头恨，有鬼夜杀人》给豆瓣主页涨了多少粉我忘了，那不过是新年的第一声爆竹。2013年10月，我给ONE写了短篇小说《姐姐的战争》，复制粘贴到豆瓣，被管理员推荐至主页，单日推荐人次过了五百。此后半个月，《天朝时期的爱情》《日落天通苑》接连被推荐至主页，单日推荐人次都过了五百，《日落天通苑》甚至两天内被推荐了两千人次。

人们常说，男人二十岁到四十岁，总会有一两次改变人生的机会，这种机会稍纵即逝，没有充足准备或懒散对待都可能致其流失。《日落天通苑》造成的轰动着实让我见识了传媒时代的高效，出版商、电影公司、独立制片人、小报记者纷至沓来，同时伴随的是天通苑业主的咒骂、东北北漂的咒骂、文学爱好者的咒骂，总之，这就算真火了。

我婉拒所有人，给自己定下卑微的年终目标：豆瓣粉丝过万。我是做品牌策划工作的，深知市场对一个品牌的重要性，没有消费者的支持，就是朵玫瑰也会迅速蔫巴。我不能急，我得像工作那样慢慢熬，我不怕这个机会流失，因为我爱文学，它对我好或不好，我都应该真诚对它。

需要我真诚对待的除了文学，还有姑娘。年关又近了，在巨大的逼婚压力下，我再次找到和自己约会一年多的姑娘，问她：“要不要考虑在一起？”她说：“不要。”我说：“为什么？”她说：“咱们性格上不适合吧。”我怀着深不见底的失落说：“好吧，那就做普通朋友吧。”

我们能够追求的，似乎只剩下了事业。曾经有个小胖子追女神失败，惨兮兮跑来向我寻求“鸡汤”，我对他说：“去挣钱。”他说：“哥，咱能不这么俗吗？”我说：“俗你妹，你发达了不缺姑娘送上门，即使你得不到爱情，也能得到姑娘，就算得不到姑娘，也能得到钱，总比你现在什么都没有好。钱不俗，俗的是人。”

《你像我见过的那个男孩》高潮处有段话：“我二十八岁了，我想得到钱，我在这个时代不例外，只有拿钱才能留住一个不需要感情的女人，只有拿钱才能开始所谓的主流的美好生活。我无根无底，谁也靠不上，我得把自己豁出去，我得迎着风向前走，我得像三年前在地铁传媒大学站奔涌向前的人群那样，在这个本不属于我的地方挤出一块自己的领地。我成了，会开心，不成，也没什么，人生还有其他的东西，不是吗？”

你看，三年前我就能写出这样有气场的大话，可真到姑娘面前，就变成一个难以释怀的㞞包。

那年我和她最后一次对话，内容是这样的，她问我：“你当作家了，出名了，会变成那种乱搞男女关系的浑蛋吗？”我说：“我会，上帝给我的不多，而我也努力爱过，如果真发达了，我想对自己好一点儿。”

可这真的是我心里面的话吗？作为一个感性的男人，谁不希望有个对自己好的女孩子相知相守、从一而终？但爱我的和我爱的，真的不一定懂我。

谢谢大家！

爱情是什么？它没有友情长久，没有亲情厚重，没有爱好执着，它不过是冰冷的夜空飞起的一道烟火，绚烂，却也短暂。

失恋是什么？它不会伤害你的家人，不会夺走你的才华，不会影响你的前程，它只是结束了你与另一个人一起看烟火的缘分。

而你的一生，还会遇到很多人。

Contents

目　录

姐姐和白富美的这场肉搏在某种意义上就是她半生的写照，她堪称完败。据说她从出生就带着败象，深秋，万物衰败；属羊，触女人之讳；阳火命，更是注定操劳一世。奶奶当年望着地上的脐带，喃喃道："老天爷，保佑这闺女能活命。"

"人世间最美好的东西是什么？"她望着我说："你不会说是性吧？"我双手摊向她："是姑娘。"她眉头紧锁，表示不解。我说："艺术家最喜欢的东西是什么？是姑娘，姑娘是世间最美的事物，是艺术家灵感最好的源泉，所以你看毕加索爱了一辈子姑娘，也画了一辈子好画。"

我终于梦到了那个中文系姑娘。她远远地站在舞蹈系练功房后等我，依旧那么年轻，依旧那么漂亮，我笑着走过去，告诉她我愿意做她的朋友，她也笑起来，问我将来有什么打算。我说我要去北京，她问为什么，我说也许那里有特别的东西，我会在那里租房，在那里工作，甚至爱上那里的一个姑娘。

2012年秋天，我离开了天通苑。我按下车窗，扫视一眼高楼和人群，思念起国外留学的一个朋友。当时她站在机场安检处深情地望着我说：“到那边我肯定会想你们的。”我说：“亲爱的，能走，就不要回来了。”

VOL. 01

01.

日落天通苑

1.

曾经，我对东北人有着很深的成见，与其他可笑的地域歧视一样，这些成见无不源自心底的无知。我自诩博学，大言不惭地向身边的人解释着东北人性格的成因：一年一熟的农作物、大量的农闲时间，造就了无休止的串门和数不清的恩怨，于是鲁莽与奔放并举、鲜血与段子横飞，再不需人间矜持——类似的歪理也能解释为什么农作物一年三熟的南方人精于算计。

可我错了，我并不了解真正的东北人，就像我不了解太多其他的事情。

我对东北人的这份无知，某种程度上也像极了一部分北京人对天通苑的无知。天通苑，北京知名的大社区，在北京人眼里不过是一堆廉价的混凝土堆砌起来的房子，它到处是房子，只有房子，恨不得所有角落都盖成房子，浩瀚楼宇遮挡了日月，压得人喘不过气来。这种地方，根本称不上都市，不过是都市边缘的贫民窟，其糟糕的基础设施建设和低廉的房租、混乱的租房机制，令其成为低收入者眼中最理想的栖息地。靠着天通苑发了财的北京人很少在天通苑居住，他们和这个地方大多只存在租赁关系，他们在合同落实后驱车前来，向中介或二房东索要银子，他们昂起头颅，叉起腰，仿佛驾临八大胡同的亲王，一面清点“老鸨”递来的“分红”，一面又不齿于“烟花柳巷”的咸腥。

在更多外地人眼里，天通苑是东北人的天下，从开发商到中介公司老板，从美发店到路边摊，到处飘荡着高分贝的关外口音，有时候你走在街上，会误以为自己是身处于另一座城市，这座城市无论外观还是文化都和首都没什么关系。熟食店里，售货阿姨绾起卷发，向客人一遍遍讲述东北烤肠与本地烤肠的区别，自家炕头唠嗑一般熟练；夜市麻辣烫小摊前，长脸小伙子一边翻串儿一边与姑娘们插科打诨，逗得路人直乐。天通苑的东北人就是这样，大家靠着天赋与胆识在这里一点点起步，一点点积累，直到有一天，拼到这里的房子，拼到这里的户口，然后从心底觉得自己变成了北京人。

“你别给我转这些个词，听着累，”东东妈刷着锅底说，“说到底，你们不还是对我们东北人有成见吗？有成见又怎的？

我们东北人直爽、仗义，就这两条，你们这些南边来的人就比不了，尤其是你这种有文化的，都蔫儿坏，我告诉你。再说了，有文化又怎么样？有文化就有本事啊？你看看现在的有钱人，哪个是有文化的？有文化，像你这样，都是给人家打工的。”她摘下围裙塞进柜子，继续说，“我告诉你，超，以后可别在你阿姨跟前显摆你多有文化，阿姨什么有文化的没见过？去年还有个比你小好几岁的北大毕业生追我呢，我都没同意，光有文化有啥用啊？这世道就得有钱，没钱说啥都白使。”

她继续盯着我：“你说阿姨讲的在理不？”我笑着帮她忙活。她说：“你呀，净扯那些个没用的，你好好努力赚大钱，发财了我就把东东送给你，到时候让你叫我声老丈母娘。”我说：“哈，您可别，我没这福气。”她说：“咋啦？瞧不起我们东东啊，你现在要，我还不给呢，想什么呢！”

她甩完手走出去，又走回来，抡圆了在我后脑勺儿上扇一巴掌说：“你个臭小子！”

2.

2010年秋天，因为公司搬迁，我从通州区搬到了天通苑，和其他矫情的白领一样，带着一丝不安。我没办法，薪水定期向老家“交公粮”，租房预算十分有限，去公司最经济的路程只剩下了地铁五号线，天通苑又是五号线的大站。很多北漂都为房子纠结过，环境好的房子多在四环内，且租金不菲，全北京租金低廉、房源充足又入住迅速的，似乎只剩下了天通苑。

合租半月，我迎来更大的不安，九十平方米的两居室，住着不下十个人。紧邻我的主卧，是东东和她的好友大派对，一个个浓妆艳抹的视觉系兼性别不明的杀马特，每日里分不清多少人在进出。客厅打成两个隔断间，南隔断住着KTV陪唱姑娘和她的小白脸男友，北隔断住着大个子房地产销售和他的同事兼女友。北次卧是个丰腴白皙的短发姐姐，她男人看起来比她大二十多岁，做工程的，一月只现身几次，也就是说这位姐姐是个住外宅的小三。

我住南次卧，是唯一的独居户，唯一的单身族，唯一朝九晚五上班的人。相比我的规范与苍白，我的邻居们充满活力：杀马特们白天睡觉，晚上泡吧，大半夜结伴归来接着闹；和杀马特前后脚到家的是陪唱姑娘与她的小白脸，俩人厨房吃一番，浴室洗一番，床上斗一番，几乎夜夜笙歌。大个子不用按点上班，开大音量放流行歌曲迎接女友，花大把时间将走廊、厨房、隔断间收拾得一尘不染。

一更天，主卧派对开始狂欢，一帮人边喝边唱，边唱边喊。他们起哄，男男女女分成两派吼叫，互相挖苦，互相嘲笑；他们内战，杀马特大声斥责视觉系弟弟，视觉系弟弟抄起地上的酒瓶子叫：“我跟你拼啦！”东东在一旁拉劝说：“你们自己人跟自己人闹，有劲吗！”

我关掉电脑，爬上床，幻想自己接受电视台采访，努力激发困意。一小时后，我睁开眼，门缝中飘来杀马特的喘息、东东的呻吟、小白脸的喘息、陪唱姑娘的呻吟、大个子的喘息、女销售员的呻吟、木床吱吱嘎嘎的声音，拍打在墙壁上，拼凑出一段层次分明的乐章，夹杂在其中的各类旷世粗话更是交相辉映、源源不断。突然，女销售员杀猪似的“嗷”了出来，她这一嗓子足以超过“协和”号飞机，瞬间刺破夜空，冷却全场，捎带着惊醒半个小区的美梦。销售员情侣率先结束演奏，跟他们从事的房产业务一样，虎头蛇尾，响亮却不能持久，而短暂的惊愕过去后，余下的喘息呻吟纷纷卷土重来。

斗转星移，沧海桑田，整个世界终于安静下来，黑暗中东东娇嗔道：“怎么，完事了连句表扬都没有啊？”杀马特应付说：“嗯，你好乖。”

我平躺在床上，望着空气中的虚无，只觉得自己住的并非人间，千万只精虫充盈在我的周围，使我难以呼吸和视听，我已经出离愤怒了。

这也是我对东东妈充满好感的原因之一。东东妈的出现，直接逼走了东东的狐朋狗友，彻底封杀了主卧派对，紧接着隔断间的销售员情侣分手，大个子闭门伤怀，不再大声播放神曲，从此这个地方只剩下陪唱姑娘一屋之号，也渐渐沦为无伤作息的笑谈。

3.

东东妈和东东长得并不像，尽管东东很美，但东东妈在东东这个年纪时恐怕要比东东美上五倍。东东妈毫不掩饰自己的美，她说她当年是一县之花，追她的都是黑道、白道的大人物，至于为什么嫁给东东爸，那是上辈子的缘分。上辈子的缘分，一般存在债务关系，于是在这一世变成孽缘，一县之花的东东妈，虎狼之年邂逅京城旧爱，一发不可收拾，而后东东爸出车祸死掉，东东妈改嫁到京城。那时东东已初谙人事，拒绝随母亲进京，跟了姥姥姥爷生活。东东妈在北京给东东生了一个同母异父的小弟弟，将东东接到北京读中学，东东死活不住后爸的房子，一意孤行辍了学，半工半娱地过起了她那种非主流女阿飞的生活。

东东妈婚变换来的钱，令她不用再为生计发愁，可她还是想要女儿，于是主动搬来，承担了主卧的房租和伙食。她同时带来了东东的娃娃亲对象阳阳，阳阳的妈妈是东东妈的干妹妹，干妹妹在老家生活拮据，儿子高中毕业进京，便托付给东东妈照顾，内向的阳阳和奔放的东东显然不在一个频道，他们更喜欢以姐弟相称。

阳阳嚼着黄瓜站在门口问："东姐这种人从不和陌生人说

话，更别说邻居了，超哥你怎么降服她的？”我低头算着月账说：“就因为吃。”他说：“不会吧，东姐应该会做饭啊。”我说：“你吃过她做的饭？”他说：“没吃过。”我合上账本说：“这就是了，你们来住之前，就是我养活她的。”

我告诉阳阳，那是个清风徐徐的周末，我收拾完房间钻进厨房炒菜，主卧突然跑出个穿睡衣的短发姑娘。她蜷缩着瘦弱的身板，偎依着掉漆的木门，期盼与我四目对视，我白她一眼，她立刻拨弄头发妩媚地微笑。我说：“你主卧的？”她说：“嗯。”我说：“吃了吗？”她说：“没。”我说：“有碗吗？”她说：“有。”

东东妈掌家后，我获得解放，至少不用再在早市留意那些自己不愿吃的蔬菜，东东妈三星级酒店级别的厨艺，勾引着我也开始了蹭饭生涯。傍晚，下班回来，看到东东妈拴着围裙在厨房里忙活，我撸起衣袖走过去，东东妈嫌弃地说：“你别跟这儿裹乱，和阳阳一起去楼下夜市买点儿凉菜，顺便再给你老丈母娘买包烟。”

东东家除了偶尔跑来看望妈妈的未成年的东东弟，基本都是酒罐子，几乎每天晚上都要喝酒，一屋子人盘腿坐在地板上，围着矮桌子边喝边侃，酒过三巡，东东开始挑她妈妈的刺儿，东东妈虽然反驳，但每次都故意败下阵来。

阳阳打开门，呆呆看着吕小嫣，问：“你是……？”吕小嫣面无表情地说：“我找王蛋蛋。”我掂着锅后仰身子说：“找我的，让她进来。”东东妈笑起来：“超，你小名儿还真叫王蛋蛋啊，还以为你跟我们说着玩呢。”我笑着继续冲外面说：“嫣儿，这边。”

作为我的朋友，吕小嫣被安排在正对电视的位置，东东妈不停地给她夹菜，吕小嫣不喝酒，端着盛满菜的碟子一遍遍道谢，东东妈微笑着说：“乖，吃好了啊。”其余大部分时间，吕小嫣面无表情，对眼前的一切无动于衷。

送吕小嫣回来，我重新坐进酒席，东东妈喝着酒问：“这姑娘也住咱们这边？”我说：“她住北一区，挺远的。”东东妈接着问：“租的房子？”我说：“买的，以前是她老公的，离婚后判给了她。”东东和阳阳齐声“噢”了一下，东东说：“她都离过婚啦？看不出来啊。”东东妈竖起眉说：“你们俩吃饱了没？吃饱了一边玩去，大人说事你们别跟这儿起哄。”

饭毕，厨房，东东悄悄地从后面摸上来，东东妈惊恐地说：“你干吗？”东东说：“兰姐，你好大，哈哈哈。”东东妈扭动身子：“给我滚一边去！”东东抱住妈妈后背继续撒娇：“兰姐，不嘛，嗯，嗯，哈哈哈。”东东妈说：“你瞧瞧，你瞧瞧，你让你超哥瞧瞧这副臭德行，她平常就这么和我说话。”我在一旁看乐了，走过来说：“行了，帮你妈洗碗，要不别跟这儿捣乱。”东东笑着跑掉。东东妈说："你说这个多让人愁得慌，都这么大了还没个正形，邋里邋遢，跟一帮不男不女的人瞎混，也不说找个正式点儿的工作，还得我过来伺候她，早晚给她气死。"我说："嗐，小姑娘嘛，总有一天会长大，您也别管太严了。"东东妈说："还小姑娘啊，她都二十了，我像她这么大都生了她了，你二十岁时是这样吗？"我说："我二十岁时还在读大学，也挺浑的。"东东妈说："那也比我们家这个强。"

我帮东东妈点上烟，她放下袖子靠在灶台边上说："跟阿姨说说你今儿带来的这个姑娘，帮你把把关，阿姨看得出来你喜欢她。"

凌晨，我翻来覆去睡不着，心里一遍遍想着吕小嫣的模样。吕小嫣和我的缘分始于大学，当年我暗恋她，她不屑，皆因她有着苛刻的择偶观。吕小嫣童年不堪回首，其独生女身份遭家人嫌弃，母亲两次试图杀死她，一次用枕头捂，一次用绳子捆，均未得逞。最终，这对万恶的父母离婚，她跟着奶奶一路清苦地长大，立誓嫁入高修养、高资产的家庭。十几年后，吕小嫣夙愿得偿，嫁给京城一个外地商人的儿子，对方在天通苑最好的地段买了复式房迎娶她，之后不久，她辞工待产，生下女儿，引起公婆不满。丈夫不敢为她说话，开始夜不归宿，她抱着吃奶的娃娃终日饮泣，度日如年，最后不得不主动提出离婚，夫家得到女儿的抚养权，她得到天通苑的房子。

上帝给吕小嫣画了个饼，她志在必得，到头来依旧逃不过宿命。东东妈认为，吕小嫣这种姑娘年少时怪命，长大后完全应该怪她自己，她说："你和她不会有什么好结果，一般这种遭遇的女人对男人都比较绝望，性格也特别强硬，除非你能满足她所有的要求，不然她还会第二次拒绝你。"

隔断间陪唱女开始呻吟，我最后想了一遍吕小嫣和东东妈的话，闭上眼沉沉睡去。

4.

天通苑的战争，永远是租户与中介的战争。中介从业主手中租下房子，抬价转租给住户，每隔三个月，老板娘就开着二手国产车前来收账，趾高气扬，态度蛮横，两句话不对就叫嚷："不想住就给我走人。"北次卧的"三姐"因为回老家奔丧，耽误了几天房租，老板娘在楼下破口大骂，引来大批居民围观。"三姐"满腹委屈，交完钱上楼，拨通了包工头的电话。

包工头站在走廊上倾听大家申诉，我说："那老板娘可不是东西了，我签合同那天，她故意拉我到外面聊，让男助理进我屋偷签的合同，我要了好几回，才给了个复印件，合同上她的身份证号都是假的。"陪唱姑娘说："那人签合同的时候笑得跟朵花似的，签完就变成疯老娘儿们，说话处处带脏字。上次我跟她讲理，要不是我朋友在，她差点儿动手打我，神经病！”大个子说：“东西坏了他们从来不给修，还埋怨是我们弄坏的，口口声声扣我们押金。我一个哥们儿也是租他们公司的房子，退房后去要押金，还挨了他们的打。”东东说：“她还在楼下骂过我两个过来玩的朋友，说我们这些人都该滚出北京。”

包工头青筋乱颤，扔掉烟头说：“大伙儿跟我一起去他们公司，老子今天砸了她。”大个子说：“叔，他们跟黑社会差不多，咱惹不起的。”包工头说：“黑社会算什么，老子专打黑社会，我的人马就在楼下，有三辆全顺，走！”东东妈说：“对，大伙儿都去，阳阳、超和大个儿，你们这些老爷儿们到时候冲前面，护着咱们家女的。”

我承认那天是恐惧的，迈进大厦的一刻，双腿还在打飘。作为年少时顽劣过的男人，我并不害怕肢体冲突，但我已到了忌惮后果的年纪。我昏昏然跟随众人前行，脑袋不断播放冲突画面和十几种后果，三十多人，二十多个手持家伙，在北六环最著名的闹市区闹事，势必招来警察，我无法想象一个上市公司的白领去警察局做笔录或被拘留，那样我丢掉的将不仅仅是工作，也许还有未来。但我同时又十分蔑视自己，我简直就是个笑话，我自视有着比多数天通苑人更优越的学历和文化，却在天通苑式的生活面前变成了孬种。

文明，多么美的词，美得似乎可以融化一切恩怨，可弱肉强食的社会，有几分真诚的文明？我们大多时候嚷嚷的文明，不过是对自身形象的保护，或是占别人便宜的借口。

我在电梯口拦住家里人，说："他们已经进去了，咱们在这里等着就好。"

事后，包工头和手下被警察塞进车带走。中介老板和他真正的老婆来我们住处道歉，他们说收房租的那个女人不是他们公司的员工，只是和他们公司签约的二房东，公司早已开除了她，大家可以重新和公司签订正式、合法的合同，以后有什么问题可直接与公司联系，保证当天就能处理。

一个淮南来的包工头，用北方流氓的方式为情人出了气。当然，为真爱做流氓往往要付出很大的代价，包工头与其手下因为寻衅滋事、扰乱秩序、毁坏他人财物等罪状被治安机关依法拘留，虽然他们没有伤人，但包工头还是付出了巨额的赔偿与罚款，也不得不暂停了自己的工程业务。

出乎意料的是，东东妈对我那天的举动大加赞赏，她说我配得上一个成熟男人的标准，我问她什么是成熟，她说成熟就是在头脑发热的时候也懂得有所为有所不为。

砸场子事件给这所房子带来里程碑式的影响，各房间的人开始正式通话，建立信任，然后迅速打成一片。"三姐"加入东东家的晚宴，大个子开始向东东献殷勤，陪唱姑娘也在厨房与我拉起家常。当然，陪唱姑娘主动跟我们说话也有其他原因，她的小白脸男友走掉了。一代天骄小白脸，不知在哪儿赌钱，输掉十万，无路可走，请来黑龙江的爸爸，爸爸答应替他还债，但有两个条件，一是立刻和陪唱姑娘分手，二是回老家，并且这辈子再不许踏入京城半步。

陪唱姑娘不承认小白脸是她男友，因为她还没有离婚，尽管和老家的丈夫断绝来往一年多了，离婚手续却一直拖着没办。一个二十五岁守活寡的姑娘，在天通苑的KTV上班，无论生理上还是生活上都需要有个男人，所以干脆找了个有模样、敢打架的小白脸。有意思的是，小白脸也曾与我聊天，他否认陪唱姑娘是他女友，他说小区门口超市那个营业员才是他女友，他花了十五分钟时间吹嘘他家在黑龙江是如何有势力、如何的趁钱，又花了十五分钟时间数落陪唱姑娘，说她背着他在外面跟个老头子来往，说她在老家还有个三岁的女儿。

陪唱姑娘离开厨房，东东溜进来，拿起一根油条嚼着说：“超哥，你刚才和那个小婊子聊什么了？我算看明白了，你就好已婚妇女这一口。”我说：“闭嘴。”她说：“哟，超哥生气啦，哈哈，超哥你要坚持住啊，赶明儿我也嫁人了，生个娃离个婚，然后来找你，你带着我远走高飞。”我说：“滚。”她边滚边喊：“妈，超哥欺负我，他说我胸小，妈你要给我做主啊。”

5.

吕小嫣抓起货架上的帽子说："你也是，早跟你说过了，我这边经常有退租的，你搬过来住多好，离地铁又近，你瞧瞧你那边都住的什么人？你也算受过高等教育的人，现在为了省那几百块钱，非得跟一帮盲流合租。"我说："你不能这么说，我的邻居们出身是差点儿，但都是正经八百的好人，受过高等教育怎么了，受过高等教育就一定是好人？"吕小嫣放下帽子："我没说他们是坏人，只是这类人都不安生，你们跟中介公司闹只是个开头，这往后还指不定出什么事呢。有句话叫'富生骄，穷生变'，你懂不懂？"我说："什么富啊穷啊的，大家不都是在天通苑住的吗，有什么差别？""你什么意思？"吕小嫣瞪起眼，"你这是在讽刺我吗？"

我拿起她手里的帽子问："下吗买这么多？这顶是送给谁的？"她说："给我妈的，回头我给她快递回去。"我说："你还会给她买帽子？你不一直恨她吗？"吕小嫣白我一眼说："恨怎么了？再恨那也是我妈。"

半年多孜孜不倦的问候，吕小嫣终于默认了我的追求，每逢周末，我都会去她那里住两天，周一下班再回到自己的住处。我没法儿对邻居隐瞒自己与吕小嫣恋爱的事实，他们都和吕小嫣一起吃过饭，也知道我全部的心思。

“你会和她结婚吗？”“三姐”把衣服架取下来递给我。我说：“不好说吧，没问过她。”“三姐”说：“都在一起了，干吗不问问？就算她给不了你准话，你也应该问问，她会很高兴的，起码知道你对她是真心。”我笑了笑，说：“我没信心，真的，我们相处得并不好，她是个各方面要求都很苛刻的人，我们经常为一些小事吵架。比如买东西，她的钱包比我大好几倍，但每次都故意让我掏钱，我一旦没带钱或者掏钱慢了，她就冲我黑一晚上的脸。我确实是真心喜欢她，她不一定。”“三姐”说：“你呀，恋爱谈得少，不懂女人，女人一般爱比较，她闺密的男朋友如果都是积极型的，她自然会对你不满意，你得多留意她身边的人，多学着点儿。”我望着窗外不作声，“三姐”拍拍我肩头说：“有时间再把她带到家里吃个饭，让东东妈开导开导你们俩。”

元宵节，东东妈带着我和阳阳忙活半天，摆出和上次一样的规格迎接吕小嫣，主卧的家庭晚宴也因为“三姐”、大个子等人的加入比往日更加热闹。吕小嫣七点半准时赶到，和初次拜访时的姿态并无两样，整个过程面冷语寡，除了必要的问候和答复，几乎没话。晚宴接近尾声时，东东妈乘着酒意故意吹捧我各方面的优点，东东也跟着添油加醋地帮我说话，但表达能力远不如自己母亲，张口就酿出祸端：“我妈的意思是我们超哥这样的你得珍惜啊，正经没结过婚的潜力股。”

吕小嫣柳眉倒竖，啪的一声摔下筷子，起身到门口，飞快地换上高跟鞋，大踏步向外走去。我酒正喝了半口，始料未及，狼狈地站起来跟过去。东东在后面说：“这人怎么这样？要什么横啊，这又不是你家！”东东妈喊：“你给我住嘴！”

楼下，我按住车窗，气喘吁吁地说：“她一个小姑娘，说话不经大脑，真没别的意思，你能不能别这样？”吕小嫣说：“把手拿开！”我说：“给我个面子行吗？后面你要我怎么补偿你都行。”“王蛋蛋！”吕小嫣尖叫，“把手拿开！”

我回到家中，去厨房帮大伙儿收拾，东东妈说：“让他们几个干吧，超，你别管了。刚才我把东东训了一顿，你别往心里去啊。”我说：“没事，她就那个脾气，习惯了。”东东妈静静地望着我，依旧一脸歉意。

陪唱姑娘敲门，我睁开眼爬起来说：“坐吧。”陪唱姑娘挨门坐在床边，拘谨地说：“我来借充电器，你没事吧？”我说：“没事。”她说：“你这女朋友脾气挺大的。”我说：“嗐，她气她的，伤不到咱们的脾胃肾。”我把充电器递给她，说：“拿走用吧，不用还了，我明天出差，可能过一个多月才回来。”她抓着充电器，想再说点儿什么又咽回去，起身慢慢走了出去，我一头栽回床上。

6.

两个月的差旅结束，我回到北京，得知家里出了大事：东东和大个子好上了。

告诉我这个消息的是陪唱姑娘，我把从南方带回来的烟递给她，她抽出一支点上说："那个东东到底喜欢女生还是男生？"我说："什么意思？"她说："你刚出差没几天，她就跟我隔壁的大个子搞上了，你也知道，隔断间不怎么隔音，我亲耳听到好几次。"我说："不会吧，他们认识才几天。"她说："大哥，现在的年轻人猛着呢。"我说："那这事她妈知道吗？"她说："哪里会知道啊，她妈回老家走亲戚，和你前后脚回来的。不过这事指定瞒不住，你想啊，大家都一间屋住着，加上那姑娘那个张扬劲儿，她妈早晚会知道，到时候一准闹，东东妈心气多高啊，怎么会看上那个大个子？"我叹了口气，说："唉，这小姑奶奶真是厉害。"她笑笑说："这小姑奶奶在你跟前没少说我坏话吧？"

东东妈闹起来，显然这一切对她来说过于突然，她眼眶微红，动作僵硬，路过我房门时停下，探出半个脑袋说："东东，你来屋里一下。"东东不抬眼皮地说："什么事啊？打牌呢。"东东妈说："打个屁牌，快点儿，有事跟你说。"东东觉察到妈妈语气不对，脸色渐沉，回道："没空！"

东东妈在隔壁一遍遍敲墙，大个子越来越慌，放下手里的牌说："过去吧，你妈都急了。"东东说："没你的事儿，打牌！"大个子无动于衷，东东怒了："你有种没种啊，老娘们儿喊就把你吓成这样了！"我拉着陪唱姑娘一起把牌放下，对东东说："还是过去一下吧，把事儿说开了又能怎么样？"东东甩下手里的牌，说："真受不了！"

东东妈跑进来，拽住东东的胳膊向外拉，东东挣脱着说："有事就跟这儿说，你拽什么拽！"我和陪唱姑娘站起来拉劝，东东妈红着眼说："超，你看看她，她今天就想把我气死。"我按住东东说："你把手松开，松开！"东东松开手，我转向东东妈说："您先消消气，让我们先劝劝她。"东东妈看东东一眼，又动了气，大声说："今儿你们谁也别管，我就不信收拾不了这个小丫头片子！"

主卧房门紧闭，东东在里面喊："我没管过你的事，你也不许管我的事！"东东妈说："什么叫你的事？你做了见不得人的事还有理了！"东东喊："我没做见不得人的事！"东东妈说："没做你急什么？我叫你，你怕什么？你以为我愿意管你这些破事啊，还不是为了你好！"东东喊："我，用，不，着！"

"三姐"走出来，看着走廊里的大伙儿说："刚才我在屋里全听见了，要不咱们再进去劝劝？"陪唱姑娘说："门都反锁了。”“三姐”说：“那怎么办？”我说：“没办法，等着俩人吵完吧。”我们一起看向大个子，大个子像个石头桩子似的站在那里一动不动。坦白说，我也不看好他，他人不坏，可是以他的收入和阅历，根本不可能驾驭东东这样的姑娘，更不要说东东的妈。

东东妈与女儿的沟通失败了，不得不重新找到我，要我以半个兄长的身份出面劝这对恋人分手，我对她说：“我没权利劝人家分手，您也没权利，人家都是成年人了，有自己选择生活的权利。不过这事您甭急，这俩人性格犯冲，短则俩月多则半年，根本长不了，等着就好。”东东妈说：“好，超，别人我不信，就信你一回，我听你的，我跟她耗，看她后面怎么跟我交代。”

二十天后，东东便甩了大个子，简直比摊煎饼还快。

她怒不可遏，跑到我屋里吐槽，说大个子徒有其表、自私虚荣、讲话摆谱儿、十足的大男子主义。大个子也跑到我屋里诉苦，说东东生活挑剔、难伺候，为了个不男不女的朋友对他发火。我对俩人统一回复说：“算了。”

东东与大个子回归最初的邻里关系，但这不足一百平方米的地方，阴霾升起便再难散去，事实上这段介乎偷情与恋情之间的交往所造成的后果，远不止两个年轻人分手这么简单，它完全撕开了东东母女之间长达十几年的裂痕。

周末家庭晚宴，大伙儿照旧帮着东东妈忙活，洗碗切菜，端盘码筷，一切就绪，呼啦啦盘腿开喝。酒酣，东东妈最后一个打圈，她端着酒杯对“三姐”说：“你人好，也机灵，可我告诉你，宝贝儿，别把男人想得那么简单，要论斗心眼儿，女人永远斗不过男人，记着，最后真疼你的还得是手里的钱。”“三姐”举杯喝完，垂目不语。接着是陪酒姑娘，东东妈说：“你觉得我们超怎么样？”陪唱姑娘喝了一半的酒呛回杯子，红着脸说：“哎呀，阿姨你喝醉了。”东东妈说：“我哪儿醉了？我的酒量你们又不是不知道。你们这些孩子，甭跟阿姨来这套，你们那点儿破事我一眼就能瞧出来。”陪唱姑娘冲我使眼色，我示意她别过分紧张。

东东妈转过头说：“来，大个儿，跟阿姨喝一个。”大个子急忙双手端杯挺起身子，在场所有人紧张起来，东东脸色尤其难看。东东妈摆手说：“不用这么正式，坐下坐下，听阿姨说。大个儿，东东说得对，你们的事我管不着，不过阿姨觉得你们没成其实对你是好事，这丫头，我都降不住她，难道你能比你阿姨更牛吗？你以后多学学你超哥，好好在工作上努力努力，将来事业做大了，有钱了，能找一万个比刘奕东漂亮的。”东东拍桌子说：“妈，行啦！”东东妈说：“你急什么，我还没说你呢，你什么时候让我省心过？你说！”东东说：“我说什么说！话都让你说完了，我说什么说！”

我、阳阳和东东弟拉着东东妈，大个子、“三姐”和陪酒姑娘拉着东东，一屋子人手忙脚乱，酒瓶子、菜盘子摔得咣当响。

东东飙着眼泪喊："我爸爸当初怎么死的！你说我爸爸当初怎么死的！"东东妈喊："他摔死的你也问我！你有什么资格问我这个！你们姓刘的没一个好东西！"东东喊："我爸爸是自杀的！你当初就是为了钱才嫁给我爸爸的，然后呢，然后你做了什么你敢说吗！"东东妈喊："我就是为了钱怎么了！用得着你这个小白眼狼教训我！你给我滚出去，刘奕东！"

夜色，笼罩着天通东苑。

7.

很多时候，我无法读懂东东和东东妈，也无法看清她们各自存有的那个心结。一对母女，名分超过二十年，在一起的时间不足五年，又在偌大的北京城分居六年，彼此成为心底一块难以抚平的伤疤，这块伤疤如此敏感，不慎轻触，便可激出痛楚与苦脓。

东东走进来，裹着被子蜷在床边说："超哥，你能陪我聊会儿天吗？我心里堵。"我摘下耳机，转过椅子说："怎么了？"她说："我想我姥爷。"我说："东东，你应该理解一下你妈，不要老跟她对着干，很多时候她只是教导你，并不是害你。你将来有天也会做母亲，难道你会成心害你的儿女吗？"她说："我已经很让着她了，可她真没资格来教训我。我知道她搬过来的目的，她的男人不要她了，她在北京没有家了，也没脸回老家，就指望我嫁个有房有钱的北京人，以后好靠着我。我凭什么要养活她？我小时候她那样对我和我爸，现在看我长大了，又过来拉关系，我凭什么要养活她？”我说：“谁年轻的时候没做过错事？你不能因为这个就一辈子不给她改过的机会，何况她还是你亲妈。你也是大姑娘了，在北京混了这么多年，应该知道血缘关系的分量，外人对你再好，最后疼你的还得是你家里人。”东东抹着眼泪说：“超哥，我想结婚，想找个老家的人结婚，我什么都不图，只要他有钱就行，我不想在北京待了。”我说：“没感情的婚姻你也要？你想和你妈妈当年一样吗？”她说：“我不怕，结了婚，他找他的，我找我的，大家各玩各的。”我说：“你呀……我朋友公司最近在招女店员，你要不先去上班吧，别老跟家里窝着闹心了。”

陪唱姑娘站在菜市场一头招手，我走过去说：“怎么了？”她说：“有个事……想看你有没有空帮个忙。”我说：“什么事？你说。”她一脸别扭地说：“明天不是周末吗？我们那个地方新来了个领班，想让你明天下午把我送过去，跟她打个招呼，你假装是我男朋友，装一下就行，然后你就回来，回头我请你吃饭。”我说：“不是太明白，你那边不允许单身？”她说：“你是不明白，我们那一行，领班一般都没什么好人，有男朋友，她就不敢随便欺负你。”

傍晚，我扮演完别人的男朋友，和陪唱姑娘一起从KTV出来，她站在公交站牌下，一脸得意地说：“明天吧，明天中午我请你吃饭。”我说：“这点儿事不用请客，挺好玩的，以后还需要我装就说句话。”她说：“这个领班不经常在这边，给她看一次就行，你也别推辞了，帮这么大的忙，我得请客。”我瞟了眼远处说：“你真想谢我？”她说：“是啊。”我说：“那接下来两分钟你别说话。”

她皱起双眉，我捧着她的脑袋亲过去，她浑身颤抖一下，睁着眼一脸错愕。

我抱着陪唱姑娘，望着十几米外的吕小嫣，吕小嫣黑着脸钻进车，啪的一声摔上车门。陪唱姑娘脸颊像着了火一样滚烫，扭过头笑笑说：“行了，你赶紧放开我吧，你女朋友要开车把咱们撞死了。”

东东接受了我介绍的工作，每天和阳阳一起搭地铁去海淀区上班。面试那天，我故意带着他俩在那边的工业园区转了一圈，目的是让他们见识一下北京最现代的职场氛围，并以此激发他们对另一种生活方式的认知与向往。阳阳显然中招，双目不停地打转，嘴里啧啧不停，东东不以为然，一路无话。

郭小羽边开车边说："你介绍的那俩人不错，尤其那个东东，聪明、勤快，做事情有条不紊，最主要是懂得学习，经常主动向我反映岗位上的一些问题。这姑娘在销售和行政两方面都有天赋，以后这样的人你记得多拉点儿过来。"我看着窗外说："你们公司要是不要求学历，我能带一堆这样的人过来，可惜啊，你们这边都眼皮子浅，看不起我们底层人。"他回头看我一眼说："少来这套，你放心，我现在是部门经理，东东干好了，我照样给她个主管当。"

三个月的试用期结束后，东东给我长了脸，她是同岗位二十多个新人里业绩最好的一个，甚至比许多老店员都出色。她走出柜台与老顾客们合影，远远看见我走过来，拖着长音喊："超哥！"我笑着对另一个朋友说："这就是我们家那个小东东。"她说："干得不错，报表我看了，外店部好多人夸她，郭总也老夸她，说要培养她做店长，你回头问问她，看看她愿不愿意做管理类工作。"我说："当然愿意啊，你们一句话，她一准答应。"

东东妈很开心，请我到外面吃饭，席间对东东说："以后跟着你超哥的朋友好好干，你要真有能耐做店长了，咱们就把你姥爷接到北京来住，行不？"东东说："嗯，知道了，妈。"我说："东东现在在那边很红，郭小羽说他们一个小店长都看上东东了，整天下班拿束花在她们店门口等着。"东东妈说："是吗？这男的多大了？哪儿的人？北京的吗？"我说："我见过他，北京人，岁数不清楚，长得不错，家里条件也好，爸爸好像是央企的。”东东妈两眼放光：“好啊，我说我最近左眼皮直跳呢，怎么样，让我说中了吧？我们家姑娘只要进了大公司，一样能做白领，比他们做得都强。这样，超，你不是认识他吗，回头请他来家里吃顿饭。对了，还有你那个姓郭的朋友，得好好谢谢人家。”东东白妈妈一眼说：“妈，你行不行啊，又管那么宽。”东东妈说：“好好好，我不管你，你有机会了就和人家好好谈，不许再耍你那个二百五性子啊。”我说：“咱们都别干涉的好，让人家慢慢处吧。”

8.

周一傍晚，我回到家，把刚买的蔬菜和熟食放进冰箱，东东妈转过身子说：“咋了这是？无精打采的，又跟你那个吕小嫣干仗啦？”我关上冰箱门，交叉着手臂靠在边上不说话，东东妈用勺子搅了一下锅里的汤说：“你说你非得找这份罪受，我给你介绍的我姐们儿家那个丫头多好啊，苗条、大个儿，跟着她妈开店，挣得不比你少，可你偏偏不要，人家不就是没上过大学吗？你那个吕小嫣倒是上过大学，可她对你咋样？一个离了婚的女人，整天事儿得不行。”我吐了口气，依旧无话可说，东东妈盖上锅盖说：“行了，说你也没用，你就这命。”

吕小嫣拒绝了我的求婚。

我问她为什么，她说不为什么，就是现在还不到谈结婚的时候，我问她那什么时候可以谈，她说至少现在她还不够再婚的条件，我问她再婚的条件是什么，她烦了，告诉我什么时候能买上路虎车再跟她提结婚的事。

吕小嫣的前夫开的是路虎，所以她的意思是我起码在物质条件上不能输给她的前夫。她恨她的前夫，那就是个浑蛋，可她也不会轻易嫁给连浑蛋都不如的人。

从北一区回来，我没去公交车站，选择了步行回家，我在零落的灯火中花了整整一个小时去观察自己生活的这个地方，以及这个地方和我一样奔走着的人们，我发现其实所有人没什么两样，大家都和这里的房子一样拥挤而乏味，却又梦想着高不可攀的东西。

新年过后，我不再主动找吕小嫣，闲暇时只陪几个新搬到天通苑的老朋友散心，他们都是我上一家公司的同事，领头的叫白大闯。大闯是胶东人，性情豪爽，自从搬过来常常打电话招呼所有老相识聚会，拥有极高的人气。

吃过晚饭，打完台球，大闯不尽兴，号召大家凑钱去附近的KTV玩。我不同意，告诉大闯自己认识一家大型连锁KTV，如果大伙儿去那里，我愿意请客。大闯表示不屑，他一是嫌远，二是坚持认为那些连锁经营的KTV没有这边的好玩。

包间内，大闯熟练地向服务生索要姑娘，我再次站出来反对，搬出某KTV被查抄的新闻，大闯继续不屑，鼓动大家投票，一帮人围着我起哄打闹，我没辙了，只能听天由命。

姑娘们走进来，熟练地站成一排，亮出野模特的招式和笑容，她低着眼皮别别扭扭地夹在中间。其实我远比她尴尬，却没办法声张。她被挑走，坐在远处沙发上帮一个男生倒酒点烟。大闯讲起黄段子，沙发上开始勾肩搭背，场面越来越热，我撑不下去了，站起来说："老白，把我这个跟那个换换。"大闯愣住，说："×，你还真花心。"我说："少废话，快点儿换！"大闯说："你喜欢这种风格的早说啊，搞得我们还以为你不食人间烟火呢。"我摸出一百元递给身边的姑娘说："你去那边。"然后指着她说："你过来。"她坐过来，脸色轻松许多，与我对视，发现我黑着个脸，扑哧一声笑出来。她抓起瓶子给我倒酒，我推开说："你不用这样，坐着就好。"她愣了一下，乖乖把酒放在一边，支起下巴欣赏其他人唱歌。歌罢猢狲散，大家纷纷给身边姑娘小费，她推开我的手说："你也不用这样，先回去吧。"

当晚，陪唱姑娘在别人的搀扶下归来，醉得一塌糊涂。我站在门口问："怎么喝成这样了？"她的姐妹说："她就这样，每个月总有两天想她闺女，心里不痛快，恨不得把自个儿给灌死。"陪唱姑娘睡下，我送其他人下楼，其中一个姑娘在楼梯拐角处站定，回头问我："你到底是不是她男朋友？"我说：

“是。”她说：“那你就该多关心关心她，别回到家才把人当媳妇！”我点头说：“好的，好的。”

二更天，陪唱姑娘穿着睡衣披散着头发站在我门前，我爬起来打开灯说：“醒啦？”她撇着嘴不吭声。我说：“还难受？”她一头栽过来大哭。我扶她到沙发上坐下，接了杯水递给她，她握着杯子一口气喝完，望着我说：“想吐。”

洗手间，我扶她跪下，一手抓着她的头发，一手帮她拍背，她撑起细瘦的双臂，双手紧扣马桶边缘，吐得稀里哗啦。吐完漱完，她彻底散了架，瘫倒在冰冷的地板上，我抱她回屋，安置她重新睡下。回自己房间时，主卧门轻轻打开，东东妈露出半个脑袋说：“超，你听阿姨的，别跟这个女的怎么着，她也不是省油的灯。”我说：“我和她真没什么，我又不傻。”东东妈闭眼点了下头，轻轻关上门。

之后很长一段时间，再见不到陪唱姑娘的身影，她的房门紧锁，门口拖鞋凌乱，没人知道她何时走的，也没人问起，除了我，大家似乎没人在乎过这样的邻居。

9.

郭小羽找到我，把我拉到餐厅角落，忸忸怩怩半天不知道怎么张口，我说：“到底什么事？你瞧你这个费劲样。”他咬了下嘴唇说：“你能不能找个时间把东东约出来谈谈？”我说：“她怎么了？给你闯祸了？”他说：“你首先保证，这件事自己知道就好，不许跟其他人说。”我说：“别废话，快说。”他说：“昨天下班晚，我路过二号外店，见里面还有人加班，就走进去看，是东东一个人在收拾库房，我帮了下忙，然后这姑娘也不知道怎么回事，就……扑上来了，我当时没什么准备。”我说：“你……”他举起双手：“我向你发誓，我什么都没做，真的，就是挡了下来，然后教育教育她。”他接着说：“我昨天有点儿慌，对她乱说了一通，这姑娘的心事我不懂，我怕她会有什么想法，你能不能帮我找她谈一次，替我安抚安抚她？但是也别太明着说，大家尽量把这件事忽略过去，别影响她的工作。”我说：“你是不是喜欢她，给过她暗示什么的？”他瞪起眼：“你把我当什么人了，我有女朋友好吗？我女朋友的脾气你又不是不知道，我敢胡来吗？”我说：“那你要我怎么帮你谈？这种事谁心里有谱儿？”他拉近我小声说：“我这不是来求你的嘛，你就想办法安抚一下，我怕这姑娘会伤心，她自尊心挺强的。”

我了解郭小羽，他是那种很职业的高管，对工作上的绯闻一向忌讳，也许他真的只是把东东当作一个优秀的女下属来看待，就像我把她当作自己的妹妹一样。我也完全能想象库房内的情形，东东对自己喜欢的人一向不吃素，她的欲望爆发起来足以让任何一个自称奔放的人自叹弗如，更不要说郭小羽这种以稳重自居的男人。

仔细想来，她去公司上班的第一天就露出了蛛丝马迹，她前所未有地勤奋，前所未有地亢奋，她两眼放光，家里或单位，三句话不离郭总，事事都要找这个男人讨教，郭小羽高大清秀的长相、儒雅知性的气质，多少满足了这个姑娘长久以来的恋父情结。

东东没有辞职，只是回家住的次数越来越少，偶尔在家，也尽量不与人交谈，吃饭的时候她呆呆望着电视机，一副失魂落魄的样子。东东妈闻出味道，向我咨询女儿近况，我编了个谎话，告诉她东东最要好的同事辞职了。

商场门口，我远远看见她，笑着冲她摆手，她提着袋子走过来，我说："家里今天来朋友啊？买这么多菜。"她说："阳阳一个高中同学来家里吃饭，你们晚上也过来吃吧，我妈去菜市场买了好多肉。"我看吕小嫣一眼，说："晚上我们在外面吃，不回去了。"东东抿嘴笑一下，从袋子里拿出两只番茄递给我和吕小嫣。吕小嫣放到鼻子下闻了闻，扔回袋子。东东说："你不要吗？"吕小嫣白了她一眼，说："什么烂东西，我不吃这种蔫巴的折价商品。"东东脸色沉下来。我连忙说："哎呀，你给她干吗？她对番茄过敏，先回去吧，东，提着这一兜子东西怪累的，记得跟你妈说晚上不用准备我那一份了。"东东望着吕小嫣，伸手拣出那只番茄扔进旁边的垃圾桶。

我追到街口，拉住东东说："你别生气，她就那个德行，以后你再见到她，别理她就行。"东东拨开我的手，吧嗒吧嗒掉眼泪，平静地说："没事，是我犯贱，你回去吧。"

我站在一棵枫树下，望着东东的背影，胸口涌起一股酸楚。吕小嫣追上来，气冲冲地说："干什么你！"我说："吕小嫣！你以后能不能别这么过分！"她说："我怎么过分了，不就扔了个番茄吗？为个东北的丫头片子你也要跟我吵？"我转过身望着她："东北人怎么了？东北人比你有情有义！"吕小嫣气昏了头，满脸通红，不作声，我丢下她径直向家的方向走去。

"王蛋蛋！"她喊出来。我停下脚步，她继续喊："你他妈到底是什么意思！"我回过头说："没什么意思，分手吧，以后别让我再看见你。"

吃过晚饭，大家帮着东东妈在厨房收拾，我把剩余的碗碟堆到阳阳面前，洗净手走至主卧门口，东东正对着床头发呆，我拍拍门说："你来我屋一下，有个事跟你商量。"

我关上门，递给她一支烟，她拿起桌上的打火机点着，抱着腿坐进沙发角落。我坐下说："我骂了吕小嫣一顿，跟她分了。"东东放下烟张大嘴巴："啊？你们真分啦？"我说："你用不着吃惊，其实我早就想分，跟今天你和她的事没关系。"东东坐回沙发角落，抱着腿不说话。我说："东东，有句话叫'当局者迷’，我和吕小嫣这段感情，想听听你们年轻人的看法，你说为什么我和吕小嫣会走到这一步？”东东小心翼翼地瞄我一眼，说：“你傻呗，她那样的女人根本就不适合你，你也驾驭不了她，我妈说得没错，你们根本不会有什么好结果。”我说：“是啊，我们为什么要傻乎乎地去爱那些我们根本驾驭不了的人呢？为什么去追求那些没有结果的爱情呢？到头来可不就显得自己傻吗？所以，我觉得今天的事挺有意义的，至少以后我不用这样犯傻了。”东东抽了口烟说：“你能这么想当然好了，我也觉得你跟她那样的人在一起不值。”我说：“其实人家吕小嫣也没错，每个人有每个人的性格和活法，只是两个人在一起不适合而已，不明白这一点的时候，咱们都会幻想，都会执迷不悟，都会犯傻、犯错、犯贱，等事情一过，就什么都明白了，反而活得轻松了。”东东咬了咬下唇，点点头说：“嗯，我觉得你说的有道理。”我坐近她，说：“所以啊东东，我们得谢谢以前的人和经历，没那些人和经历，我们怎么能找准自己的生活和位置呢？也就不可能真正获得快乐，你说对不？”东东说：“你放心，超哥，我明白你的意思，你不用跟我兜这么大的圈子，我不会恨你朋友的。”

10.

新年过后，东东辞去新晋升的店长职位，重回她醉生梦死的女阿飞生活。

我从外地回来，在机场接到郭小羽的电话，他极其惋惜，声称一两年内不可能再找到这么能干的姑娘。东东妈第一时间来找我，拉着我、东东弟和阳阳一起到外面吃饭，席间她让我出面劝说东东，我问她："这家伙哪儿去了？怎么不见她的人影？"她瞪阳阳一眼，说："新交了个朋友，四处疯玩，我说她几句，她就跟我吵，吵完就不回来了。"

晚上十点，我和郭小羽结伴走进东三环一家酒吧，在角落里发现了东东与她的党羽。我冲过去抓住她问："干吗写辞职报告？谁让你这么干的？"东东甩开我，恶狠狠地望郭小羽一眼说："就是不想干了，至于吹胡子瞪眼吗你们，还跑到这里来？"她松口气，挥手招呼身后的几个朋友，说："你们看你们看，这就是我们家超哥，怎么样，还行吧？"我说："你妈生气了，你知不知道？"她说："生气？生什么气？她哪天不生气？超哥你倒是跟我说说，她，哪，天，不，生，气！我哪天要是真走了，她就不气了。"我说："是不是因为最近阳阳带来的那个高中同学，他不让你干了？"东东脸色大变，推开我说："你少在这儿胡说！老子的事不用你们管！"

阳阳带来的那个高中同学，成了东东的新对象。他与东东同岁，是工学院的学生，家里人在东北经营木材生意。东东喜欢他，去学校找他玩，拉他去酒吧玩，后来趁着东东妈和阳阳回老家探亲，干脆带这个男孩子回家过夜。

我发现自己越来越不懂这个姑娘，或许真像“三姐”说的那样，她比我想象中成熟。作为一个二十三岁的女孩子，东东几乎追遍了自己可以去追求的男人，这点她远比同龄人饱满，她真爱过，假爱过，也错爱过，如今，她只需要一个值得她去爱的男人。

东东此举，重伤了东东妈，也重伤了北隔断间的大个子。大个子上班时间打来电话，非常失落地说：“超哥，今天我起得晚，去洗手间，听到东东在主卧的声音，他们大白天都在家里搞，超哥，我受不了了。”我说：“受不了你死去！早跟你说过，一个家里住着，别乱谈恋爱，不然分手只能搬走，你不听，还非住在这儿，还非得一次次去东东家入股吃饭，你的脸还没丢尽吗？”他说：“超哥你不知道，我是真心喜欢东东。”我说：“你真心有个屁用，她玩你呢，你懂不懂！”

大个子没有搬走，或许他真的喜欢东东，或许他连搬家的钱都凑不出来。这些不谙世事的男孩子，根本不懂女人，他们只懂得看上就要睡得快，睡完四处秀恩爱，爱完隔天就被甩，甩完痛苦大半载，他们抛弃和被抛弃的次数远远超过爱和被爱的次数。

五月初，东东回家，宣布自己怀孕了，她告诉妈妈，孩子的爸爸已经答应娶她。东东妈彻底崩溃，母女俩再次撕破脸，把主卧所有的东西摔了个稀巴烂。我下班回来，发现东东弟在哭，阳阳也在哭。东东弟说，妈妈带着姐姐去医院缝针了，柜子上的玻璃差一点儿就划开了她的肚皮。阳阳说，这次打架，其他屋里没一个人出来拉劝。

我打开门，望着地上的行李箱说："回来啦？"她说："回来了。"行李箱后冒出个小脑袋，我说："你女儿？"她笑着说："是啊，宝贝儿，叫叔叔。"小姑娘怯生生地叫人，我推开门说："快进来。"

陪唱姑娘拖行李箱进屋，眼望四周，说："怎么这么安静，家里最近没出什么事吧？"我说："没什么事，对了，住北次卧的那个姐姐刚搬走了。"她伸手指着房间说："就那个……'三姐'啊，跟包工头走啦？"我说："没有，一个人走的，东东妈说包工头不见了，电话、地址都换了，没找到人，不过这老家伙消失前倒是留了点儿钱。"她说："肯定是人家有了新的、年轻的，不要她了呗。唉，这些有钱人真靠不住。"

我帮着将屋里的大小东西打包，问她："这是打算要去哪儿？"她低头叠衣服，说："安贞门那边有个北京朋友，说要我和孩子，我想早点儿搬过去，省得以后我上班了没人带孩子。"我说："那不错，多少外地人都想嫁个北京人，有房有户口的，以后你和孩子也算有个依靠了。"她停下手里的活儿，冷笑一声说："北京人就那么好吗？他们家的老宅倒是换了两套房子，可儿子女儿就因为这两套房子跟他闹，老婆死了都没人过去看他一眼。有个依靠，哼！”

我摆正她肩上的带子，顺便撩起她前额的头发，她看着我，眼圈一下子红了：“我这样的还能指望什么？有个安生日子过就行了。”我忍住情绪，俯身抱起地上那个看见妈妈哭也开始抹眼泪的小家伙，说：“走吧，我送你们下去打车。”她抹完脸，拽拽孩子的裤子说：“宝贝儿，快说谢谢叔叔。”

回到家中，东东正靠着主卧房门吃香蕉，她瞟我一眼说：“你的情人走啦？”我说：“你也该走了吧，不是说要回去结婚吗？你还打算在这儿气你妈到什么时候？”东东白我一眼走掉：“切，我又没气她。”

街边的杨树停止吐絮时，大个子也终于决定搬走。大个子是第三个从这里搬走的人，也不是第一个对这个地方绝望的人。北次卧的“三姐”自从搬到这里那一刻起，就深知自己的地位和身份。如东东妈所说，如果单纯从钱的角度来衡量人生，人生会减少很多错愕与伤感，可“三姐”触犯“行规”，贸然提及婚姻，招致了不必要的错愕与感伤。大个子与“三姐”不同，他原本就是个愣头儿青，对待生活简单粗暴，所以生活也简单粗暴地对待了他。我第一次帮大个子收拾房间，是因为他做销售的女友甩完他后回来扫货，那个姑娘毫不留情面地带着新任男友，当着我们的面将屋里为数不多的值钱的东西一一搬走；第二次帮他收拾房间，是因为告别，他受家人感召回老家工作，表示此生再不踏入京城半步。

我走进主卧，让东东出来跟大个子道个别，东东边吃胡萝卜边说："不去，我又没爱过他。"

而那个陪唱姑娘，我爱过她吗？连我自己都不知道，也许正因为这个原因，她才会在我面前动容，然后又选择了离去。

一缕阳光骄傲地抬起头，终止了我的梦境与回忆，我睁开双眼，光脚走向窗台，第一次拉开了厚厚的窗帘。我一丝不挂，目光呆滞，尽情享受对面楼阁无数个窗口的惊诧目光，我想告诉他们，我已经脱下了最后一件外衣，我和他们一样，都是天通苑的孩子。

11.

夏天来了，夏天又来了，天通苑的夏天，就是千米长的大排档，烧烤、海鲜、冒着白沫的高脚扎啤，将几十万人拉上了天。晚风中，赤膊的东北汉子讲起往事，煮饺子的山西人端出大碗，卖唱吉他手高歌一曲《怒放的生命》，旁听的姑娘将雪白的大腿伸出老远。

走进熟食店，售货阿姨迅速地堆出笑脸，说："下班啦？"我点了下头，她继续忙碌着说："听东东妈说你要换工作，不在这边住了？"我说："是啊，新公司离这里太远，只能搬家，在北京工作不都这样吗？住处随公司走呗。"她抓起两条烤肠递给我，我说：“我今天来买鸡排的。”她说：“拿着吧，姐送你的，以后不忙了多回来看看。”

复试完毕，我请所有新上司到天通苑的大排档吃饭，其间主动向他们介绍各区的地理环境。这帮人在京多年，自然听过天通苑的大名，纷纷趁机展示自己的优越感，他们指责这边的房屋设计太功利，吐槽这边的人太市井，埋怨这边的中介太黑暗。我谄笑着一遍遍点头附和，等他们讲完，我坐下来望着四周的楼宇说：“房子不重要，重要的是住什么人，其实住哪边不一样呢，因为人都没什么差别。”

东东回东北完婚，我没去送她，因为我在上班，阳阳没去送她，阳阳也在上班，陪东东前去东北老家见公婆的只有她的妈妈。

东东妈喝下啤酒，擦了擦嘴角说：“你那边住的房子是公司给租的吗？工资能给涨多少？”我说：“是公司给租的房子，工资自然要涨点儿，不然跳槽图个什么？”东东妈说：“那就好，唉，我多盼着我的孩子都能像你这么有出息，哪怕像你这么懂事，我也知足了。”阳阳说：“干妈，别老怨东姐了，她好歹也算嫁了个有钱人。再说，你不是还有我们吗？”我说：“东东不是个坏孩子，只是对生活理解得有点儿片面。不过她现在成家了，也有了孩子，过几年也许就什么都懂了，养孩子您比我们有经验，东东这个女儿，您还得再等等。”“我还等啊，超？”东东妈放下杯子，“我等了这帮小兔崽子多少年，可我等来什么？

一个个的不听话。”她指着东东弟说：“就像这个，现在整天黏着我，谁知道将来会不会跟他爸爸一个德行。”“儿子！”东东妈喊道。正在啃鸡爪子的东东弟迅速抬起头，东东妈大声说：“你长大了跟妈妈亲，还是会跟你东东姐一样？”东东弟嘿嘿笑了两声。

吕小嫣发信息来约我吃饭，我去了，之后陪她看了场电影，并一起回了家。我没有告诉她我换工作的事情，她也向我展现出不同往日的、陌生的温柔。午夜，她伤感起来，黑暗中问我说：“蛋，你说人为什么要结婚？”我说：“为了组建自己的家庭。”她接着说：“那爱情呢？是不是有了爱情，婚姻才会幸福？”我说：“不一定，这年头相亲闪婚的也有过得不错的。”她说：“没有爱情基础的婚姻注定是不幸福的，可有爱情的婚姻最后离婚的也有很多。我不明白，想了几年了也不明白，爱情到底是什么，婚姻到底是什么？你跟我说说。”我烦起来，扯过被子说：“爱情和婚姻就是个屁。你到了怀春爆发的年纪，稀里糊涂跟人上床；到了脸色变黄的年纪，慌手慌脚寻找备胎，最后你选择一个自认为靠谱儿的男的领个本登个记，然后他在外面奔波，你在家里抱怨，他嫌你没女同事漂亮，你嫌他没邻居大哥会赚钱。你们吵，你们打，当年你们互相哄哄就能解决的矛盾，现在挖苦争辩一整夜都没完。你男人早就厌倦了这个家，却只能强颜欢笑地把精力用在事业上。你变老了，安全感越来越低，你渴望丈夫一夜暴富，却担心暴富后的丈夫远走高飞。最后，你变成夕阳下臃肿的泼妇，成为社会的雌性赘肉；你男人整日以工作为借口在外偷腥，成为始乱终弃的浑蛋。”

她不再说话，嘤嘤地哭起来。

那一夜，我梦见自己去追一个多年未见的姑娘，姑娘轻盈飘逸，很快就消失在大道尽头，我怅然若失地回过头看，周围是一片高槐，满树都开满了白花。

2012年秋天，我离开了天通苑。我按下车窗，扫视一眼高楼和人群，思念起国外留学的一个朋友。当时她站在机场安检处深情地望着我说：“到那边我肯定会想你们的。”我说：“亲爱的，能走，就不要回来了。”

我还会记得京城吗？还会记得永安里站那个姑娘吗？我想我会记起来，我会重新站在那片璀璨灯火中，想起自己其实是谁。

VOL. 02

02.

你像我见过的

那个男孩

1.

2007年夏，石家庄，我抛下新买的自行车和抓狂的邯郸老板，揣着五百元钱，提着一张军被、几件衣服走向火车站，我忘乎所以，仿佛远方有我的爱人。

公交车车窗外的五环，阳光刺眼，天空荒凉，地面肮脏，新开张的商场挂满彩旗，一派农贸市场的喧哗。我在陌生和不安中，下车，进村。昌平的中滩村，歪曲的小街，拥挤的小店，水果、零食摆在外面。这村子是外来小生意者的天堂，住满打工或准备打工的学生、工人、农民。村子里房屋密集，最高的不过四层，多为临时加高，北京人管这个叫“吃瓦片儿”。村子深处有一户人家，院子也盖成屋舍，通道只够两人并行，主房是个筒子楼，有深邃的通道，通道两侧分布着数不清的房门。三楼是顶层，只有一排屋子，出屋门便是宽阔的天台，天台上拉满绳索，挂满被单衣物，五颜六色，迎风摆动。先期到京的几个大学同学就住这里，克和雷一处，辉子和女友一处，辉子屋的外间住着他小姨子小喜和男友，外间全部家具就是一张小床，再无其他。

起初，天台帮的情况是这样的：克在上班，大学老师介绍的排版工作，月薪两千余；雷在择业，意向是3D设计；我在择业，意图放弃设计专业，改学活动策划；辉子在择业，意向是影视后期制作；辉子女友做小文员，月收入千余；小喜在一家小的图文中心做设计，月薪千余；小喜男友不知道是干什么的，只亮了个相就滚蛋了。

我下榻克和雷的住处，三个大小伙子睡一张床。克个头比较大，实在受不了，向房东借来一块门板和几十块砖头，自己在大床旁搭建了一张吱吱嘎嘎响的小床。我们三人分摊每月六百元的房租费用，外间有煤气罐，村里有菜市场，我开始掌勺，天台帮生活质量瞬间提高，我掂锅性感专业，获得“炒王”称号。

天台帮很温暖，晚上各自摆好桌子，在天台上吃饭、聊天、开玩笑，有时还能欣赏一轮满月。吃完饭，站在天台边缘四望，周围尽是高低不等的小房子和明明灭灭的灯火，近处的巷子，远处的大街，从未间断过的嘈杂，一个偌大的布满生灵和廉价食物的贫民窟，也许十六世纪的巴黎就是这个样子。

每天上午，我和雷去辉子家上网投简历，因为只有他的电脑能上网。作为刚毕业的大学生，我们没资格挑选用人单位，几乎有招必投。隔天，招人单位电话打来，不管什么地方，都过去，坐公交车去。那是2007年，北京还没有地铁十号线和四号线，五号线也是刚刚开通，地铁站甚至还有打眼票。两个月内，我和雷踏遍京城每一处车站，烈日、乌云、像卷着冰棍袋子的风，生生把人折磨得现实了，清华科技园内，“炒王”仰望苍穹，深感蝴蝶飞不过沧海，燕雀殒毙于浩谷。

两家设计公司要我，试用了半天，我就冒着冷汗跑出来，满脑子都是数月前在石家庄设计公司昏天黑地地加班改稿的情景。四个月后，京城进入冬天，我去海淀区上班，学做项目，基本月薪一千五。执着于3D设计的雷，万念俱灰，回了邢台老家。

我下班早，路过菜市场买菜，然后做饭，吃，剩半锅给克。半夜去一楼上公厕，隐约听到楼道里此起彼伏的叫床声，满满都是市井的诱惑。

2.

第一家公司是给几个IT巨头做公关活动的小单位，只有我一个男生。与我同时入职的是大兰，坐我边上，大兰小我两岁，江苏人，美女，高个子，爱吃，吃不胖，说话嗲，真嗲，跟兰妈妈打电话也是这味，勤奋，好学，爱笑，傻萌。

几乎每一个女人窝都盛产八卦，只要周围没人，一个女生就会说另一个女生的坏话，比如哪个妞被包养过，哪个妞爱过傻×，哪个妞说反正也不是处女了，干脆婚前多玩几个男人。久而久之，你会觉得这家公司只有大兰一个好人，还是傻萌傻萌的。大兰住着公司附近合租房里的上铺床位，热情开朗，相信爱情。在外地工作的男友来京出差，丑，黑，胖，高，大兰笑嘻嘻地在网上订房间，下班后风尘仆仆地赶过去，第二天回来噘着嘴，说男友脖子上有唇印，问他，他说被别人拉去按摩了。我劝大兰分手，大兰挣扎一番，没分，几天后笑嘻嘻地在电话里跟男友发嗲。元旦长假，大兰赶去大连会男友，回来上班时噘着嘴，说男友屋里有女人住过的痕迹，而且她在他QQ空间带“老公”字眼的留言被故意删除。我劝大兰分手，大兰挣扎一番，还是没分，几天后又笑嘻嘻地在电话里跟男友发嗲。夏天再次来临，我开始厌倦这里，小公司已没什么可学，我渴望去大公司历练，我丢下正在进行的项目，打电话裸辞工作，女经理气炸了，在公司当众骂我。

家人得知我失业，急了，他们当初就反对我进京，现在更有了理由。表姐的公公是北京人，介绍一家生物科技公司给我，我赴约，接待者是个大肚子男人，他趾高气扬地说："你是××介绍来的吧？下周来上班吧，每月薪水两千三，如果做得好，我会给红包。"我出门就把这家公司忘了。此举招致大祸，家人与我彻底决裂，两月不接我电话，我当时兜里只剩几百元钱，交完房租就得借钱吃饭。祸不单行，和我合住的克开始有所变化，记不清何时开始，他看我的眼神开始有点儿烦，只要我开口说话，他便冷嘲热讽，我不明所以，约他谈，他说想一个人住。这话一出，我的心就碎了，他是我大学最好的朋友之一，现在捅我一刀，我说我找到新工作后立刻搬走。

因为缺钱，我把积攒多年的摇滚DVD变卖了。我挣扎了一夜，还是卖了。网上登出消息，接到电话，见面，对方是个开名车的富二代，我受邀坐进他的名车，接过一支名牌香烟，听着他说："其实你这些盘我大部分都有，就是缺那张九寸钉的演唱会，这玩意儿现在不好找了。"地铁站，我目送名车远去，开始恨自己喜欢了十年的音乐，觉得它不过是富人的玩物、穷人的辛酸。

那是我来京后最艰难的一段时间，众叛亲离，身无分文，几乎一阵风就能把我掀翻在路边。那段时间也成就了两个人，一个是来京借给我一千元的高老师，高老师这份恩情比天大；一个是用浓重的湖南口音跟我电话聊天的黄小夜，时隔三年，我再次爱上一个姑娘。

很快，新工作落实，我离开了中滩村，扬言五年之内不见克。

3.

灯市口的好滋大厦，整栋楼都在办公，密密麻麻地爬满了青壮男女。六楼东面是我的新东家，新东家西面是一家保险公司，内有数不清的办公桌和更数不清的座机电话。保险公司的孩子们大多是烟民，无论男女，定时去楼道吞云吐雾，且每两个月换一批新面孔，一问，原来的人离职了，去了哪儿，不知道。被问者苦涩地说：“保险公司不都这样吗？铁打的营盘流水的兵，说不定下个月我也消失了。离开保险公司是好事，至少证明人家进步了。”

新东家招兵买马，很快也人满为患，我把正在找工作的大兰拉过来“落草”，她在我跑掉不久也离开了那家公关公司。当然大兰不是电话裸辞，是人道、和谐地离开，离开时也没忘和外地男友正式“古德拜[①]”。

我的老板是个白面、微胖的宝岛奸商，他将活动项目交给我和一名广西女生打理，于是有幸去异国他乡公费爽了一周。我在马来西亚云顶给大兰买了个布袋子。大兰没良心，拿着我的布袋子，转眼就在网上找了个其貌不扬的新男友。回国的飞机上，我们在睡梦中惊醒，机身剧烈颤动，播报员提示大家镇静，说飞机遇上强气流。我吓蒙了，双腿肌肉紧绷，算算时间应该在海上，如果是陆地能迫降，海上就是抱团死。凌晨四点钟出了机场，到处是参加奥运的各国代表团，我坐大巴回城，天亮时，北京站下起小雨，我看着眼前的一切，仿佛做了场梦。

奸商拖欠比赛奖金，很多东北赛区家长来算后账，奸商跑到珠海小三家躲起来。两月工资忘发，公司谣言四起，年轻人不干了，要搬走办公室的电脑和仪器，奸商听到消息后，急忙让北京的朋友给大家发薪水，大家一哄而散。一个电话打来，是著名酒企“粮王”的运营商，我不喝白酒，但机会难得，于是在冬日加盟，然后一做就是三年。

① 古德拜，goodbye的汉语音译，再见的意思。

后来，灯市口的同事兼好友张大琳告诉我，奸商被抓了，他在南方继续做少儿艺术赛事活动，蛊惑大陆学生去台北参赛，学生家长至台北后抱怨住宿条件，怀疑自己受骗，当即报警。张大琳传来图片，奸商双手用上衣裹着，跟着警察向电梯走去。他因伪造文书罪被判了缓刑，后改了个名字打算东山再起。

尽管遇人不淑，可那段日子却是我来京后最美好的日子。我住在传媒大学南郊村落，生活空前解放。住了六个月，变成一百二十五斤瘦男，精神无比。夏天雨大，下班时地下桥水过腰身，我就顶着包游回来。上班走到地铁站需要半个钟头，还要经历恐怖的挤地铁运动，但我很少迟到。我很快乐，从来没这么快乐过，得单位老板赏识，和办公室同龄人嬉闹，在通惠河桥上看夕阳，在村口网吧谈人生。我花三百元在二手电器市场买了台电视机，熬夜看“欧洲杯”，最不方便的是中场休息时间上厕所，要乘着夜色穿过大街，归来时常常被路边的野猫吓一跳。“欧洲杯”结束后，我得了咽炎，严重的咽炎，大半夜咳得上不来气，有时实在上不来气，我就想万一咳死了怎么办。回石家庄办护照时，大半夜起来接着咳，吓坏了同室的学长海利。

村口网吧坐满非主流和杀马特，克在网上留言，请我原谅他，我原谅了他，他兴奋之余打电话来问候。小夜来电说：“咱们结婚吧。”我说：“现在什么都没有，拿什么结？”小夜说：“咱们有音乐听、有书读就行了啊。”我说：“你真幼稚。”小夜不说话，我让她失望了，后来她找了别的男孩子做男朋友。

4.

2008年冬天，我和克在通州土桥附近的回迁房区合租了个两室一厅，八十多平方米，足够我们各自拥有自己的空间，生活自此进入平流层。隔年的元宵节，郊区几家工厂放烟花，我陪小区几个正太萝莉观看，克回来，笑着说CBD（中心商务区）一座大楼着火了，几条大街的人围观。

克在国贸附近一家游戏公司上班，做场景及人物造型设计，他喜欢画画，喜欢那份工作。克早上八点半上班，晚上九点多回来，吃完冷饭后接着画到一两点。那家公司没有双休，只有周日一天休息，他就窝在家大睡一天。克的书桌有两只抽屉，一只抽屉塞满各种画画工具，一只抽屉塞满各种非处方药。他身高一米八，从头到脚都是病，分别是：沙眼，鼻窦炎，咽炎，胃炎，痔疮，鸡眼。克也有不开心的时候，他望着我说：“我们公司是做山寨游戏的，求量不求质，而且已经拖欠了三个月工资。”我说：“不至于吧？上次去你们那儿找你借钱，电梯我都不会坐，那么高级的地方还会拖欠工资？”克说：“高级？算了吧，人家老外的企业花三年开发一款《魔兽世界》，卖十年，咱们的企业花三个月开发一款《魔兽外传》，卖一年，高级的骨子里是本色啊。”我说：“也是，老外喜欢做品牌，咱们只会做产品。”克说：“难道白酒圈也这样？”我说：“这年头，哪个圈子不一样？”

克失业了，新上任的老板不想再蹚山寨游戏这汪浑水，解散了团队，项目经理拿着文件四处寻找下家，一个月后，克跟着团队到另外一家山寨游戏公司上班。2010年，克的鲜血顺着裤子流到脚面，他给我打电话说：“超，来医院看看我吧。”我说：“你怎么了？”他笑着说：“我被人爆菊了。”我和几位大学同学赶到丰台区医院，克躺在病床上，依旧笑着说：“做了痔疮手术才知道，原来男人也有用卫生巾的时候。”

晚上，我光着上身靠床弹琴，发现对面楼上一对男女开着灯做运动，招式多样，地点多变，引人入胜。女孩子警觉，扭脸看看窗外，呼啦一下拉上窗帘。我放下琴，寻思自己是不是该找个女朋友了。

两天后，做运动的女孩子挽着另一个男生的胳膊在小区超市出现，两人笑容甜蜜，对话暧昧，我极度震惊，对女人的信任瞬间跌至谷底。

一个独居的北漂女孩子，七点半起床，对着镜子捯饬到八点，踩着高跟鞋挎着包，边吃早点边走向车站，排队，拥挤，香汗淋漓，上班打卡，笑着和领导打招呼，笑着和客户打招呼，笑着和同事打招呼。笑累了，招呼累了，打卡，回家，连做饭的力气都没了，躺床上发呆，盯着电脑屏幕发呆，穿着睡衣、光着脚站在地板上，一口气喝下一升白开水，回到床上，侧身卧下，拿起手机和刚认识的男网友寒暄。午夜，空调里的风变冷，窗外的灯变亮，醒来后再无法闭眼，她开始幻想，幻想街头的偶遇，幻想旧爱回头，幻想闺密的男友，幻想自己的教练。

我没有资格去评说女北漂，事实上这些女孩子的生活压力、工作压力远大于同龄的男性，她们的激素也远没有他们强悍。

新单位领导及同事对我很好，只有那个销售经理比较恶心，明明是河北人，强装一口京片子，处处摆架子，很多工作推给我做，我不喜欢他，也不屑于理他。一年后，销售经理被辞退，我这才发现公司没人喜欢他，他是那种典型的职场小人物，这种人几乎每家公司都有。小人物做不了大生意，也容易耽误大生意，销售经理离职，公司业绩翻倍，公司的人情味和安逸度冠绝京城，连前台姑娘都长了肉。

小夜辞掉南方的工作，孤注一掷地跟着男友进京，刚来第二天，就哭着鼻子来找我。她分手了，分手原因不说，只是哭鼻子。我心乱如麻，扯一路闲话哄她，不奏效。回到住处，我去厨房做饭，她挨着行李坐在沙发上继续哭，哭完走过来告诉我，一会儿一个朋友来接她，她要回长沙。

遭遇情劫的小夜回长沙后不再与我联系。2010年春，我梦见传媒大学和通惠河，恍悟，决定向她求婚。我上线找到她，问她最近好吗，她说嫁了，我说啥时候，她说去年冬天，瞒着家人和一个男生领了证。她很得意，我大脑一片空白。小夜是我屈指可数爱过的姑娘，也是唯一一个匆匆一面就诀别的姑娘，我曾幻想有天我老了，在最初相遇的地方等她，她来了，她也老了，身边跟着一个忧心忡忡的南方老头儿。

除了小夜，2007年我在新浪博客上还认识了另一个喜好文学的安徽孩子，他很穷，特别穷，博文几乎都是描写自己童年、少年以及青年时期如何穷的。2009年年初，这家伙突然看破尘世，写下最后一篇博文，卖裤头去了。

5.

克搬走后，我留在了通州区，找到临河里附近一个三居室合租。我的邻居都是猛犸奶业的员工，猛犸们热情大方，周末经常在客厅聚餐，并邀我蹭饭。我不喜欢海鲜火锅，也不喜欢主卧姑娘的男友。这个戴眼镜的贵州男生在海淀区工作，一周才来这边一次。电视机前，我和猛犸们吐槽时事，他打断我，故作深沉地说："我告诉你，有些事情不知道要比知道的好。"我回敬说："是啊，这世界有很多人和你看法一样。"可怜的眼镜男，挣的钱没女友多，朋友没女友多，见识也没女友多，常被闹分手，闹完再求和，结果还是分。最后一次分手时，眼镜男带着弟弟前来收拾东西，站在客厅里气势孱弱地与女友吵了最后一次架，双方亲友团彼此用恶毒的语言挖苦对方的劈腿史。

猛犸们对我单身不解，介绍龅牙女猛犸一枚。我和龅牙女猛犸吃了顿饭，第二天就被人家拉黑，其他猛犸怕我难过，解释说这个姑娘刚离职，要回老家工作，想找个在石家庄有房的。我说："噢。"交电费时，我在农行认识了一个理财公司的河南姑娘，清丽、知性，很像我当年喜欢过的那个中文系女生，我约她吃了两顿饭，两顿饭后果断终止来往，因为我无意中发现她同时和很多男人暧昧着，目的只是推销自己的理财产品。

和众多国内企业一样，多数底层出身的姑娘在这个时代里缺乏安全感，所以将物质条件看得很重，这很正常，也容易理解，就像二十多岁的男生习惯用下半身思考爱情一样，并不需要从道德上过多追究，只是大家耗费了太多精力在大房子、大汽车、大胸脯上，忽略了男女交往中最质朴同时也是最重要的东西，为未来的另一种悲剧埋下了隐患。

我大概每年都要回一次石家庄，学长海利的窝是我在石家庄唯一的据点。海利不迷信北上广，毕业后辞去工作，与朋友合伙开了公司，接着发了财，在当地结婚、买房，他唯一的苦恼可能只剩下公司的改革与股份。晚上十点，海利把妻子轰到隔壁，关上门，一包香烟，两杯清水，两个文艺男彻夜畅谈，历史、地理、时事、生活、书籍、电影、音乐、女人，甚至还有宗教和宿命，对于孤单多年、知己寥寥的我来说，这无疑是最开心的时刻。

克在丰台区请我吃饭，谈话间比两年前多出几分无奈。我们奔三了，这个年纪面临结婚、买房、生儿育女等问题，我们身边拿父母钱付了首付、娶了媳妇并沾沾自喜的人越来越多，我们的生活观开始受到挑战。于是回到了一个老问题：我们为什么要来北京？为了摇滚乐？摇滚乐早变成商业小丑了。为了紫禁城？紫禁城里一半是赝品。为了钱？泡沫经济时代的薪水养家尚且难，更别说成就什么伟业。为了机会？机会似乎更眷恋那些生来就实力雄厚的人。我爱这里，我在这里住过村子、住过楼房、交过朋友、爱过姑娘，但我的爱里分明夹杂了悲观，曾经我悲观的对象是事业、家人、女人、朋友等，如今作为纪录片控，我怀疑明天就会有一颗小行星出现在视野中，届时，街上的民工、白领、官员、乞丐将统统停下脚步，呆傻地仰望着天空那团光亮，他们的发型不见了，皮包熔化了，生殖器冒烟了，所有的是是非非瞬间进入倒计时，接着在巨大的冲击波与射线中灰飞烟灭。

2009年年底，我在地铁永安里站看到一个姑娘，我跟着她下车，跟着她出站，目睹她的碎花裙子在灯火处飘散，那一刻我突然恨起北京来，仿佛一个糊涂的人走了无数的路，累倒在一个陌生的地方。过去十年的我，就是漂泊，我似乎习惯了漂泊，就像我习惯了单身。我一直认为，只要我还单身，我就有着不切实际的爱情，只要我还在漂泊，我就有着不切实际的理想，但是现在，我想念当年一起成长的小伙伴，想念当年爱过我的姑娘。此时此刻，他们知道我在哪里吗？他们还记得我是谁吗？他们会不会已经在同样的异乡的璀璨灯火中成功忘记了自己是谁？

6.

雷再没来过京城，他在邢台买了个二手房。辉子再没被媳妇埋怨，他回老家当了技校老师。大兰再没换过男朋友，她在南京成了家。克的痔疮没再犯，他升职后不复忙碌。海利再没为公司改革而烦恼，他的小说终于和偶像莫言登在同一本书上。更多的人选择离开北京，留在北京的也不再相见，北京太大，大得你真的可以忘了一切。

小夜来京出差，邀我吃了顿饭，她还是那么漂亮。饭后散步，我问她："你先生怎么样了？"她笑着说："骗你们的，我没结婚。"我无语，继续走，走啊走，走啊走，直到夜色从四面八方袭来，卷走了我对爱情的最后一丝眷恋。

一个东北姑娘大学毕业，对长春的工作环境不满意，辞了职；对长春的男朋友不满意，分了手。她不忿，她苦恼，她说她渴望一段轰轰烈烈的人生。我对她说："你来北京吧。"她说："为什么？"我说："你这样的姑娘适合大城市。"她说："我是向往去大城市、大公司发展，但是大家都整天说北漂苦，我有点儿害怕。"我说："你怕什么？你年轻、漂亮、聪明。北京就是这样一个地方，只要你年轻、漂亮，有野心，不怕苦，就能得到一切，至少，能得到钱，对于很多人来说，得到钱就意味着得到一切。”

2011年夏末，我毅然离开了“粮王”，转投另一家更高端、更赤裸、更残酷的白酒公司。我二十八岁了，我想得到钱，我在这个时代不例外，只有拿钱才能留住一个不需要感情的女人，只有拿钱才能开始所谓的主流的美好生活。我无根无底，谁也靠不上，我得把自己豁出去，我得迎着风向前走，我得像三年前在地铁传媒大学站奔涌向前的人群那样，在这个本不属于我的地方挤出一块自己的领地。我成了，会开心，不成，也没什么，人生还有其他的东西，不是吗？

张大琳说：“我们不是看不起外地人，只是没什么好感。你们这些人，带着青春和才华，带着势利和手段，来到这里追求各自的利益，你们根本不爱这个地方，你们只爱这个地方的钱。你们为了钱破坏这里，把它搞脏、搞臭，搞得乌烟瘴气。你们背后都有个风景如画、满载回忆的故乡，我们呢？我们北京人去哪儿？你们达到目的就走，无情无义。”

也许有一天，我回老家了，选择去做一个有情有义的人，找一份安定的工作，认识个安静的小剩女，结婚，买房，生孩子，工资卡上交，和家人围在一起吃晚饭、看电视，每周和妻子做爱一次，每月参加孩子家长会两次，每季度陪上司出差三次，每年喝吐四次。我可能还会长胖，挺着大肚子与人争吵，滑倒在一个洒满夕阳余晖的街头，手里的酱油瓶子打碎了，酱油掺杂着泥土发出阵阵腥味，我迅速站起，环顾四周，拍拍尘土，若无其事地走掉。我还会记得京城吗？还会记得永安里站那个姑娘吗？我想我会记起来，我会重新站在那片璀璨灯火中，想起自己其实是谁。

7.

送给所有北漂和结束北漂的朋友，送给所有爱着京城和爱过京城的朋友。

夜幕下的牛城，弥漫着寒意，我开始分不清远方朦胧的声响究竟是车声还是人声，它们纠缠在一起，在我耳边忽远忽近、若即若离，像恋恋不舍的潮水。

VOL. 03

03.

东大街的坏孩子

1. 东区的高磊

我是画画出身，却并非对这门艺术真诚。当年牛城大小画班几十处，无一不是为投机高考所开设，艺术类高校对专业能力要求苛刻，对文化课分数却要求极低。老谋深算的班主任们，将自己班上成绩差的学生统统塞进画班，此一举三得，首先，美术生考上大学，也算进其所在学校的升学率；其次，推荐自己学生给私人开设的画班，会得到一点儿酬金；最后，也是最重要的，将那些捣蛋的坏孩子，甩给了别人。

班主任显然低估了坏孩子的能力，就像他们高估了传统应试教育的作用一样。当一个中学烂到连“三好学生”都考不上本科的时候，美术、音乐等专业就成了升学的捷径，比如我和明明所在的牛城十中，美术生一直是文化课学生羡慕的对象，可食古不化的班主任们将画班定义为差生集中地，拒绝任何一位非“坏孩子”学习美术的请求。这点很像旧社会穷人对待戏班子的态度：就算有升迁的机会，就算将来会出人头地，你们也是不入正统的下九流。

初冬的夜晚，东大街画班，新来的美术生在老师的带领下参观我们的素描作业，高磊作为那批新学生的头头儿，第一次出现在我们面前，他梳着整齐的背头，披着成人化的呢子大衣，踩着油亮的尖头皮鞋，无论从哪个角度看，都不是一个美术生应有的范儿。参观进行到一半，美术老师命令我们停下手里的笔站起来，与新生一起品评范画，高磊趁机站到我的身旁，小声说：“你是郭小羽，你对面那个是郭昔明，对不对？”我扭头看他一眼说：“你谁呀？”他说：“你甭管我是谁，总之我知道你们，以前我也经常去工人路那边，那时候跟你们在一起的还有个叫郭小宁的，他快出来了吧？”我说：“你想怎么着？”他说：“不怎么着。以前见过，现在认识了，这就是缘分，一会儿休息的时候咱们上外边聊聊去？”

大门口残破的灯罩下，高磊给在场的每一位学生递送香烟，接着用夸张的语言介绍自己，他大谈牛城各处画班的画风，继而聊到牛城最知名的两个黑帮老大，声称道上混的没一个不认识他的，而他根本不屑与这些人来往。他吐出一口烟云，望着我们说：“我不喜欢美术，只是想靠这个上个大学。我家里的人要求我必须有一个本科毕业证，有本科毕业证将来才能考进机关，才能延续我们家在牛城的势力。”

青春期学生崇拜的同龄人无非三种：学霸、帅霸、坏霸。高磊美术功底很烂，但在“帅”和“坏”上出尽风头，加上傲人的气场和无休止的大话，东大街画班的食烟徒们被镇住了，新来的几个女生甚至当场爱上了他。仅仅一次见面，仅仅一个夜晚，他就征服了一方水土。

第二天上午的水粉课，美术老师当众宣布高磊等人的名字，自此他正式成为东大街画班的一员。为表诚意，他慷慨解囊，带着班上一干男生去滚石网吧通宵上网，去五中附近的小酒馆喝酒，去二中的酒店式公寓里赌博，他恰如其分地占有了所有人的课余时间，将这帮小坏蛋的激素完全激发。高磊出现之前，东大街画班的坏孩子不过是一群散兵游勇，如今有了将军与令箭。

很快，整个画班对高磊心存疑虑的男生似乎只剩下了我和明明。我们俩只是选择性地跟他出去吃饭或上网，并不听命于他，更不会对外承认是他的跟班。高磊对此予以理解，他看待我和明明的眼光明显与他人不同，但我和明明私下并不领这份人情。首先，我们不崇拜坏孩子，只崇拜画画好的人；其次，我们做坏孩子时的江湖名声远比他大。三年前，工人路上的背水一战，我、明明和小宁血拼一大帮牛城冶金厂的孩子，小宁为此还坐了牢。

高磊作为坏孩子不可能不知道此事，也许正因为这个，他才会尊重我们。

“明摆着的事，他想利用咱们，所以才整天请咱们的客。”明明削完一支铅笔放下说，“你想想看，现在他带着画班的人四处招摇，整个牛城东区有多少小团伙看咱们不顺眼，尤其五中的袁胖子。袁胖子和高磊在五中本来就是对头，据说就是他把高磊轰出了五中画班，现在高磊在这边摇了旗，迟早要跟袁胖子干一仗。袁胖子什么人？欺软怕硬的主。高磊讨好咱们，无非是想利用咱们以前在工人路的那点儿破名气。”我说：“我倒不在乎跟着高磊会招惹什么人，只是觉得他带着画班的人这么张扬不是什么好事，说不定哪天美术老师就要翻脸，画班允许学生抽烟和搞对象，不会纵容学生打架。”明明冷笑一声，继续削铅笔，说：“这帮人，纯粹小屁孩儿，都什么时候了，半年后就高考，现在还觉得拉帮结派挺威风。”

晚上十点，画班放学，高磊和几个跟班凑在一起低语，接着集体向门外走去，明明冲我轻摇脑袋，我点头示意明白。跟班们走光后，明明放下画板坐过来说：“他们跟袁胖子干仗去了，就在东大街路口。”我说：“那咱们一会儿要绕道回去吗？”“他们打架，咱们凭什么绕道？”明明说，“十分钟后出门，瞧个热闹。”

临近午夜的东大街凄冷萧条，连只流浪猫都没有，走过十几盏路灯，高磊和跟班们的身影在巷口出现，他们紧紧簇拥，像一群蠕动在月球表面的虫子。东大街画班的孩子们打赢了，五中学生如猢狲散，只剩下袁胖子一人站在原地接受众人羞辱，高磊让男生排队去扇袁胖子嘴巴，并一遍遍喝令其跪下，袁胖子两臂下垂，眼望远处，无休止地哭泣。

我推开一个男生说："行了，高磊，打赢就得了，干吗把人往绝路上逼？"被我推开的男生冲上来说："你管得着吗？"明明手指着他说："给我往后边站！这里哪儿轮得着你说话！"高磊挥手示意男生退下，面向我说："小羽，你认识袁胖子吗？知道他什么人吗？这种烂人你也给他留面子？"我说："我不是给谁留面子，只是觉得你们这样损人不好，揍一顿就算了，干吗逼着他下跪？哪天你们当中有谁也被别人这么对待，你们怎么想？让他滚算了。"高磊无话，看了眼明明和其他人，接着大声对袁胖子说："叫你滚呢，听见没有？今天有人替你说话，以后别让我再见到你，见你一次打你一次！"

高磊其实并不喜欢打架，这点他的跟班们可以做证，大多数冲突，他更倾向于以理服人，对方实在不讲理，他会权衡力量和结果，有充分把握后再让手下动手，然后自己站到一边观看。他的说法是：打架是个丑陋的事情，无论胜败都和帅沾不上边。真正牛×的人是深藏不露的，是靠威慑力的。人生若有一百次出手的机会，那么九十九次都可以通过谈判来取得成果，唯一的一次出手，是要置对方于死地。高磊随身带有一把名贵的匕首，相传是他那个曾在特务连工作过的爷爷的遗物，所以言下之意是，他出手太狠，并不适合江湖上的小恩怨。

这个人无处不展示着他的优越感。

画班课间休息期间，大伙儿聊汽车，他聊到德国原装的排气管；女生们和男生们争辩谁是七中的校花，他能从一中到二十一中准确说出每一个校花的名字；他表姑夫的儿子是大校，参加过国庆阅兵，他家三世为官，爸爸跺一下脚，整个水利局都地震。他没有不懂或不专业的领域，我们说出的任何话题他都要占据上风，你不服，他就一直说下去，直到你认可他比你强。

尽管高磊清高起来很讨人嫌，但他某些时候也会呈现一些不一样的风度，比如他反对嘲笑路边的乞丐，反对男生们在录像厅看A片，反对带其他画班不三不四的女生出来，他大声指责那些带女生的跟班："咱们是学艺术的，不是街面上混的流氓，以后谁带女的出来，谁就给我滚蛋！"我不敢说这就是大户人家所特有的气质，高磊也是坏孩子，但他显然比我们更懂得优雅。

好吧，他做到了，他连坏都比我们坏得优雅，这是血统的胜利，是基因的胜利，这份胜利让我对高磊彻底丧失了好感，我渐渐接受明明对高磊的论断："他不过是个虚荣的官宦子弟，而虚荣背后，不过是另一种自卑与不堪。"

这时，高郁出现了。

高磊的妹妹高郁，是五中知名的美女，也是我的初恋。她和高磊一样高大漂亮，却足不出户，想看她只能跟着她哥哥前去五中画室。高郁走出画室，站在门口对高磊说：“你来干什么？不许你在这边闹事啊，要闹，等我不在的时候再闹。”高磊抓过她手里的画板边看边说：“怎么说话的，来你们这边参观一下不行吗？话说你最近画画怎么退步这么多？”高郁翻了下白眼，夺回画板，走到我面前说：“小羽帮我看看，这幅画要怎么改？”高磊笑起来，说：“对嘛，就该这样，让我们东大街画班的高手给你们这些人好好指点指点。”高郁回头再瞪高磊一眼，转过头来说：“怎么样？”我红着脸说：“再……再画一张吧。”

人们都会爱屋及乌，何况一个十七八岁的孩子。因为高郁，我对高磊日趋冰冷的信任开始回暖，频繁跟着他去五中附近游玩，我的目的很明确，就是多看他妹妹几眼。高磊对此心知肚明，却并未点破，或许他早已习惯了这种事情，追高郁的人太多了，单单自己跟班里就好几个，他统一给出的回应是：不反对，不支持。

我成功约到高郁，带着她到东大街画班参观，在东大街饭店吃饭，周末又一起去火车站画速写。很多人以为我和高郁建立了恋人关系，包括美术老师在内，每次看到高郁，都要半开玩笑地喊我的名字，但随着这个姑娘来东大街画班的次数越来越少，大家才明白我不过是另一个一厢情愿的追求者而已。第一个站出来反对我追求高郁的是明明，他说：“这女生跟他哥哥一样虚荣、势利，你根本不会得手，就算得手也会被骗，别想了。”随后，高磊站出来，说：“小羽，我不反对你追高郁，但她是什么人你不可能比我还清楚，算了吧，省得将来因为这个事伤了咱们哥们儿的感情。”

我最终放弃了对高郁的追求，不是因为朋友反对，是源于自信的丧失。高郁的确看不上我，面对我孤注一掷的求爱，她站在画室门口削着铅笔说：“咱们现在还是高中生，不成熟。你画画得好，人长得也不错，将来上大学了不愁没有漂亮女朋友。”

漫长的失落陪我度过那个漫长的冬天。就在高郁婉拒我后不久，她的哥哥被东大街画班开除。虽然我很早就预料到这个结局，但看着墙上贴出来的公告，还是发自心底地吃惊。高磊在集训期间带画班男生出去喝酒并不新鲜，也从未因此受过处罚，没人知道美术老师为何这次出手这么狠。高磊自然不想离开画班，四处奔波地发动所有同学为他说情，我因为过于羞愧，没有帮忙，引起高磊与跟班们的不满。高磊当着全画室同学的面宣称与我割袍，他说：“认识这么久，竟然没发现某些人这么无情，我当初真是瞎了眼。”随后，他收拾东西离开，昔日追随高磊的男女继续发动整个画班声讨我，明明看不过去，告发对方带头的几个，美术老师将这些人一并开除。

高郁走出来，摘下套袖说：“干吗不直接进去找我？”我说："就在这儿说吧，说完我就走。你帮我给你哥传句话，就说我对不住他。我和你们这些孩子不一样，是个烂学校出来的学生，未来就指着那个画班考大学，当时那个局面我如果主动替他说情，老师必然和我对立，也不会再重视我，我也就没指望了。"高郁低头攥着手里的套袖，平静地说："没事，不管别人怎么看你，我觉得你是对的。"

2003年，非典过去，省联考成绩公布，十中学美术的坏孩子里只有我和明明通过了本科分数线。月末，明明和高磊的一个死党在烈日炙烤的操场上打了一架，双方抽出匕首吼叫着互砍，师生远远围成一个大圈，无一人敢上前拉劝。我闻讯赶过去，发现派出所已经驱散了人群，地上血迹斑斑，我不知道哪些是明明的、哪些是别人的，踩过去，让人又惊骇又伤心。

2. 槐安路的夏天

在石家庄读大学的日子里，明明作为我寥寥可数的亲朋之一，从不主动到师大来看我，他恨师大，同样的分数，师大录取了别人，没录取他，让他耿耿于怀许多年。明明就是这样一个人，他喜欢一样东西，会容忍对方许多，不喜欢，就不给对方一丝机会。当然，爱恨分明只代表一个人感性，并不能代表对错，比如明明对高磊兄妹的成见，明显带有阶级色彩，他来自底层下岗家庭，而高磊兄妹的家人无一不是吃着俸禄的官员。

与明明态度相似的还有我另一位发小儿小宁。2003年秋天，小宁刑满出狱，到省城上电脑技校，和明明一起租住在河北科技大学附近的家属院。每个月末，我都会赶到明明和小宁的住处吃饭，每次吃饭，他们都要当着各自女朋友的面数落我当初追求高磊妹妹的糗事。在他们眼里，我当初和高磊那样的人交往实属不智，追求他妹妹更是自甘轻贱。

“我不是因为和他手下打过架才这么说他。你想想看，高磊为什么和你掰了？难道就因为你当初没帮他求情？他心里明白得很，就算你帮他求情，那个美术老师也不会原谅他。”明明弹了下烟灰，说，“人家一开始就看咱们不顺眼，就因为咱们不入他的伙，高磊这种小官二代，看起来仗义，其实心眼儿很小。”

我笑着说：“所以你们就觉得我追求他妹妹这事特荒唐是吧？”

小宁说：“没说你荒唐，是你心眼儿太好，总把人往好处想，要真像明明说的那样，你们画班这帮学生哪儿有什么好人？都是班主任挑剩下的小浑蛋，说句不中听的，还没我监狱那帮哥们儿义气，萍水相逢，哪儿比得上一块儿受苦过来的人？”

大四，我搬出学校宿舍，去东岗路一家广告公司实习。不久，在槐安路上邂逅了高郁。

当时我正赶往金旋律音像店会朋友，她悄悄从后面跟上来，伸手猛拉我自行车车尾，我一个跟头翻倒在路边草坪里。我以为得罪了谁，战战兢兢地爬起来，她哈哈大笑，我拍拍衣服说：“怎么是你？你这是从哪儿冒出来的？”她坐在电动车上面色不改：“等会儿，等会儿哈，等我笑完，哈哈哈哈……”路上行人开始围观，我不耐烦起来，说：“行了，没完了你！”高郁笑完，脸上留着两片红晕，说：“我没什么事，刚从图书馆回来，你是不是搬到这边住了？最近老在这条路上见到你。”我说：“三个多月了吧。”她说：“哎哟，够可以啊，这两三年不在网上和我说话，现在出来实习了，大家同一条街上住着，连个招呼也不打。”我说：“妹妹，你现在这模样我哪儿认得出来！”她说：“你急匆匆的这是要上哪儿玩？”我说：“去金旋律，你要不要凑个热闹？”她说：“好啊，不过回来你得请我吃饭。”

明明照旧反对我与高郁来往，搬出自己的女朋友对我说教。明明女友是高郁大专时的同窗，毕业后两人在同一家单位实习，声称知道高郁很多事情。她把冲好的咖啡端到我面前，坐下来说：“你可想好了，这姑娘问题很严重。上学的时候就整天跟一帮玩摇滚的混，三天换一个男朋友，后来干脆连学校都不回了。实习的时候也不老实，跟我们那个五十多岁的老板玩外遇，听说还为那个老家伙堕过胎。”我说：“她骑电动车，穿着也普通，不像个小三。”明明说：“你笨，说她是小三，谁知道是小几呢？她也就是长得还行，没学历、没工作的，白玩都说不定。这事咱们牛城的老同学都知道，就你蒙在鼓里。她爸爸因为这个都和她断绝关系了，高磊也不敢替她说话，她就是个无药可救的小妖精。”

我回到住处，播放AC/DC乐队（澳大利亚摇滚乐队）的歌曲，靠着沙发慢慢睡去。她一声不响地走进来，摘掉我的耳机，摆正我的脑袋，盯着我哈哈大笑。我忘了那天谁主动的，总之很快进入正题。她头发又多又长，缠着我的脖子，遮住我的脸庞，令我触摸不到窗台的月色。

我停下来，她瞪眼问：“干吗？”我说：“会不会怀孕？”她捶我一拳说：“哎呀，你快点儿！”接着她闭上双眼，忘情地扬起下巴，嘴里冒出一堆限制级的粗话，这些粗话声声刺耳，仿佛从地缝中喷出来的滚烫的气流，在一望无际的森林里肆虐咆哮。

她一丝不挂地趴在我身上，打着响亮的鼻鼾睡去，我呼吸困难，动弹不得，做了一晚上噩梦。

高郁光明正大地与我住在了一起，她没什么行李，只有一台笔记本电脑和一箱凌乱的衣服鞋帽。她没工作，也不找工作，白天窝在住处睡觉、上网，晚上出去疯玩，有时候大半夜才在闺密搀扶下一身酒气地回来。傍晚，我下班行至门岗处，她趴在公寓窗台上大笑着一遍遍喊我的名字，我招手示意她回屋，她喊得更大声，门岗大叔叼着烟望着我傻乐。她不做饭，倚着厨房的门嚼着薯片，嘲笑我穿着围裙像个守寡的少妇，我一碗冷水泼过去，她哈哈大笑着跑到另一边，抓起口袋里的面粉还击，直到把整个灶台折腾成白色。她买来一堆五颜六色的安全套，吹起一大堆濒临爆掉的气球，挂在床头和书桌对面的墙上，我每次坐卧都要抬头衡量自己与这些气球的距离，点烟时更是惴惴不安。

我不知道这一切究竟源于何处，总之这不该是我印象里那个斯文低调、戴着套袖画画的姑娘，她的发型、身材、笑容都比当年更加漂亮，却不复当年那份温暖。有时忙完手头的工作，我会坐在一旁默默注视她许久，直到她扭过脸冲我龇牙咧嘴。我怀疑自己并不是在恋爱，我不过是收留了一只路过的蝴蝶，而她的那些妖娆，其实都与我无关。

高郁带来的不仅仅是无节制的性生活，还有远方老朋友的问候。高磊重新在网上和我说话，他大侃昔日情义，极力摆出和好的样子。无论这个男人平时多么清高，面对自己的妹妹，他本色丢尽，用几乎是半哀求的语气对我说："高郁从小被我爸宠坏了，嚣张任性，不过心地不坏，你们在一起成了最好，不成，别伤害她，也别恨她。"

明明、小宁在外面敲门，我放下碗碟走过去，高郁扭脸说："谁呀，大晚上的来这里瞎敲门？"我扯下围裙说："自己人，不许乱说话。"高郁白我一眼，继续盯向电脑屏幕。

明明和小宁走进来，小心翼翼地望向高郁，高郁双腿盘坐在椅子上无动于衷。我说：“刚吃完还没收拾，有点儿乱，随便坐吧。”明明点头坐下，小宁依然站在门口发呆。高郁摘下耳机光脚跑进卧室，两分钟后穿戴整齐地走出来，抓起衣架上的包说：“你们聊吧，我姐们儿约我出去，今晚不回来了。”

高郁走后，明明和小宁坐在沙发上长舒了一口气，我边笑边削着苹果说：“瞧你们俩这点儿出息，平时说起话来都人五人六的，一个女孩子就把你们吓出原形了。怎么着？有什么话就讲吧。”明明点上烟，靠着沙发说：“我们俩这几天想了一下，以咱们现在的资历，做北漂真不如回老家创业，所以还是想再劝劝你。”我说：“甭劝，我早说了现在不想创业，你们自个儿做就好，别非拉上我，我先在外面干几年再说。”小宁说：“你去北京，跟你这个姓高的女朋友商量过吗？她也同意你去？”我咬一口苹果说：“她不管这些事。”

高郁转过身子，抓起桌上的毛毛熊扔到我面前。我关上门放下袋子说：“干吗这么大杀气，谁又惹你了？”她用力滑开椅子，怒气冲冲地指着电脑屏幕说：“谁让你跟他提我的？”我走近看一眼，坐回沙发说：“你没事看我聊天记录干吗？”她说：“问你呢，干吗跟他提我！”我见她真急了，换副表情说：“干吗干吗，你至于吗？他知道咱们在一起才联系的我，也是关心一下，他毕竟是你哥哥，不能向我问问你的情况吗？”她吼起来：“郭小羽！我早给你说过，在我面前少提我家里人，你们谈事情，别把我掺和进去！”我说：“你能不能冷静一下，不就这点儿事吗？”她说：“冷静个屁！你不是一直为你们画班当年那点儿破事内疚吗？你回牛城找他道歉去啊，你们是和是断，跟我有什么关系？以后少拿我说事！”

高郁说得没错，我确实想利用她重拾与高磊的关系，以洗清自己在东大街画班老同学心中那个“无情”的污点。但我过于失策，一来这对兄妹的关系远比我想象中恶劣，二来画班老同学依旧没几个人理我，这间接证明高磊并没有真正原谅我。被画班开除后，高磊复读两年才考上大学，和明明打架的那个男生被美术老师踢到其他二流画班，最后只考取了个专科，这些足以影响一生的变故所激发出来的仇恨，只能靠时间流逝一点点稀释，任何人为的努力都只会掀起新一轮的波澜。

高郁从后面贴上来，我放下勺子关掉火问：“干吗？”她搂着我说：“不许动，站好。”我呆呆地注视着窗外那片墨蓝色的天空，心里燃起一团久违的委屈。

两天后，她走了，她扎破气球、倒掉烟灰，将整个房间还原成当初入住时的模样，然后把钥匙留在了门岗处。我打电话问高郁闺密知不知道她去哪儿了，对方愣了一下说：“不知道啊，哎呀，算了，小羽，这种姑娘你留不住的，忘了吧。”

我离开槐底村公寓，搬去与大学同学合租，不久干脆辞掉了工作。同事没有坏人，但我不开心。圣诞节公司组织全体人员聚餐，我中途溜到大街上，大街上刮着风下着雨，我一个人孤零零地坐在车站棚子下面的长椅上，呆呆地望着眼前的车辆，那时我多么希望身边有人爱我，可爱我的人，不一定懂我。我最后一次拨打高郁的电话，语音提示所拨电话为空号，我关掉电话，萌生去意。

离开省城前，明明请我吃了顿饭，却没来车站相送，因为高郁的事情，也因为高磊的再次出现，他不再像从前那样信任我。小宁站在检票口外面，久久不愿离去，他张嘴想对我再说点儿什么，却被四面八方的广播声淹没。

同一年，牛城上学的老同学们出了事，他们因涉嫌酒后抢劫一名男生遭到指控，尽管事后高磊回到牛城帮忙走动关系，但涉案的老同学们还是被牛城学院集体开除。这件事也许改变了高磊对人事的一些看法，但在明明眼里，他们一直是狗肉，狗肉根本上不了筵席。

3. 美术帮的游戏

当年我在十中上学的时候，曾有过一个男同桌，此人成绩一般，长相、性格毫不起眼，基本属于“人肉背景”（陪衬）级别的学生，但就是这个同学，给我们美术生长了回脸。他喜欢美术，也有一定的美术天分，可他那个当班主任的爹偏偏希望他攻取文化课正途，并怒斥他入学画班的请求。他又羞又恼，抄起书本扔向黑板，弹回来正中他爹后脑，父子两人再不顾师道尊严，当着全班学生的面叮里咣啷地打起来，周围一片哄笑声。

五年后，这位“弑”父英雄三本毕业，几十个夜晚熬下来，考取公职做了牛城东区的警察。警察有严重的恋旧情结，几乎每年年底都张罗老同学聚会，你不去，他不介意，继续骚扰你，直到你发觉他是“真爱”。也许是因为当年开对方玩笑太多，现在实在不好意思见面，我一次也没答应过警察的邀请，后来人家找到真爱，点名要我回牛城去给他做伴郎，以谢天下，我只好去了。

高磊从远处走过来，目不转睛地望着我，挂着坏笑，我急忙起身迎接。他端着酒杯拍着身后人的肩膀说：“看到了吧，这就是郭小羽，我的老哥们儿，当年工人路的扛把子（老大），现在在北京发展，怎么样，一表人才吧？”我笑着说：“听说你进政府机构了，现在是什么官？”他摆摆手：“唉，算了吧，还官呢，新兵蛋子一个，副科级。”

三杯酒喝完，他转身走掉，并没有想象中的畅谈，不过这已足够令我对往事释怀。警察晃着身体站起来，对边上的小舅子说：“去去去，客人都要走了，去帮你姐送送。”接着抓住我胳膊，将我拉到另一张桌子旁，指着在座的人说：“喏，我把咱们老同学都凑到这张桌子了，等那拨场面人走光，咱们就在这儿正经开喝。”我说：“你和高磊一直都有联系，是吗？”他眯眼笑着坐下来，说：“说实话，我和高磊算不上什么朋友，你知道我们都是公家的人，不能走得太近，犯忌讳。”我说：“不至于吧？”他说：“你不明白，这是纪律，开不得玩笑。不过我觉得高磊将来会是个人物，他不俗，能折腾，你得多跟他搞搞关系。”我说：“哈哈，我和他拉关系就不触犯国法啦？你这是什么逻辑？”他瞪起眼睛：“我是为你好。你知不知道？你这家伙从来都不重视老同学关系，对你有看法的人多了，所谓‘衣不如新，人不如故’，苍生皆可用……哎呀，你们这些文艺青年对社交真是屁也不懂。”

警察结婚两月后，年假临近，高磊打来电话，要我回老家先去找他，我问：“有什么特殊的事吗？”他说：“没什么大事，就是吃个饭，介绍几个圈里的朋友给你认识。记得带两瓶好酒回来，这些人都是有背景的。”

腊月二十八，我拉着行李箱跟随人潮出站，高磊在远处挥手喊叫。与他站在一起的还有其他几位外地工作的老同学，其中两人也拖着行李箱，显然我是他们最后一个要等的人。

高磊开着公车载着我们离开火车站，一路上交警纷纷观车敬礼，他微笑着一遍遍鸣笛回应。闹市区，他大摇大摆地将车停在路边，对着电话大声训斥属下，完后扭过头说：“你们干吗不说话呀？都是自己人，几年没见就没词啦？”后座上的人面面相觑，无人作声，他笑一下，继续开动车辆。

开发区主干道，两旁尽是正在修建的高大建筑，高磊对着后视镜说：“政府把工作重点放到这边了，开发区挨着工业区，所以比市里有钱，现在这边到处都在改变，到处都是机会。相信我，不出五年，牛城的政府机关都得迁到这边来，这也就是我当初选择考回来的原因。凭我们家的关系，北京的单位我一样能进，但我和你们不一样，我不迷恋大城市，如今最好的工作都在三线城市。”“小羽，”他瞄我一眼说，“你和明明家应该都划到开发区了吧？”我说：“是，我也是刚刚听家里人说，过了年恐怕还得回来换身份证。”他说：“这就对了，划过来好啊，你们也算市里人了，关键是咱哥们儿在这边多少有点儿面子，以后家里有什么事需要找人帮忙的，打个招呼就行。”

我相信如果没有后来的变故，高磊会成为警察嘴里说的那种“人物”，因为他比我们当中任何一个人都清楚自己的理想，也先一步找到了实现这个理想的途径。六年过去了，他的衣着、言谈、地位、风采，依旧高出同龄人一筹，尽管他的自信里夹杂着若隐若现的不实，但那种自信我们打死也装不出来。

他带着我们迈进招商办大楼，游刃有余地走在每一处通道，指手画脚地介绍每一个科室，路过的值班人员一一与他挥手致意，他一遍遍向同事介绍我们的身份。阳光射进天窗，地板上映出所有人的身影，我低头望着自己那身休闲衣装，几乎自惭形秽。

我承认自己那几年有点儿势利，这可能与当时的年龄或环境有关。在传媒业摸爬滚打几年后，我不再满足于固定的薪水与奖金，一心寻找有差价可图的私活儿挣钱，那时的我没什么职业观，觉得工作不过就是为了挣钱。与高磊商议完毕，我找到跟自己所在公司有合作的酒商，私下与他们签署了协议，有偿帮助他们开发中原地区的团购渠道。此举耗尽我业余精力，也摧毁了我在文艺青年圈子里的名声，很多朋友指责我媚俗、铜臭，成批量弃我而去。

“人我帮你介绍，具体事情你去操作。钱就算了，我不签协议，只能算帮老朋友的忙，”高磊放下手里的协议书，望着我说，“我要收了你的钱，性质就变了。”

我开始频繁回牛城，和酒商一起接见三教九流、绿林“奇葩”，这些人西装革履、油头粉面，操着蹩脚的普通话，在KTV包间里搂着姑娘抓着酒杯扯淡。他们大多冲着高磊的面子，接下我们的名片，填完桌上的订单，最后笑嘻嘻地收起酒商快递过去的超额发票。整个过程，高磊的确没收过任何好处，也从没问过我卖酒所得，他孜孜不倦地扮演撮合者的角色，只为一份人情和一份承诺。

可我心里清楚，我不是唯一围绕在他身边的人，他的社交能力与组织能力使他在整个开发区左右逢源、威风八面，几乎每一个有头有脸的年轻人都与他相识，或渴望与他相识。很快，他升职了，成为开发区最年轻的科级官员。高磊虽是小官，却不是小人，他出手阔绰、慷慨大方，对所有朋友一视同仁，从未表现出与哪个人的亲近优于旁人。人家请他帮忙，他一律应下，有些人的要求触犯国法，他也不起急，察觉后立刻放弃，并不与之交恶。他对人脉的笃信很大程度上折损了他的独断和锐气，但这就是他的人生哲学。警察说得没错，高磊不俗，他深谙“战略性投资”，从不屑于计较蝇头小利的得失，就像他当年不屑于江湖上的小恩怨。

就在我成功开辟第二职业的时候，明明和小宁的广告公司也在开发区正式挂牌成立，作为同乡兄弟和发小儿，我特意请假赶回去祝贺。

晚上六点，小宁带我走进饭庄二楼的包间，包括高磊在内的大批画班老同学站起来打招呼，明明红着脸把我拉到桌边，说：“嘿，瞧瞧，瞧瞧谁回来了？你们说，喝几个？”高磊说：“今儿是咱们老同学自己的公司开张，图个吉利，喝六个！胖子，给他满上。”我抓起几块肉塞进嘴里，警察高喊：“谁让你先吃肉的？不许吃肉，吃肉喝八个。”我欲言又止，低头接过袁胖子递过来的酒杯，深吸一口气至丹田，老同学们拍着桌面整齐划一地为我鼓气。

六杯酒喝完，我晃晃脑袋坐下来对明明说：“你说的合伙人，就是他们？”他小声说：“不然还有谁？你又不入伙，这边能说上话的也就这些老同学了，我让了三分之一的股份给他们，先干起来再说。这回高磊帮了不少忙，我跟他说好了，以后凡是开发区政府搞的招商活动都交给我们公司来做，瞧着吧，我们很快就能成为整个牛城业务最多的广告商。”我搓了搓脸，没有说话。明明说：“干什么，后悔啦？”我说：“没有。”明明说：“你活该！”

服务员搬着啤酒走进来，带起包间内新一轮高潮，两张桌子二十几号人抓瓶举杯，一派喧哗。高磊俨然是主角，带领大家玩起“大王与乞丐”的纸牌游戏，他大呼小叫，旁边的人东倒西歪。被罚酒的袁胖子招架不住，单膝跪在地上称呼高磊“大王”，高磊不依不饶，吩咐其他人开灌，袁胖子吓得趴在椅子上一动不动，大家再次笑得东倒西歪。

恍惚间，我有了种时空颠倒的错觉，眼前的人事不过是过去某一阶段人事的重复，那个时候，高磊是这帮人的大王，如今依然是他们的大王，而袁胖子的倾情一跪，直接将高磊的大王生涯推上了巅峰。

警察把车停到路边，关掉警示灯走出来。我夹着烟坐在台阶上冲他笑，他面不改色，双手插兜站到前面说：“怎么没人来送你？”我说：“大哥，我都快三十的人了，去个北京也要人送？说吧，什么事？”他瞄了瞄周围，说：“其实是想单独找你谈谈，可你没时间，所以只能跟到这儿了，也没什么大事，就是想跟你聊聊高磊这个人。”我说：“你能不能坐过来说？你这么站着，人家路过的还以为你是来抓我的。”“抓你怎么了？你是什么好人吗？”他瞪着眼睛说，“就站着说，爱听不听。”我说：“行行行，你说，高磊怎么了？”他说：“高磊这两年升得很快，也吃得开，帮了不少老同学的忙，但我劝你一句，别跟他有生意上的往来，更不能做违法的事，我可不想将来开着这辆车去抓自家兄弟。”我掐灭烟，义正词严地对他说：“我以我的人格冲你发誓，我和他之间绝对没有做任何犯法的事，行了不？”

他不再说话，盯着我看，我也盯着他看。许久，他叹口气，走过来坐下说：“给我根烟。”我说：“你不是要出差吗？”他说：“抽完这根就走。”

4. 不一样的天空

火车上，我想了一路警察的话，也重新审视了一遍自己的德行。其实在老同学里不止是警察一人对我酒贩子的身份有看法，在石家庄和北京工作的老同学早就在私下向高磊表达过对我的不满，他们也许是眼红，也许是看不惯我的张狂，总之他们认为我这样利用老同学关系官商勾结谋取私利，毁坏了画班老同学的名声。在我这次回牛城前，北京老同学曾集体致电高磊，声称以后郭小羽出现的地方，他们不再出现，除非让这个人滚蛋。

高磊自然不想放弃与每一位老同学的关系，摆出和事佬的架势来到北京。他先陪同我见了北漂老同学中声望较高的一个女生，让她替我们约其他的人。我掏钱包下东三环一家KTV的包间，与高磊一起站在大门口等待，虽然我始终不知道自己错在哪里，还是决定向大家道歉，然而两个小时过去了，没有一个人出现，也没有一部电话可以打通。

送高磊回宾馆的路上，我咬着牙不说话，高磊拍了拍我肩膀说："算了。"

我驱车赶到酒商住处，告诉他这个生意我不做了，他惊愕之余问东问西，我说："别问了，反正打今天起，你自己去牛城谈客户就行，不用再带上我，我退出。"他说："整个冀南的分销体系是咱们一起努力建立起来的，这才刚起步你就不要了，不觉得可惜吗？再说我还指望你朋友的公司帮我们新签几个经销商做宣传，你不能说不干就不干。"我说："宣传这件事我能说上话，他们公司愿意接这种活儿，但以前咱们见的那些人我不再见了。"

明明在电话里露出一丝为难，绕了半天弯子才说自己不想接酒商的活儿。我说："你到底什么意思？拣我能听懂的说。"他说：“最近我们公司做了调整，全部精力用于帮着开发区政府做招商，不再接一般小单位的项目，你说的这个事情我在公司提过了，袁胖子和其他几个人明显持反对意见。”我说：“那就是说这事没缓和余地了，对吗？”他说：“我也没说不能接，只是我们这边负责企业广告这块的是袁胖子，他是业务经理。我虽然是总经理，但袁胖子一个人就拿着五分之一的股份，所有事情不是我一个人说了算的。这事你得让高磊出面，袁胖子他们比较服高磊，高磊说话了，他们才有可能给你这个面子。”

也许就是从那时候起，我对故乡和故人有了一丝厌恶，当然，我同时更厌恶自己，我本不是一个势利的人，可自从与酒商和故人打交道以来，所作所为无不显得势利。我也从来没想过自己会成为一个复杂的人，然而现实中的我们一个个的都变得越来越不简单。

高磊很痛快地答应了帮忙，他问我：“那这次你还回牛城吗？”我说：“不回了，你冲袁胖子他们说句话就行，不用太费心，他们答不答应都没关系。”

“高郁？浓郁的那个郁？”朋友突然来了兴趣。我说：“没错，你认识她？”朋友说：“是不是黄头发、波浪卷、瘦瘦高高的，左胳膊内侧文着一行拉丁文那个？”我惊恐地看向他，朋友笑起来：“我×，这么巧，当然认识啦，我们乐队主唱的女朋友就是她，前不久俩人刚分的手，听说她现在去野马唱片那边混了。这妞，专挑签约的歌手傍，我们这种没签约的，丫说到底根本看不上。你跟她什么关系？”我说：“就是个老乡，当初都是学美术的，我和她哥比较熟。这姑娘怎么了？你接着说。”朋友说：“难听的话你要不要听？”我说：“废话，卖什么关子？说！”“这姑娘不怎么样，”朋友放下茶杯看我一眼说，“太虚荣，太势利，整天搞关系攀名人，梦想着自己能签约去当个歌星、电影明星什么的，可谁在乎她啊，跟她在一起的那些人私下没人拿她当朋友，都当果儿[①]睡的，不过丫好像也不在乎，傍完一个算一个，都傍出名来了。”

朋友走后，我心乱如麻，为摆脱无聊，开始对住处进行大扫除。明明打来电话，我跳到沙发上问：“什么事？”他说：“你介绍的那几个做酒的客户和袁胖子干仗了，他们没按时打款，还说我们这边怠工，我当初就说你不应该揽这事……”我打断他说：“明明，你能不能别跟我提你们工作上的事？你们做主不就行了！”“你怎么了？”他觉察到我情绪不对，减缓语速继续说，“那个酒商是不是找你谈过了？我也没别的意思，这不都是你以前的朋友吗？咱们一起商量个解决办法。”我闭目平复了下心情，重新拿起电话说：“好吧，我明天跟酒商回去一趟，你们

---

① 果儿，摇滚圈的专有名词，指情迷音乐、追随乐队，并热衷于和乐队成员发生性关系的女子。

等着吧。”

我双手掩面躺下，电话又开始振动，抓起一看是酒商打来的，直接摔到远处。

开发区主干道，酒商按下车窗说：“你老家这地方发展真快，来一回变一个样，所以说咱们在这边做推广是对的，这种地方对中低端快速消费品来说简直就是天堂。”我伸手拍司机一下，说：“改道，先去开发区政府。”酒商问：“去那儿干吗？”我说：“找高磊，让他出面帮着调解。”酒商笑起来：“哎呀，我怎么忘了这茬了，高磊在这边说得上话啊，没错，先去找他。”我面无表情地望着窗外，对他说：“也就这一次了，以后你们的事情自己解决就好，我不想再求高磊了。”酒商愣了一下，没有说话。

明明公司的会客厅，我和酒商被众人围住。小宁伸臂挡开袁胖子，袁胖子不依不饶，隔着小宁指着我说：“当初我们就不想接这几个单子，是你让高磊保他们，现在怎么样？当着高磊的面，你还有什么话说！”我说：“你喊什么喊，不就一点儿生意吗？你们爱做不做，跟我有什么关系？我这次回来还不是帮你们追款，你以为我愿意管这破事啊？”袁胖子嚷嚷：“你装什么好人，跟你没关系？你之前不都是跟着他们一块儿倒腾酒的吗？

没拿好处你能这么帮他们说话？”高磊走过来，帮小宁一起拉住袁胖子，劝道：“好了，好了，大伙儿都看我的面子上，咱们坐下来好好聊，成吗？自己人跟自己人闹，不嫌丢人吗？”袁胖子说：“高磊，不是我说你，你看看你这人情做的，跟郭小羽这种酒贩子谈合作，你能落什么好！”我说：“你说谁是酒贩子！”“说你了怎么着，还有你！”袁胖子指向酒商，“你们今天不把款给我们公司补上，谁都别走，咱们直接去工商局立案去！”

整个过程，明明站在我身后一言不发，我转过脸怒气冲冲地看着他，他甚至不敢抬头看我一眼。酒商隐忍半天，开口说：“行啦！叫你们会计来，我现在就给你们打款，不就这点儿钱吗？我替我那几个客户垫了，咱们的合作就此终止！”

酒商怒气冲冲地上车离去，我、明明和高磊站在企业园区门口，彼此摆出一副无辜的样子望着对方。在高磊眼里，我此行也许是个阴谋。在我眼里，明明和袁胖子才真正是耍阴谋。过了半分钟，高磊开口：“行啦，事了了，一会儿都跟我走吧，上我家喝一口去，咱哥仨也很久没在一起聊聊了。”我说：“下次吧，我定了回京的票了，一会儿就得去车站。”高磊急起来，说：“小羽你能不能别这样？这么早回北京，你能有什么事？兄弟们好不容易碰上一次，你别太不讲情面了。我告诉你，郭小羽，别的日子能放你，今天不行，我没请谁去过我家里吃饭，今儿就咱哥仨，你看着办。”我瞅明明一眼，他平静地说：“高磊说得没错，留下来吧。”

高磊家书房，地板上堆满干果和熟肉，我、明明和高磊三人各自盘坐。一打啤酒喝完，高磊有了几分醉意，转着地上的酒瓶子说：“当年一起玩的几个小哥们儿现在都不如以前那么亲了。”我说：“小时候是小时候，现在是现在，现在大家都有自己的工作和生活，想法自然也不太一样了。”高磊说：“你的意思是环境把人改变了，这些都是必然的？”我说：“是啊，咱们这代人，总有分道扬镳的一天。不都这样吗？混钱、混名、混地位，最后连朋友都混没的时候，就算成功了。”明明说：“高磊你有没有想过，你把所有人都当哥们儿，可他们不一定以同样的心对你？有好处时，瓜甜子儿蜜，讲兄弟论感情，没好处时，谁还记得你。”“我没想让他们都记住我，”高磊弹开酒瓶子说，“我对十个人好，有五个人领我的情，我就知足。我和你们不一样，你们现在都有钱了，眼里只有钱，我还是看重朋友，钱再多，买不来朋友。再说，钱再多，说没就没了。朋友呢，就算闹掰了，情分闹不掰，早晚还能走到一起。”

“明明，”他眨了下眼说，“我知道你一直瞧不起我，我能问一句为什么吗？你觉得我高磊哪个地方做得不地道，直说。你看看咱们画班的老同学，上百个人，现在甭管在哪儿混的，有哪个敢说我高磊对不起他？”明明脸红起来，说：“哎呀，高磊你喝醉了，什么瞧得起瞧不起的？我不是说了吗，你对谁都一样，总会有人领你的情。”我打圆场说：“是啊，大家都这么多年了，高磊你别说这些见外的话行吗？”高磊瞪起眼来，说：“行，郭小羽，你说我说见外的话，那你说句自己人的话给我听听。你摸着你的良心讲，你拿我当过自己人吗？你们拿我当过自己人吗？我从来都是什么都跟你们说，可你们呢，你们有多少事情瞒着我？郭小羽，你跟我妹妹的事，这么多年了你什么时候跟我提过？你问过我吗？你是不是觉得我是你的绊脚石，是不是觉得是我不想让你们俩交往？”我说：“咱说点儿别的，别老提这些过去的事行吗？”高磊提高嗓门：“提呀，干吗不提？你把我妹妹都睡了，现在却害怕跟我提过去的事？”明明伸手按住高磊：“高磊你别激动，坐下来好好说。”高磊坐回原位，面不改色地盯着我。明明说：“高郁是不是好几年没回来了？”高磊抓起一瓶酒喝下，双眼泛着泪说：“快四年了，过节就给我爸打个电话，我爸也不知道她在哪儿。我跟我爸不一样，我一直就当没这个妹妹，这死丫头跟我妈当年一个样，吃了我们家的饭，翅膀一硬就飞走了。郭小羽你不是口口声声说你爱高郁吗？你找她去啊，你要有能耐留住她，就找她去啊！你最虚伪了，我告诉你，你们都他妈的虚伪！”

5. 京城的小丑

回京后，我开始贪杯，几乎每晚都在买醉，我对任何事情都失去了兴趣，仿佛只有喝醉时才能找到一丝存在感。我渐渐失去理智，开始从公司公关部骗取招待用酒喝，直到喝得胃壁出血、不省人事。合租的朋友深夜打车将我送到附近医院，值班医生忙活一通，站在床头对我朋友说："等他醒了，你得好好劝劝他，这么年轻，可不能再这么喝白酒了。"我睁开眼说："其实我喜欢啤酒。"医生说："可拉倒吧！什么酒喝成这样都不行！"

董事长从国外回来，单独把我叫到办公室，他关上门，递给我一支烟，说："最近总经办的人对你意见不小，我先放你一周假，回去避避风头。"我说："不用，工作上的事我应付得来。"董事长坐下说："不行，你得回去，把酒戒了再来，戒不了酒，我没办法保你。你有才华，这边的人也都挺重视你，我不想最后就因为喝酒这个事断了大家的缘分。"

我识时务，当场答应了董事长，之后半年，远离了所有含酒精的饮料。我停掉所有兼职，将精力全部用在本职工作上，公司几位领导慢慢恢复了对我的信任。为打发闲暇时间，我听从总经理的意见，报了个英语口语培训班，在班上认识了个北京姑娘，不久和她成了男女朋友。我女朋友出身比我显赫得多，曾在地中海一个小国家留学，具体学什么专业，她死活不说，总之是个十分教条的姑娘，在她的教唆下，我开始去福利院做义工，去聆听古典音乐，甚至去天主教教堂学习教义。

秋冬换季时，我染上了肺炎，开始日夜不停地咳嗽，有时我觉得这种炎症远比醉酒可怕，每次发作都毫无征兆，办公室、食堂、厕所、大街，咳得人满身冷汗、心神俱乱，却又束手无策。我不得不再次请了病假，回住处静养，其间深居简出，再不见人。明明从牛城寄来一箱中药，样子十分吓人，我一点儿也没敢吃。他在电话里提出在北京开公司的想法，问我有没有兴趣参加，我说暂时没兴趣，他接着说："那你帮我问问在北京工作的老同学，做设计的、做策划的、做市场的，看看有没有想创业的。"我咳嗽完，用纸擦着嘴巴说："北京这边的人心气高，你想用他们不是太容易。"明明说："你告诉他们，想要什么待遇随便提，老子有的是钱。"我笑起来，说："行，我帮你问几个，不过你是老板，这口号得你来喊，你也知道北京的老同学以前对我都有点儿成见，我说的话人家不一定信。"

地铁团结湖站的人群中，高郁昂首前行。我扯下口罩喊她的名字，一遍又一遍，她却在嘈杂声中越走越远。我撞开人群，冲出站口，奔跑在大街上。我望着眼前的这座城市，觉得自己的一生从没这么累过，有些东西，我注定不会得到，即使得到，也不过是一场欺骗。

年底，牛城，高磊再次召集众人吃饭。为庆祝同学会成立五周年，也为了庆祝自己升职，他搞出空前的规模。席间我见到了所有叫得出名字的老同学，以及风月场所打过交道的部分小官商，他们像当初那样举起酒杯高呼我的名字，我回敬他们一张熟悉的笑脸。

高磊很快喝大了，搂着我站起来，大声对几张桌子的人说："我兄弟，郭小羽，北京传媒界的精英，当年牛城的美术圈你们打听去，有谁不认识他，我告诉你们，他有出息，有……出息！将来肯定混得比你们这些人强，哈哈哈哈。"

那天，我也喝大了，当着十几个男女的面，站在椅子上背诵拜伦的诗歌。我突然发觉自己背错了，欲收之际，停在半空，周围一片叫好，我浪笑着爬下来，周围继续叫好，我一头撞向门旁的墙壁，哇的一声吐出血块，周围一片哗然。

寒风中，高磊把我架到路边，伸手拦截路过的出租车，没一个司机敢停下来，高磊抻着脖子，用最粗俗的脏话咒骂他们，司机边加大油门开车，边按下玻璃窗回骂。我奄奄一息，哈喇子垂地，默默享受路人的注视与嘲讽，像个泥泞中的婴儿，像个深受屈辱的败类，像个注定一辈子被人忽略的小人物。

新年过后，我清空电话簿，不再理会任何一个来自牛城的号码。高磊觉察到什么，在网上给我留言，我搪塞性地回复，直到他心灰意冷。他找到明明，不忿地说：“你告诉小羽，不管他怎么看我，我都永远把他当哥们儿，而且你们记住，我高磊永远是咱们东大街画班里混得最成功的一个。”掏心窝子说，这话让我很感动，它至少证明了高磊对我是真诚的，而我无法做到对他真诚，我没有他那种同时驾驭真诚与虚伪的能力。

我三年没有见他。三年间，他偶尔会在网上跟我说几句话，不过是一些简单的生活问候，再不涉及人伦、地位、金钱等话题。三年间，我对自己进行了颠覆，换工作，换住处，留长发，穿马丁靴，重新做起那个动人的文艺青年。

有人说，二十岁至三十岁的男人，是看不透的男人，意思是这十年是男人成长的黄金期，所谓“三年一小变，五年一大变”，几乎每一场变故都会影响他们的三观。这也是最容易始乱终弃的年纪，当一个人拥有了独立生活的能力，必然开始向往人格的独立，这就像穷人吃饱饭后大都叩谢体制，而富起来的人们更贪图自由与权力。同为20世纪80年代出生的人，高磊与我和明明的人生观反差巨大，这种反差的根源在于出身，更在于我们对自己所处的这个时代的不同理解。在都市中，我和明明早已摒弃了父辈们的思考方式，高磊却是坚守原地的父辈文化的继承者，作为后计划经济时代的官僚代表，仕途经济主导了他的一生，他的天赋、价值乃至于理想都莫过于此。我常常在想，高磊的气质也许更符合这个国度过去的某个时代，那时候，政治是男人最终极的事业，权力是男人最性感的标志，商人是政客的管家，艺术是娱乐的工具，就连女人也不过是延续血脉、照顾家人的雌性机器，所以他应该永远不会明白妹妹的叛逆、明明的成见以及我对他一次又一次的唏嘘感叹。

高磊结婚，我没有回去见他，只是寄了份礼物。他在电话里说："北京的都通知了，不知道谁能回来，你见到明明他们，记得再帮我问问。"我说："你挑的日子正好是北京传媒界、广告界最忙的时候，电视台跟门户网站的招标会一年就这么一次，各公司都恨不得加班加点，所以你还是别太报什么希望。"他说："小羽，你以前说得没错，咱们这代人，总有分道扬镳的一天，现在这个样子，算很正常吧。"我说："你也别这么说，大伙儿都还是朋友，只是暂时走的路不太一样。不光是你，现在跟我联系的老同学也越来越少了，不过我相信总会有再聚的那天。"他说："行吧，就这么说定了，你记着帮我再问问。"

老同学没人表示要回牛城参加高磊的婚礼，他们的借口和我差不多，都是一个"忙"字。我甚至怀疑这些人对于我的通知心存埋怨，袁胖子明显不怀好意地说："你去不去？"我说："不去，我们公司招标会项目是我负责的。""哈，你去招标会，那我们就闲着吗？”袁胖子扭过身说，“大伙儿评评理，嘿，这算不算不正当竞争？”办公室其他人跟着袁胖子笑起来，我背起包说：“我也只是替高磊问一声，没指望你们回去，招标会上见吧，各位。”

“你和高磊一直有联系，对吧？”袁胖子在我背后问道。我停下来望着脚下的地板。袁胖子继续问：“他现在在那边一个月拿多少钱？不会还是四千块吧？国家不是说要高薪养廉吗？”办公室里再次哄笑起来。

轰隆一声闷响，十九楼的电梯开始下沉，我的心也同时寒到了极点。高磊真的落伍了，如今的他，早已不是扑克牌上的那个大王，他不过是个靠薪俸汲汲于生的地方小吏。明明说过，大城市的人普遍拥有着“大城”心态，说白了就是一种地理上的优越感，随着环境的变化、资本的积累，即便是外来者也会渐渐不齿自己的出身。他说这也是一种进步，尽管这种进步的后果很可能是在无根中渐渐迷失，但就算迷失，也不会再有人怀念过去。怀念过去，只意味着今天的无为和对未来的胆怯。

所以我没资格去指责袁胖子和他身旁的人，因为我和他们一样，都是无情的人，我曾经无情，现在依然无情。

后来的事情，是在京工作的女同学告诉我的，当时我坐在办公室，脑袋嗡嗡响，当即拨通警察的电话，以确认消息的真实性。警察一听高磊的名字，立刻义愤填膺地破口大骂：“这种丢人的事，还有什么可说的？一个行政机关的干部勾结黑商强买强占，实在可耻。他是没带头，可他早就知道这个事不对劲，还上赶着掺和进去，涉案黑商有一半是他辖区的人，你说他是不是无辜的？”

明明早我一步了解到事情的原委，与警察不同，他带着一丝老同学式的主观，说：“高磊确实犯了罪，但不一定是故意的，大家认识他这么多年，什么时候见他冒失过？这么大的案子，把他卷进去，他不是受骗就是迫不得已，主犯是他的上司和几个开发商，现在调查结果也没说他从这个项目中拿了什么钱。”明明递给我打火机，坐回座位接着说：“他其实完全没必要这样，不过是爱个面子，被开除公职后，不愿去做污点证人，也不想接受调查。你想啊，他风光惯了，一下栽这么大的跟头，换谁谁受得了？加上爱喝酒，一时就想不开了。这下好了，他爸有病，老婆又刚怀上孩子，家里全靠他撑着，以后怎么办？”

明明不同意回牛城探望，说：“案子还没扯清，纪委的人还在他家里，你去干什么，找事吗？”我说：“我们又不是他们系统内的人，也没犯过法，去看看朋友都不行吗？这也有人管？”明明说：“现在那边乱哄哄的，都在出卖别人保自己，你别忘了，你和他们单位的人还合伙倒卖过酒。”他让秘书把门关上，起身走过来说：“你别犯浑啊，就算你以前和他做的都是正当生意，现在也不一样了。咱们回去干吗？去替他爸爸向纪委求情，还是去看他家的笑话？高郁都没回去，你这么积极干吗？哦，你现在把高磊当朋友了，那这几年你干吗去了？你回过牛城吗？”我说：“郭昔明，你说的这也是人话？”明明说：“我就不说人话了，怎么着！”

屋外的人冲进来拉劝，小宁拦着明明，袁胖子和其他人挡住我，我一把推开袁胖子，说：“滚一边去！”袁胖子狼狈地撞上一边的桌椅，我伸手指向他们的脸说：“高磊当年有没有做一件对不起你们的事？你们这家公司来北京前，哪个没受过他的好处？现在你们连看他一眼都不敢了，你们当年那股威风劲呢！”

…………

我能理解老同学们的沉默，他们的沉默至少从表面上透着所谓的理智与成熟，他们和我一样，都曾是高磊的朋友，有些人和高磊做朋友的时间比我还长，我当初离开高磊是因为对那个圈子的厌恶，他们离开高磊只是因为他们不再需要高磊这样的朋友。

高磊死了，他穿戴整齐，饮下烈酒，摔碎瓶子，走向阳台，阳光洒满他发福的脸颊，他依旧是那个清高的将军，只是他始终没有拔出过刀，身后也再没了跟班。

6. 最成功的人

牛城的东大街，每一条巷子都如此清晰，每一处小店都如此安宁，它仿佛游离于轮回外的尊者，静静过滤着人世间的嘈杂。它看着孩子们前来，看着孩子们离去，看着孩子们长大，再看着他们离去，它一言不发，却留下千言万语。

美术老师吐着烟圈，指着墙上的范画说：“你看看这几张，特别像你们当年的风格。”我说：“比我们那时候画得好。”他说：“不一定，有些味道，现在这帮小孩子画不出来了。”休息铃响，学生们放下画板呼啦啦围上来喊学长，美术老师皱起眉说：“会说话吗？学长学长的，叫羽哥。”我笑着给几个男孩子发烟，对他们说：“我们这些人其实很多年没画画了，现在再让我坐在这儿，恐怕连个调子都不会上。不过你们应该庆幸，咱们这个画班一直是全牛城最棒的，好好跟着老师学，学这个不光能考大学，还能提高一个人的品位和思考能力。”美术老师说：“你现在跟他们说这些没用，他们只想考大学。”

高郁打来电话，问：“你什么时候过来看我爸？”我说：“等明明回来吧，约好一起去的，我这边得先见一些老朋友。”她叹口气说：“好吧。”我说：“你怎么了？”她说：“没事，来的时候记得给我打个电话。”

警察恢复同学会掌门人身份，早早在东大街饭店订好房间，迎接所有从外地赶回来过元旦的人。明明晚到半小时，一来就成为众人关注的焦点，他的公司越做越大，越来越多的老同学期盼着与他重新认识。我作为在京代表之一，被迫与明明公司的几个人混坐在一桌，彼此间还是有点儿别扭。随着他们老大入座，这些人假惺惺地客气起来，纷纷起身敬酒，作为回礼，我背了几句拜伦的诗歌给他们听，把在座的人逗得哈哈大笑。明明笑完，凑到我耳边说："你可真够损的。"

高郁爸爸手术后恢复得不错，只是还不能张口讲话，看到我和明明进来，微笑着点头。我俯下身说："老爷子，还记得我们吗？"他继续点头。高郁在旁边笑着说："他装呢，今天一直犯迷糊，差点儿连我都没认出来。"

傍晚，牛城飘起鹅毛大雪，明明带着我和高郁去医院附近他舅舅开的餐厅吃饭，其间我出门接电话，回来后发现明明已提前吃完，他擦完嘴巴说："我得先走了，丈母娘的火车马上到站，还得回家拉我媳妇一块儿去。"高郁说："也别太急了，这种天开车得慢点儿，你媳妇现在可有身子。"明明点了下头说："嗯。"

我和高郁送明明上车，他打开门停下来，我说："有屁快放。"他说："我知道刚才跟你打电话的人是警察，他这人疑心很重，就因为我们这边的分公司和开发区政府打交道，他一直找我们几个经理的麻烦，以后他再问你事情，你别搭理他。"我笑着说："行了，我比他精，放心吧，你慢点儿开车。"

高郁双手插口袋，边走边望着脚下的新雪说："这两年他跟我提过最多的人就是你，讲了很多你们的事情。”我说：“我和他毕竟还是不一样，上学的时候我们就起过冲突，后来在社会上混，彼此价值观不同，更不容易合得来，不过严格说起来，他没什么错，是我这人太矫情。”高郁说：“他是说过你矫情，也说你是个好人，说你至少不会从心里去骗朋友。他说我不是好人，呵呵，我们俩从小就闹，尤其我爸妈离婚后，一路打到大，我爸也不敢管。”我说：“你将来有什么打算？留在牛城吗？”高郁说：“我爸是癌症晚期，恢复得再好也没多少日子了，陪他活完吧。我哥跳楼死了，嫂子年轻，迟早要改嫁，我想争取这个孩子的抚养权，等她生完，不管男孩女孩，想办法留下来，毕竟这孩子也姓高。我爸没了，有我哥的孩子陪着我，也算一个家。”

路灯下，她望着我说：“你看我是不是有点儿老了？”我望着她，发现她的确已不如当年漂亮，她的皮肤开始变粗糙，脸部轮廓开始生硬，眼袋和鱼尾纹也愈发明显。我说：“你没老，只是长大了。”她抱着我哭起来。

明明的公司被一家上市企业盯上，他一口气将公司里除小宁以外的牛城人全部踢光，高价接受了收购，成为身家上亿的富豪。他再次邀请我去他的公司做事，说外人面前自己至少需要两个信得过的人，我告诉他，我为他现在的成就高兴，但我实在不想再做传媒了。

对客户的培训结束后，我回京述职，酒商乘坐专车与我同行。明明、小宁带着各自的老婆出来相送，小宁老婆把手里的包裹递给我说："回去把这个给你女朋友，我回来前，她一直跟我吵着说想吃咱们老家的糖酥圈，小宁妈特意为你做了一个下午。"我接过来对小宁说："替我谢谢咱妈。"小宁闭着眼点头。明明说："我暂时要在牛城待一阵子，等这边安顿下来再说。我交代了北京那边的助理，让她这周带着完整的计划书去你们公司找你，另外……"他转向一边，看着自己的老婆，明明老婆笑着说："想让你给孩子起个名字，我爸帮忙找的那个医生检查后说是龙凤胎，所以你有时间了帮我们想个文艺点儿的名字，等这俩孩子长大了，也让他们上东大街学美术去。"

开发区主干道，我靠着后座半开的窗口养神，酒商在副驾上不停唠叨他积攒的八卦，他指向一处霓虹灯说："你看你看，就这个地方，以前你们那个姓蔡的副区长就在这里收钱，老百姓都管他叫蔡太师，太师去年被上面双规，攒了半辈子的钱，一下全没了。"夜幕下的牛城，弥漫着寒意，我开始分不清远方朦胧的声响究竟是车声还是人声，它们纠缠在一起，在我耳边忽远忽近、若即若离，像恋恋不舍的潮水。

那一年的冬天出奇地长，大雪从大年初一下到初八，人们趁着晴天清理房顶上、院子里的积雪。元宵节不到，又一场雪降下来，这次比上几次更加猛烈，指肚大的雪片驾驭着北面吹来的风，在牛城的每一个角落肆意狂舞。

VOL. 04

04.

对岸的爱人

1.

我有恋旧情结，所以从没敢把自己当作城里人。我一直觉得城里人应该是桀骜的、漂亮的、有未来主义倾向的，他们成群结队穿梭于立交桥上，花枝招展地奔走在摩天大楼之间，只为驱赶梦想的年轮，他们不需要怀念什么往事，也可以不屑于自己的出身。

北京西南四百千米处，是我不起眼的故乡。不起眼，源自它尴尬的地理位置，它北有省城，南有古都，南北两个邻居，将光芒揽尽。据说牛城以前也闪耀过光芒，那里烧出的白瓷，远销西域七万里，亮得足以照出女人的魂魄。可战乱一起，什么都没了，中国人创造文化的能力一流，破坏文化的能力也是一流，大兵所关注的，只有女人和金银，哪儿管什么吃饭喝茶的玩意儿，牛城白瓷自此衰落，直到今天，连个纪念碑、博物馆都没有。

中原小城，多连着村落，或唇齿相依，或隔河相望，高低错落间，挥洒着一方人气。郭家村就是这样的村子，这种地方，不存在学术定义，不管是城里人还是乡下人，统称它们为“城边村”，因为它有着标准的农村式格局——大小不一的院落、杂乱无章的胡同以及永远脏乱不堪的街道。郭家村人从不觉得自己是乡下人，他们以产业工人自诩，时时强调自己的城镇户口。计划经济时代，你可以诋毁一个人的德行，不可以诋毁人家的成分。[①]

可这一切，结束在十六年前的那个夏天，和牛城白瓷一样，郭家村的成分随着一个时代的崩塌变得支离破碎，接着什么都没了。

“什么城里人？你给我记住，咱们才是真正的牛城人！”羽爸爸把酒杯摔到桌上，红着脸说，“你以后少在我跟前说你们同学家里怎么好怎么好，城里怎么了？我告诉你，你认识的那些住楼房的孩子，他们家都是新中国成立后才迁过来的，外来户，懂不懂？咱们家祖上在元朝当过官的，说出来吓死他们！”

“小羽！”羽妈妈在厨房喊，“过来帮妈收拾一下。”我放下电视机遥控器，看羽爸爸一眼，羽爸爸说：“看什么看！还不

---

① 旧时代的人看重阶级成分，你可以指责对方人品有问题，但绝不能质疑对方的社会属性，比如他是工人，你就不能说他是农民，否则对方会愤怒或记恨。

赶紧过去给你妈帮忙！”

我凑到羽妈妈身边，边洗碗边说：“妈，一会儿我去找明明玩。”羽妈妈扭过脸看着我说：“儿子，你爸这两天不痛快，跟他说话注意点儿，别再提你那些同学的爸爸什么的了，知道了吗？”我说：“不就是他单位那点儿事吗？”羽妈妈愣了一下，说：“谁告诉你的？”我低着头不吭声。羽妈妈说：“行了行了，别干了，去玩吧，记得十点前回来。”

郭家村北，六里河边，到处是乘凉的人。在空调没有普及的年代，清风就是飘荡在夏夜里的女神，男人们光着膀子讨论国家大事，女人们扬起蒲扇追打自己的小孩儿。岸边的树木舍去矜持，俯视着鸿沟凌乱摇摆，时而分离，时而靠近，像一对对无法倾诉的爱人。

小宁站在河堤上冲我挥手。我走过去问：“明明呢？”小宁说：“别提了，让他爸给扣家里了，他爸差点儿连我都骂一顿，那个班主任也去他家告状了。”我说：“那咱们还去那家游戏厅吗？”小宁说：“别去了，再给那个班主任逮住，去我家告状，我爸非打死我不可。”我吹吹脚下的土，盘腿坐下来说：“咱们家的老头儿都要下岗了，这事你知道吗？”小宁说：“下岗怎么了？下岗总比现在好。反正都是穷，我爸朋友多，能折腾，没单位拴着，说不定能挣大钱。”

小宁说的大钱，自然不是什么正道，宁爸爸从来就不是什么走正道的人。他是电机厂有名的刺儿头，不务正业，拉帮结派，整日被派出所民警询问。我一度好奇宁爸爸这样的工人为什么没被单位开除，羽爸爸给出解释：“你懂个屁，单位哪儿那么容易开除人？”所以，从道义上讲，羽爸爸和宁爸爸的电机厂活该倒闭，这样的企业，早已丧失了生产能力，不过是个混吃等死的福利院。

倒闭，在那个年代，也叫下马，实质上就是破产。没有人再买厂里生产的电机，大大小小的车间接二连三歇了工，工人们依旧按点上班，不过是围在车间角落里下象棋或喝茶水打发时间。半年，一年，又是半年过去了，没有起色，银行忍无可忍，现身讨债，并且搬出当地官员来评理，令整个厂区惶惶不可终日。终于，大厦将倾，电机厂胖厂长勇敢地站了出来，他饮下白酒，安顿好妻儿，打开银库，清点余款，带着年轻的女会计，跑了。

电机厂最后一次职工大会结束后，所有车间的大门都挂上了铁链。那天晚上，羽妈妈一口饭没吃，盯着羽爸爸说：“二十年的工作，这就算完了？到底给不给安置啊？就算不安置，咱也不能稀里糊涂地买断工龄。”羽爸爸说：“全厂上千号人，谁不一样，你还有处说理啊？再说，都给你提出买断了，哪儿还有什么安置？”羽妈妈吧嗒吧嗒掉出眼泪来，嘟囔着说：“我本来就没个正式工作，现在你也没了，家里连块种菜的地都没有，这以后可怎么过啊，这不让人看笑话吗？”羽爸爸放下筷子说：“哎，哎，当着孩子的面哭什么？老天爷饿不死瞎家雀，谁爱看笑话谁看去，现在到处都这样，又不是咱们一家，你没看牛冶最近闹腾的那个劲儿？怎么？下来的都不要活啦？”

“儿子，”羽爸爸擦擦嘴说，“别吃了，给你妈拿条热毛巾去。”

羽爸爸说的牛冶，即牛城冶金厂，是与郭家村一河之隔的国企，其规模远比羽爸爸所在的电机厂大。牛冶这样的庞然大物，自然不会下马，只会改革，明爸爸就是第一批被革掉的老员工。当然，明爸爸的下岗与羽爸爸的下岗存在概念上的差异，用羽爸爸的话说，电机厂的下岗是同生共死，牛冶的下岗是始乱终弃，和同生共死相比，始乱终弃唯一的好处是每个月多出一百元的下岗补助。

但在我们这些孩子眼里，父母的下岗并无分别，他们都是被时代抛弃的人，都是没本事的人，没人再养活他们，而他们还要养活我们。下岗，让郭家村的职工家庭第一次丧失了安全感。

事实证明，这个国度的女人永远比她们的男人强悍。为避免自己家成为笑话，羽妈妈迅速找到另一位家庭主妇宁妈妈，两人商议一个下午，隔天便蹬着自行车前往十几里外的板材厂学习板材轧制技术。而下了岗的羽爸爸和宁爸爸，拒绝任何一种体力劳动工作，他们每日窝在巴掌大的院子里晒太阳，或走街串巷下棋聊天，高不成低不就地吃起了软饭。

第一场秋雨落下时，羽爸爸和宁爸爸回到电机厂，最后一次帮厂里做事。他们执意要带上儿子，说见见世面。

杂草丛生的广场，人们围着地秤交头接耳。郭家村废品收购站的郭胖子站上秤沿，左手举起一叠大票，右手挥舞着空气，脸蛋笑得像团扭曲的粪团，他张嘴喊道："大伙儿先说好了啊，待会儿叫价的时候都听副厂长的，副厂长数到三，拍谁，就算谁的，咱按规矩来。"周围的人哈哈大笑，起哄说："滚下来，滚下来。"郭胖子的粪团子脸更加扭曲，咧着嘴说："中，那咱就算说好了啊，待会儿大伙儿不能抢，我郭胖子这回是来买熟铁的，生铁我管不着，熟铁咱得按规矩来。"周围的人继续哄笑："滚下来，滚下来。"

副厂长现身，带着债权机构与拍卖机构的人走过来，大家停止嬉闹，呼啦啦让开一条道路。副厂长走上台子咳嗽两声，整整衬衣领口说："生铁五毛，熟铁七毛，上秤吧。"

广场西边不远处，是电机厂宿舍，墙下站着一排留守厂区的京籍老职工，他们穿着发白的工作服，提着沾满茶垢的水杯，身影被猩红的砖块和碧绿的爬山虎湮没，像一幅陈年的油画。这些老职工显然很纠结，他们渴望得到一笔钱体面地回老家养老，却又无法从心底接受这种心酸的来钱方式。他们看着那些陪伴自己半生的机器与钢材被一群乡下来的土包子一一推上地秤，难掩失落，仿佛亲生女儿下嫁给目不识丁的流氓，又仿佛自己的一生都被贱卖了。

拍卖活动结束后，宁爸爸和羽爸爸顺利拿到工龄款及厂里偿还给职工的集资款，回家继续吃软饭；买熟铁的郭胖子发了大财，盘下六里河河边一大块地，盖起更大的废品收购站；主持拍卖的电机厂副厂长回了南方老家，临行前他发给大伙儿一笔额外的公益金，并让留守宿舍的老职工们回了北京老家。据说在这次拍卖中，宁爸爸和羽爸爸还从各个废品收购商手中获取了一笔价格不菲的介绍费，只是这种见不得人的事他们一辈子都不可能再提。

羽爸爸将这些沾着铁锈沫子的钱悉数交给自己的老婆，告诉她等自己再弄到一笔钱就在国道旁开个酒店，那样全家就不愁吃喝了。羽妈妈略有异议，但这些钱毕竟是丈夫的，也难得他有了点儿志气，只好点头同意，之后她又带着宁妈妈去板材厂上班。

宁爸爸自始至终没告诉家人自己到底拿到多少钱，中秋节一过，他就跟几个狐朋狗友离开郭家村，远赴外地谋生，从此不再回来。据传话的人说，宁爸爸在外面做“红事生意”。所谓“红事生意”，就是用低价购买的粮食贿赂西部贫苦地区的农民，将他们的女儿嫁到东部平原，然后再向娶亲的家庭索要十倍的介绍费。对于宁爸爸的“红事生意”，整个家族里的人看法一致，觉得他这是变相拐卖人口，迟早要生大变。可宁妈妈不好说什么，因为家里实在太困难，凭她在板材厂一千二的月薪，断断养不起两个上学的孩子和一个生病的父亲，她的男人再浑，再给她丢脸，还要指望他寄钱回来。穷人不是不明理，只是在理面前没什么底气。

2.

黄昏时，我、明明和小宁坐在工人路台阶上吃冰棍，牛冶下班人潮从眼前经过，整条路都是自行车链条的撞击声和摩托车马达的轰鸣声。那时候，小宁是我们三人中最有钱的，几乎每天放学后都带着我和明明去街边吃零食，吃完喝完，再一起回郭家村。我质问小宁口袋里的百元大票哪儿来的，他拒绝回答，涨红着脸央求我们不要将这些钱的事告诉家族里的人。明明不依不饶，说："我们就是想知道你从哪儿弄的这么多钱，再说我们能傻到告诉家里人吗？"小宁说："反正我现在不能说，以后你们就知道了。"明明说："真没劲，自己哥们儿还藏着掖着。"

小宁看着明明，露出一丝愧疚。他突然望远处一眼，扔掉冰棍说："快走，二炮子来了！"

我们拎起书包跑过马路，被二炮子的手下堵了个正着。二炮子摘下墨镜走过来，推小宁一把说："跑什么呀你们？"小宁哆哆嗦嗦地退到墙边，说："我们也没说走，刚才我表哥在那边喊我，可能有急事，我们过去看看。”二炮子挥手扇小宁一个耳光，说：“少给我装蒜！郭小宁，你不挺牛×的吗？怎么这回㞞了？”小宁伸手摸脸，垂着眼皮不敢答话。二炮子接着扇我和明明两个耳光，说：“听说你们仨把我们院里一个小孩儿打得缝针了，够有能耐的啊，以后再到我们牛冶家属院来，记着跟我打，别净拣软柿子捏，听见没有？”小宁说：“听……听见了。”二炮子再扇小宁耳光，说：“听见了，听见了，我叫你听见了！”明明火起，挥出一拳砸向二炮子，嘴里骂道：“×你大爷！”

晚上，明明家，明爸爸黑脸看着我们三人肿起的黑眼圈，埋怨说：“你们这几个小兔崽子，真有出息，上学，你们成绩倒数，街面上混，还整天挨打，你们安安生生地读书能招来这些事吗？”我含着眼泪说：“是牛冶的二炮子打我们的。上回在河堤，他们院里好几个孩子打我们三个，我们跑的时候随便扔了个砖头，结果砸中了他们中一个孩子的脑袋，他们就让二炮子在工人路上堵我们。”明爸爸说：“六里河边好几个村子，放学从工人路过的孩子多着呢，也没听说别人和牛冶家属院的孩子打架，以后不许你们再去招惹牛冶那帮孩子，放学先回家来，少给我去河对面晃悠！”羽爸爸从里屋走出来，伸手拉过明爸爸说：“行了三哥，这几个兔崽子捣蛋又不是一天两天了，挨个打也好，让他们也长长记性，咱们进屋说咱们的事。”

明奶奶抓起一块皂色药膏挨个儿给我们往眼上抹，出于心疼，她没说一句话，明爸爸在里屋喊道："妈，你少护着他们，都是你给惯的！"

抹完药膏，明奶奶慢慢走回自己房间，明妈妈从另一边屋里走出来，递给我和小宁两个拇指大小的布囊，说："给你俩的，挂在脖子上，以后往好了学，别再给大人惹事了，知道没？"我和小宁说："知道了。"明妈妈回屋后，小宁拿着布囊冲明明笑说："这就是你们家的护身符？里面装的什么？"明明说："里面没东西，是我妈年轻时用家里那块包佛像的布剪碎了缝的，我们家里人都戴，没剩几个了，给你你就戴着呗。"

十几年前的牛城南郊，民风比较淳朴，基本就两大阵营，六里河北岸工厂家属院住的多是牛冶的领导、工程师以及其他一些知识分子家庭，六里河南岸村落居住的基本是工人或临时工家庭。由于六里河沿岸是国道，天南地北往来做生意的人也很多，村子里也渐渐入住了一些外地小商贩。

至于明爸爸这样一个在牛冶烧了二十年锅炉的老工长为什么给撸下来，必然是得罪了河对岸的人，所以明奶奶那晚的一言不发，并不仅仅出于对我们的心疼，也出于对自己儿子的惋惜。

羽爸爸在里屋大声说："三哥，你知不知道为什么这些年你一直过得不好，就因为你太一根筋。凡事不能跟气斗，那个姓郑的人品是不怎么样，可宁得罪君子不得罪小人，你跟人家闹，怎么样？人家一句话就把你撸下来了。现在嫂子也面临下岗，能替咱们说上话的就只有这个姓郑的，再说，他也没要求咱做什么，就是去服个软、道个歉。你也在牛冶混了十几年了，不能这点儿道理都不懂，就给他一回脸怎么了？他什么身份，咱什么身份！”明爸爸说：“你什么意思？他的脸值钱，老子的脸就不值钱？我就是死了也不求他。他什么东西？当了个破工会主席就管到天上去了，我道过一次歉，已经算给过他脸了，难道要我把脸全舍给这浑蛋吗？”羽爸爸说：“行，行，你要脸，你眼瞅着就要把全家老小饿死了，你瞧你多有脸。”明妈妈打圆场说：“你们急什么，这是商量事的样子吗？”明爸爸说：“反正我再不去求这个烂货。”

明爸爸说的这个“烂货”，是牛冶五区一个姓郑的领导，名头很响，名头响不光因为此人在仕途上骁勇，也因为其污秽不堪的生活作风，几乎每年都有车间女工或家属举报他。明爸爸和姓郑的之间的矛盾是本旧账，源于明明的妈妈，明妈妈当年号称五区之花，几乎每个目睹她芳容的小伙子都想追求她，这其中就包括姓郑的、明爸爸、宁爸爸等人。明妈妈和一个青年工程师有过一段恋爱，后来这个工程师为了调回北京工作，不惜对明妈妈始乱终弃，与同车间另一个有背景的女技术员好上。明妈妈怀了这个工程师的孩子，为了遮羞，火速下嫁给烧锅炉的明爸爸，次年在医院小产。这姓郑的本是车间职工，发迹后到生产管理部任职，之后频繁对辖区内的明妈妈进行骚扰，明爸爸不忿，带着老婆去工会举报，只得到搪塞式的回答，他一怒之下，叫上宁爸爸把姓郑的堵在巷子里狠揍了一顿。姓郑的是场面人，并没声张此事，也不敢再对明妈妈不敬，但祸根就此埋下。

明爸爸虽说是个工长，但毕竟只是个烧锅炉的，他能靠着耿直和善良娶到心上人，却不能靠着耿直和善良保住自己的饭碗，大政策下来，姓郑的第一个就结束了他的职业生涯，现在又瞄准了他老婆所在的部门。

他不是没低过头，为了保住老婆的工作，他主动上门找姓郑的谈话，人家直接提及当年巷子里的旧事，挑明要明妈妈亲自来道歉。明爸爸第二次找上门，没带老婆，带了借来的一万块钱，结果还是被人家轰了出来。

明爸爸这样的男人，粗枝大叶，没什么文化，用明妈妈的话说就是个二百五。大概就因为这股子傻乎乎的二百五劲儿，他在牛冶人缘极好，五区老职工们经常请他去家里帮忙安个水管、捅个下水道什么的，车间领导有时也请他过去帮忙做活儿。只要人家开口时加个“请”字，他就去，甭管什么事，甭管多麻烦，都负责到底，为的就是给在同一厂区工作的明妈妈挣份面子。明妈妈是个技术员，坐办公室的，小知识分子家庭出身，生活上比较娇气，饭不会做，车不会骑，每次下班都要等丈夫来接。明爸爸每天下工第一件事就是去接自己老婆回家，他蹬着二八车子跟随人潮出厂，面对身边女职工的调侃，咧着一张大嘴傻乐。

随着突如其来的变故，这种傻乐的日子到了头。和明爸爸一样，五区的工人们陆续接到上级通知，离开岗位回家待业。起初，大家对补贴金额和下岗条件不是太满意，纷纷返回厂区讨说法，接着，这些人有了自己的组织和头头儿，讨说法演变成盲目地游街。他们集合起来，拉起条幅呼起口号行走在大街上，傍晚时分又掉头围攻厂区大门，他们在厂区大门外整齐划一地喊着某位领导的大名，将整条工人路闹得鸡犬不宁。

五区大门缓缓打开，坐在地上的人们重新站起来，举着条幅向前拥去，门岗和保卫人员手拉手，努力隔出一条通道供下班职工通过，结果被冲得七零八落。下班女工们被挤得实在上不了车子，高声咒骂周围的堵截人群，人群不甘示弱，将条幅揉成团掷到她们脸上。

我、明明和小宁放学路过五区，在街边锁好车子，钻进人群帮着明明寻找父母，被身后赶来的派出所干警一把揪了出来。明明瞪眼对干警说："干什么？我来接我妈下班的！"民警瞪起更大的眼说："小屁孩子，还嫌这儿不够乱啊，一边待着去！"

我们只好退回到路边，扶着车子紧张地向里面张望。

那是我一生中目睹过的最心酸的场面之一，那些共事多年、亲如一家的人，在牛城的夕阳中撕破了脸，他们相互推搡，相互指责，用最下流的语言攻击对方，推累了，骂累了，或擦干眼泪蹬车离去，或退回人群继续哭泣，而那些被喊出大名的领导从来没有出现过。

明爸爸不再参加游街，明奶奶病倒了，明妈妈要上班，女儿刚上小学，一家老小总得有人照顾。明明放学后也不再和我们跑出去玩，乖乖回家帮爸爸做饭。对于明爸爸参加游街这件事，大伙儿看法不一，羽妈妈、宁妈妈表示支持，她们觉得明爸爸是被人下黑手弄下来的，现在连这几百元下岗补贴都拿不全，怎么说都该去闹一闹；再说他去参加闹事组织，也能在人群中顺便保护下班的明妈妈。羽爸爸则持反对意见，他说："你们这些女人懂什么？木已成舟，覆水难收，闹什么闹，闹有个屁用？闹不好只会给自己找麻烦。"

晚上，羽妈妈和宁妈妈去明明家探望明奶奶，一进屋就遇到明爸爸原来的小领导侯瘸子，侯瘸子苦口婆心地劝明爸爸不要再跟着别人去游街，举出历朝历代农民起义的悲惨下场，最后一路扯到诺曼底登陆和巴顿的第三集团军。

两个女人从里屋走出来，发现侯瘸子还在劝，顿时发起火来。羽妈妈说："侯瘸子！你别在这里装洋蒜，你不就是怕手下老员工闹事会连累你吗？你又没下岗，别人去喊个冤，碍着你什么事了！"宁妈妈说："就是，这么多年你也算和三哥一口锅里吃饭的，三哥被人欺负成这样，你不帮他就算了，还跑过来说风凉话！你看看这一家老小，都快喝西北风了，你这么能说，有能耐把大伙儿都说回去上班啊！”侯瘸子尴尬起来，咧开嘴笑着说：“老姐妹们，你们误会了，我是来看望老太太的，顺便也说老三几句，他这人太直，别人煽呼他一下，他立马就冲上去了。这是厂里的大政策、大方针，下岗的又不是咱一家，这村里多少双职工家属都下来了，我的意思是咱们应该早点儿找事做，别再让人家看咱们的笑话。”

“侯瘸子！”明奶奶在里屋喊起来，“你给我滚出去！”

九点钟，明爸爸接加班的明妈妈回来，明妈妈进屋后脱下羽绒服，放下饭盒，一脸憔悴地和羽妈妈、宁妈妈打招呼。明爸爸摆好桌子，给明妈妈盛饭。明妈妈坐下来，边吃饭边问羽妈妈：“姐，侯瘸子是不是先前来过了？她老婆刚才在门口站了半天，什么也不说，一脸不好意思，我让她进来她也不进来。”羽妈妈说：“来过了，跟明明他爸说了一大堆废话，生怕他再跟着别人去闹，最后被老太太骂出去了。这死瘸子，估计把这一条街退下来的都跑遍了，真下功夫。”明妈妈说：“唉，其实人家也没说错什么。”宁妈妈说：“你的事情有眉目了吗？难不成真的也要下来啊？”明妈妈说：“还不知道，这些天大家心里都七上八下的，听说上面的通知已经下达管理处了，说各科室低职称的技术员只能留两个，我回来时想了想，不行就算了，我和大伙儿一起下板材厂去，总能混口饭吃。”宁妈妈说：“还是抽时间再去问问那个姓郑的，人事这块不都听他的吗？他要嫌钱少，咱们大伙儿再凑，总不能两口子在厂里做了这么多年，一下子全下来了。”明妈妈吃不下去，放下筷子双手捂脸哭道：“姐，实在没法儿待下去了。”

在我和明明的逼问下，小宁终于透露了他手里大票的来源。工人路附近有一处没人住的小巷子，巷子一边紧挨牛冶五区的废弃车间，因为年头久，那里的墙面全是松动的青砖，也只有一人来高，极易翻越。小宁坦言自己只光顾过两次，扔出几个轴承换了几百块钱，之后再没敢去。他说那道墙后不远处有个值班室，值班室有个爱看电视的老头儿，这老头儿有时会突然拿手电筒出来乱照，很吓人。

我们向废品收购站的郭胖子借了辆三轮车，趁着天黑摸进工人路那条巷子。

小宁作为老手，第一个翻过去，我顺着小宁踩过的墙洞第二个翻过去，明明留在外面接应。我和小宁并排蜷卧在一簇干草丛后面，一动不动地盯着几十米外的值班室。半分钟后，小宁拍拍我的后背说：“走。”我弓腰站起，贴草挪动，这时值班室突然传出一个洪亮的声音：“姓郭的！你给我站住！”我和小宁魂飞魄散，齐刷刷栽倒在地上，又过了半分钟，我们确信那是电视机里发出的声音，扭脸对视着笑了一下，重新站起来向远处车间挪去。

小宁撅着屁股使出一招霸王举鼎，举起几根铁管，我骑在墙上咬牙接过，转递给墙外的明明。明明喘着气说："差不多就这样吧，快装不下了，那边灯太亮了，老头儿出来咱们就完蛋了。"小宁说："没事，那边越亮咱们这边越黑——我×，快下来，老头儿出来了！"我心头一紧，狼狈地滑下墙头，值班室老头儿的手电筒扫过来，比原子弹发出的光还要亮。我埋着脑袋趴在干草丛里，把自己知道的神明求了个遍，老头儿咳嗽一声，转身走回值班室。

三轮车后面只能坐一个人，明明从正门附近的另一条胡同步行返回。我骑车载着小宁，沿工人路赶回六里河，这不是我第一次偷东西，却紧张到窒息，我数着头顶一盏盏路灯，不敢看路边任何一张面孔，三轮车的每一根辐条都撩动着我颤抖的神经。不知过了多久，河边的柳树枯枝开始甩打我的脸颊，我这才恢复知觉，远远望着废品收购站的灯火，心里有了一丝窃喜。

郭胖子打着饱嗝滑动秤砣，直起腰说："你们要不要自己再称一遍？"我说："不用了，您说了算。"明明接过钱走到灯光下点，郭胖子笑起来，说："小子，这些只能按废铁算，你们要是弄旧零件来，我按件数给钱，比这多多了。"明明点完钱，抽出两张十元的递给郭胖子，说："叔，这算我们哥仨孝敬您的，您别跟别人说。"郭胖子的脸笑成粪团子，说："行，你小子能成大事。"

3.

明奶奶身体机能恢复，已经能自己吃饭和上厕所，这让很多人开心起来，尤其是明爸爸，他早就厌倦了家庭主男的角色，他告诉明妈妈自己要去东大街卖气球。

明妈妈显然不同意，四处奔走将这件事传开来，一时间家族里的人炸开了锅，大家没人反对明爸爸去工作，只是觉得卖气球这件事实在丢脸。明爸爸据理力争，站起身说："我不是没考虑过去板材厂上班，可现在老太太身体不好，我不能整天待在外面，家里得有人盯着。牛城东大街现在越来越红火，随便摆个摊每月都能赚个一两千元，人家卖气球的一个礼拜能赚五六百元呢，能挣钱，离家又不远，多好。"

女人们两两对视，默不作声，羽爸爸弹了下烟灰说："三哥，你有没有想过，卖气球这种生意一旦干了，一辈子就是个摆摊的，现在是能赚俩钱，可将来呢？孩子们都大了，谁要一打听，他爸爸是东大街卖气球的，连个对象都难找。你也是大单位出来的工人，不能把这点儿身段全扔了。我早就说了，你再等一阵子，我这边和区政府的人谈好了，咱们一起在国道边上开个饭店，不比你做这个强？""那万一你那个事情批不下来呢？"明爸爸回道，"老弟，我不是信不过你，只是觉得你这个事情有风险，咱们小门小户的，上来就做这种大生意，风险太大，还是稳妥点儿比较好。”

我问明明：“你怎么看？”明明说：“他爱卖就卖呗，反正我以后再不去东大街了。”

牛城的中央，连接新华路和贞观路的，是一条长长的小商品街，因为西面挨着政府大楼，被牛城人叫作东大街。早年间这里是牛城最著名的地标，周边十几个县的百姓，进牛城，必进东大街，那里能买到过日子所需的所有东西，而且比商场便宜，是百姓们消费最多的地方。有人说东大街养活了半个牛城，这话夸张了，但那个年头，它的确居功至伟，它给无数人提供了商品，也让无数失业的人吃上了饭。

晨雾中，明爸爸拧开气罐子，吹起五颜六色的气球，一只只拴在自行车车尾，太阳出来，射出万道光线，将明爸爸的笑容映在五彩斑斓之中，像一场温暖的梦。九点钟，东大街迎来第一波高潮，孩子们围住气球蹦着喊着，舍不得离开，家长们翻着白眼问：“多少钱一只？”明爸爸说：“一块。”家长说：“这么贵，你的气球镶金边啦？”明爸爸说：“镶金边就飞不起来了。”

明明妹妹小月的学校就在东大街边上，她放学后背着书包跑来陪爸爸卖气球，明爸爸把她放到自行车后座上，她抓着气球绳子晃着脑袋唱歌。我路过东大街，停好车子笔直地站到明爸爸身边。明爸爸问：“你来这儿干吗？”我憋着笑说：“来给您撑场子。”他说：“撑个屁场子，别跟这儿裹乱，天要黑了，把你妹妹送家去。”我说：“那您呢？”他说：“现在人多，我再站会儿。”小月兴致不减，抓着气球不撒手，明爸爸吓唬她说东大街晚上有偷小孩儿的，她噘着嘴巴坐到我的车上。

东大街与贞观路交叉口，食品摊的香气和热气扑过来。小月用手捅我，我转身说：“干什么？”她说：“哥，我饿了。”我说：“一会儿就到家了。”她不说话，我叹口气，停下车看着她说：“想吃什么？”她说：“炸鸡腿。”我领着她走到路边摊前，摸出口袋里的钱递给摊主，她迅速抓过一只鸡腿开吃，吃到半截，抬头看着我说：“我想吃完再回家。”我说：“行，你快点儿吃，待会儿偷小孩儿的就来了。”摊主问我：“你要不要也来一个？”我说：“你又不是没看见，兜里的钱都给你了！”摊主无趣地走开。小月吃完肉，把骨头含进嘴巴里嘬，我心里一酸，抓过来扔到路边，帮她擦擦手说：“行了，回家。”她说：“哥，我没吃饱。”我扔下纸团子说：“鸡腿本来就吃不饱！”

漂流在外的宁爸爸有了消息，同村在外地打工的乡亲在太原附近的一个县城见到了他，当时宁爸爸正和一伙人围着一个露天的餐桌喝酒吃饭，同桌还有好几个年轻女人，他们开着一辆白色的面包车。

宁妈妈说："他这种人，有跟没有一样，从来都不顾家，死在外面算了。"羽妈妈说："他还按时给家里寄钱吗？"宁妈妈说："寄个鬼钱，就当初寄过那么一回，小宁姥爷一病，全花完了。"羽妈妈说："小宁他姥爷到底是不是癌症？医院到现在也没个说法？"宁妈妈说："是晚期，医生早就说了，不敢让他知道，所以我也没跟大伙儿说。后来他偷看了病历，埋怨我不想花钱给他做手术，我带他到省医院走了一趟，人家那边的医生说他这种癌症不能手术，只能化疗，他不愿在家里养，非要住院。"

让宁妈妈闹心的不光是小宁的姥爷，还有小宁的姐姐。宁姐姐，宁妈妈的大女儿，没毕业就去了夜总会上班。

这件事的起因也是钱。宁姐姐在牛城学院读大专，与班上几个同学合买电脑，每人三千元，宁妈妈拿不出来，背着女儿去借。她先来到村头侯瘸子家，刚到大门口就听到一阵吵闹，原来侯瘸子也被单位通知下岗了，侯瘸子老婆撕心裂肺的哭声让宁妈妈再没勇气往前迈动一步。之后她去六里河河边的废品收购站找郭胖子，郭胖子一听借钱立刻哭穷，说自己的钱都变成铁片压手里了，因为周转不开，还借着信用社不少钱。无奈，宁妈妈只好来找羽妈妈，羽妈妈听明来意后当场应下，羽爸爸支支吾吾不肯借钱，羽妈妈举起手里的半碗饭摔下去，羽爸爸迅速闭上了嘴。

宁妈妈带着三千元钱去学校找女儿，发现女儿宿舍已经装上了电脑。宁姐姐爱面子，听到自己母亲当着全宿舍女同学的面交代

"这是借来的钱"，一下急了，一把将她拉到门外面的楼道。宁姐姐质问宁妈妈："不是告诉你我已经弄到钱了吗？谁让你来这里送钱的？"宁妈妈说："三千元不是小数，你借人家的不得还啊？这是借自己人的钱，你先去把这个钱给人家还了吧。"宁姐姐又急了，说："借借借，你一辈子除了借钱还能干什么！你把这个钱还回去，以后不许你不打招呼就来学校找我，要再这样，我就不回家了！"宁妈妈满腹委屈，但又不敢得罪女儿，只好怏怏离开。

之后一个月，宁姐姐不再回家，也不接宁妈妈的电话。宁妈妈自知失口，想挽回和女儿的关系，在校门口拉住宁姐姐的一个女同学，谁知这女同学张口就说自己不方便管这事，她说宁姐姐已经搬出学校宿舍，跟男朋友同居去了，她男朋友的爸爸在城北开夜总会，很有钱。

"是我没本事，只能干个体力活儿，挣不了什么钱，所以家里老老小小都看不起我。"宁妈妈接过纸巾擦着眼泪说，"闺女随她爸，心气高，我给她丢了脸。可您说说，她交的那是什么男朋友，家里开夜总会的能有什么好人？她跟这种小浑蛋同居不说，还去那种地方上班，我以后还有什么脸在这街面上走？"羽妈妈挨着宁妈妈坐下来，安慰她说："你也别太难过了，孩子大了，由不了爸妈。我也是看着这丫头长大的，你想想看，当初她爸在家时都不敢管她，你更不行了，咱们走一步说一步吧，反正有难处了还有咱们几个老姐妹呢，大家穷帮穷，不也这么对付着过来了吗？倒是小宁姥爷那边，你得有个心理准备，万一哪天不行了，这又是一大笔开销。”

我和羽妈妈送宁妈妈走到门口，羽妈妈说：“妹子，凡事都有个头尾，熬一熬就过去了。”宁妈妈点点头，转身一个人走向长长的街道。

国道旁一家外地人开的餐馆正式营业，鞭炮声噼里啪啦，震动了半个郭家村。羽爸爸坐不住了，走出家门正式寻找合作伙伴，他访遍六里河畔的有钱人，失望而归，人家或是对那个地段的生意表示担忧，或是对羽爸爸的人品表示怀疑，总之没人买账。羽爸爸生平第一次感到焦虑，几乎到了茶饭不思的地步，他知道自己端了这么多年的架子到头了，为弄到钱，他不得不改变策略去说服那些昔日的工友和同阶层的人，但他又从心底看不起人家。羽爸爸这种人，当年的工厂、机关里比比皆是，用羽妈妈摔碗前说给他的一句话说就是：“你没事除了装个臭架子还能干什么！”

站在孩子的角度，我并不希望家里开饭店，那样对我来说也意味着忙碌。我希望家里能开个时髦点儿的店面，比如电子游戏厅或旱冰场，六里河畔的旱冰场每天晚上都人满为患，赚钱不说，还有漂亮女孩子可以看。旱冰场的女孩子来自牛城南郊的各个学校，因为场外不收费，她们放学后结伴来散心，趴在围栏上有说有笑，花痴般地望着场内滑行着的人。偷铁换来的钱，让我和我的小伙伴成为旱冰场第一拨学会轮滑的孩子，也是第一批拥有私人轮滑鞋的男生，我们甚至购买了专业的轮滑运动服和安全帽，简直出尽了风头。

明明是我们当中长得最帅的一个，所以第一个在旱冰场交到女朋友。他女朋友叫郑琳，牛冶二中的学生，个子不高，却和明明一样长着漂亮的脸蛋。明明当然知道郑琳的背景，她爸爸就是牛冶生产管理部的部长兼工会主席，也就是明爸爸嘴里那个姓郑的“烂货”，但他早已被郑琳迷得晕头转向，恨不得每天见到她，哪里还管上辈恩怨。蹊跷的是，郑琳也不在乎这些，她表示自己父亲在家从不谈工作，也不许孩子们打听大人的事。

“管他呢，”明明说，“姓郑的当年追我妈，我现在就不能追他女儿？那傻×当年费了多大的劲儿，我妈看都不看他一眼，现在他女儿还不是轻轻松松就被我收了。”

也就是那时候，我们学会了抽烟，郑琳和其他几个学轮滑的女孩子也试着抽起来。为了体现对女孩子们的照顾，我们从不买低于八元钱的香烟，每次去旱冰场前，还特意跑到城里商场购买一堆价格不菲的进口零食，我们的小日子过得比旱冰场老板家还要好。

这一切的代价，依旧是闪动的路灯和墙头的冷汗。我们偷铁的技巧越来越熟练、身手越来越敏捷，可成果越来越微薄，那个旧车间显然有比我们更大的搬运工，俩月不到，角钢和机械部件找不到了，黑暗中只能摸到一些生锈的钢板和不同形状的铁块。

我们不得不增加作案时间，由半月一次改为一周一次，一般选在周六晚上动手，因为这是牛城人最累的时候，食堂散伙后很少有人留在厂区，而且这一天值班室的老头儿往往擅离职守。

我再次跨上墙头，天边升起一轮圆月，映出远方高楼的轮廓。我开始莫名地不安，就像突然踩到天台边缘的蚂蚁，心头和脚底一阵阵发凉。小宁拍着墙面说："干吗呢？发什么愣？"我说："我有点儿害怕。"小宁说："这么多回都没见你怕过，今天是怎么了？难得值班室老头儿不在，咱们这回能跑好几趟呢，你快点儿。"我把钢条递出墙外，对明明说："这是最后一次，以后我不来了。"明明望着我不说话。

三轮车驶过工人路第四个路口时，前面隐约出现牛冶家属院的孩子，路灯昏暗，但我隔着半里地就能闻到二炮子和他的手下的味。小宁猛拍我的腰，我明白他的意思，这种场面，不能停下，只能横着心冲过去。冲出几十米后，那群孩子开始喊："我×，这谁啊？骑这么快，下来！"我顿时心安大半，这帮人没有认出我们，更没看清车上的东西，于是使出全身力气蹬车，直到后面的喊声、脚步声消失。

那几年，牛冶家属院的孩子就是我们的梦魇。他们年龄比我们稍大，有很多是高中生，物质条件也远比我们这些村里的孩子优越，他们拿着薄薄的随身听，穿着正品球鞋，打架使用的是专业机器打磨过的钢管。最令我们感到害怕的，是他们的头头儿二炮子，二炮子师承他那当牛冶保卫科科长的爸，会两门武术，正经的练家子，号称南郊无敌手，我在游戏厅亲眼见他用一根军刺将两个成年人扎得满身是血。在二炮子的威慑下，牛冶帮霸占整条工人路的游戏厅和台球案，有时他们也穿过六里河大桥到附近村子调戏女孩子，二炮子让手下抓住她们，走上去捏她们的奶头，这些女孩子大呼小叫，她们的家人却不敢跟这帮坏小子打架，只是冲上去拉回女儿咒骂两声，牛冶的坏孩子们在哄笑中重新上路。

牛冶帮将我们三人堵在墙边，二炮子巨大的脑瓜遮住对面的太阳，他扇我一个耳光说："你们这几个来废品站干吗？是不是偷我们牛冶的铁拿过来卖？"我眼冒泪花，不敢吱声。他接着扇明明一个耳光，大声问："是不是？"明明说："不是，我们是来卖家里的旧鸡笼子的。"二炮子说："卖卖卖，卖你家的鸡笼子！！"牛冶帮哄笑起来，二炮子转移目标，扇小宁一下说："你是不是也来卖鸡笼子？你姐姐是个'鸡'，所以你卖鸡笼子，你们全家都是鸡生的啊？"牛冶帮继续哄笑，二炮子说："等我有了钱，天天去滚石搞你姐，把你姐搞得嗷嗷叫。"小宁浑身颤抖，但又不敢怎样，闭着眼哭起来，二炮子再扇小宁一耳光说道："哭，哭，你还给我哭，偷我们牛冶的穷×。"牛冶帮笑得前仰后合。

那天我们卖的的确是家里的旧鸡笼子，和郭胖子算完钱，结伴去河边撒尿，在大门外与牛冶帮撞了个正着。牛冶帮走掉后，郭胖子从屋里钻出来，伸手捏着我的下巴看了看说："也没啥事，就扇了几下，算了，以后别招惹他们就好。”小宁说：“他们怎么知道我们偷铁的？”郭胖子说：“他们知道个屁！你别看这帮小浑蛋横了吧唧的，其实他们也偷牛冶的铁，大白天都往我这儿拉，我告诉他们以后白天别到这边来，他们不听，我又不好不收。”

4.

明明打算去给值班室老头儿送钱，这昏招儿是他想出来的。

尽管牛冶帮不可能知道我们的作案时间和地点，但他们霸占着夜幕下的工人路，我们要想守住这条财路，只能更改往返路线，可去河边最近的路只剩下了值班室老头儿把守的正门。我劝不过明明，他和他的父亲一样执拗，他说值班室老头儿工资很低，见到大票不可能不动心，即使不动心，也不会声张，因为举报我们只能证明他以往工作有失职，顶多，被老头儿臭骂几句，他不怕，他胸腔里有热血，脖子上有护身符，他要说服值班室老头儿收下我们的钱，他要我们从此不再鬼鬼祟祟地做人。

他摸着口袋里的大票走向那盏灯火，然后在门前驻足，静静听着屋内电视机传出的声音，接着原路返回。

我们把存在郭胖子仓库里的废铁全部卖掉，每人分得六百多元。直到今天，我都在为当初那份决定感到庆幸，这份勾当就像无节制的手淫，明知于身不利却欲罢不能，直到有天医生在耳旁轻嘱几句，这才被迫远离快感，却也如释重负。另外，明明猜得没错，值班室老头儿的确爱钱，我们放弃偷铁不到半个月，牛城公安局便展开专项整治，抓获一大批盗窃国企财产的民间团伙，其中在牛冶五区作案的几伙人都是值班室老头儿供出来的，这些人才是真正的大盗，他们黑白勾结，明目张胆，大白天开着农用车去车间搬东西，仅仅一个值班室老头儿，受贿金额就达到了十几万元。

郭胖子嘬着烟卷说："真不明白，你们干吗不干了？牛冶这一下岗，废车间多了去了，谁在乎这点儿生锈的铁片子？"明明抓起钱，瞟了眼郭胖子，转头对我和小宁说："咱们走。"

那一年的冬天出奇地长，大雪从大年初一下到初八，人们趁着晴天清理房顶上、院子里的积雪。元宵节不到，又一场雪降下来，这次比上几次更加猛烈，指肚大的雪片驾驭着北面吹来的风，在牛城的每一个角落肆意狂舞。

明爸爸的气球卖不动了，东大街依旧人来人往，可他和他的气球不属于这个季节，临近中午，还没开张，他跺跺双脚、抖抖帽檐，揣起双手蹲到一边，他思量着，这些玩意儿既然吹起来了，就不能带回去。不远处，侯瘸子拖着瘸腿跑来，动作机械，面容扭曲，说不出是亢奋还是悲壮。明爸爸站起来说："怎么了，师傅？"侯瘸子扶墙喘息着说："来了，来了，省里的领导来牛冶了，就在咱们五区。”明爸爸抓起气罐子扔进车筐，说：“这回有几个人？”侯瘸子说：“我给所有人都通知了，他们也去喊其他厂区的人了，他们骑摩托，比咱先到，咱们得快点儿。”明爸爸跨上车子，侯瘸子坐上后座，顺手拔掉屁股下的绳子，气球抽搐一下，整齐地向上飞去。

贞观路与东大街交叉口，正在买熟肉的羽爸爸看到明爸爸和侯瘸子，喊了一嗓子，明爸爸挥挥手，并不减速，羽爸爸跑到路中央，伸手拦下自行车说：“三哥，你这是干啥去？”明爸爸说：“去厂里一趟。”羽爸爸说：“这瘸子不是个东西，以前想着法儿不让你去闹，现在他都快闹出名了，你别上他的当。”明爸爸说：“买你的肉，别瞎管事！”羽爸爸提高嗓门说：“你跟着他闹有用吗？你好好想想，牛冶又不是你一个人被黑了补贴，你看看现在人家谁还去闹？你别忘了你老婆还在那边工作！”明爸爸一把推开羽爸爸，载着侯瘸子离去。

牛冶五区，省领导在保卫科人员的陪同下缓缓走出大门，十几个下岗职工代表伺机杀出，齐刷刷跪在车前，侯瘸子高举血状，泣不成声。

省领导是见过大世面的人，厉声喝退前来维持秩序的保卫人员，双手搀起侯瘸子，扭过脸问姓郑的：“郑部长，这是怎么回事？”姓郑的苦着脸说：“不瞒领导，我们这些下岗的工人兄弟确实不容易，虽然厂里给了大伙儿补贴，市里也给了很多相应的再就业政策，但目前生活上还是有一点儿困难。不过这都是暂时的，工会这边一直在搜集情况，尽可能地帮这些老工友谋福利。大家为牛冶付出这么多年，该有人替他们说话，我们也不怕得罪人。”“你少在这边装好人！”侯瘸子说，“是谁扣了我们的补贴，当着领导的面你敢说吗？还有，当初我们这些人怎么下来的，我们里面有多少获过奖的师傅，还不是你想让谁下谁就下了！”姓郑的说：“老侯，你别乱冤枉人，厂里所有的事情都是严格按政策执行的，补贴这件事我们管理部门不一直在帮大家查吗？再说了，你以为就你们少拿钱了，我们管理部、技术科、保卫科，哪个没降工资？大家不都是响应政策为企业着想吗？”

省领导摘下眼镜，拍拍侯瘸子胳膊上的土说：“老哥，你们的难处我今天看到了，是我们的工作没做好，我代表省里机关先给大伙儿道个歉。这次我们来得比较匆忙，马上就得走，很多问题还不是太了解，不过请大伙儿放心，以后大伙儿有难处可以随时向相关部门反映，虽然你们暂时离开了岗位，但你们一辈子都是牛冶的人！”

姓郑的带头叫好，大家鼓起掌来，侯瘸子感动得泪如雨下。省领导伸手示意人群停下，戴上眼镜望了望五区大门上方的金字招牌，黑着脸坐进车，对司机说：“走吧。”

人群渐渐散开，姓郑的走到侯瘸子面前说：“老侯，我算服了你了，你知不知道我为了你们，今天对这个年轻领导拍了多少马屁，说了多少好话，这才让他出面指示厂里给大家补发过年的福利，结果你差点儿拆了我的台！唉……算了，就算你们不找我，我也正打算找你们，你现在也算是这个厂区下岗职工的代表了，跟工会的同志去礼堂商量一下春节福利发放的事情吧。”侯瘸子抹了把脸，冷冷地看着姓郑的，姓郑的提高嗓门说：“你别这么看我，也别忙着谢我，我这么做不是看你的面子！”

明爸爸跟着侯瘸子走进工会礼堂，姓郑的猛回头，铁门咣当一声关上，明爸爸来不及反应就摔倒在地上，他大口呼吸着尘土，喊着姓郑的的名字，眼前只剩下二炮子爸爸粗壮的身躯和四面八方数不清的拳头。

铁门打开后，羽爸爸冲进来，跪地扶起明爸爸。明爸爸醒过神，用力抓着羽爸爸的手臂，咬着血牙喘气。羽爸爸怒不可遏，起身推开二炮子爸爸喊：“你们凭什么打人！”二炮子爸爸一脚将他踢开，说：“哪儿来的？滚蛋！”

很多年里，我都在思考一个问题：他为什么还要跟着侯瘸子去闹？他是个二百五，但不至于糊涂，他应该知道那个地方早已不欢迎他，也知道“官官相护”“县官不如现管”的道理，可他还是心甘情愿地跟侯瘸子去闹。侯瘸子为“告御状”精心谋划许久，几乎发动了整条六里河沿岸的人，最后只得到十几个人的声援，这帮人在工会礼堂前又跑了个干干净净。

后来，羽爸爸告诉我，明爸爸这么做是为了尊严，也就是他嘴里常念叨的那张脸。在别人眼里，明爸爸的脸根本不值钱，可在明爸爸眼里，这张脸代表了工人阶级无上的尊严。

明爸爸伤得并不重，在羽爸爸的陪同下，去村口诊所简单包扎了下就回家了，之后顶着绷带去东大街卖气球。和明爸爸一起的侯瘸子同样没受什么大伤，只是不知道二炮子的爸爸动了他哪个穴位，从诊所出来后，他疯了。

随着我们身边的不良少女越来越多，卖铁那点儿钱很快就用完了，小宁连新学期的试卷费都扔在了旱冰场。班主任向小宁下达最后通牒，限期内不交试卷费，他就要去郭家村找他的家长谈话。一百多元的试卷费，换作以前，还不够我们在旱冰场一周的消遣，如今却成了小宁的头号难题，他思来想去，只有将难题丢给自己的姐姐。

我们陪同小宁搭乘公交车来到城北的滚石夜总会。小宁也是头一次来这种地方，他紧张坏了，声若游丝地向门口保安表明来意，可就是不说自己姐姐的名字，明明不耐烦，替他报上名字，保安拉开门放我们进去，同时告诫我们办完事快点儿出来，他说派出所经常来这边突击检查，他们不允许未成年的中学生混进来。

宁姐姐缩着头发走出门，挤出一张笑脸对领班说：“谢谢啊。”领班同样笑笑走开，宁姐姐拉下脸招呼我们说：“进来吧，把门关上。”我和明明走进屋子，坐在沙发上打量四周，小宁垂着脑袋站在宁姐姐跟前等待训话。宁姐姐点上烟，歪嘴吹完一口气说：“你可真争气啊，家里都成这个样子了，还敢乱花钱。你命好，有个姐姐在这种地方给你挣钱，要没我，你早被扔到工地上做小工了，还有钱让你这浑蛋上学？”小宁头越来越低。宁姐姐掐灭烟说：“行了行了，少跟我这儿装可怜，说吧，多少钱？”小宁抬头说：“五百。”宁姐姐掏钱的手停顿了一下，狠狠瞪了他一眼，甩出钱说：“给我滚！”

返程的公交车上，我、明明和小宁并排站着，彼此无话。我脑海里不断重复刚才在夜总会里见识到的那些景象，那些妖娆的口红、妩媚的高跟鞋、性感的迷你裙，还有四面八方五颜六色的灯，仿佛一株株罂粟的花蕾，让我迷恋，让我战栗。公交车在路口停下，前方警灯闪动，人声鼎沸，明明、小宁和其他乘客一起伸着脑袋走过去看，我没兴趣，依旧站在原地想着夜总会的事情。我笃定自己看到了成人世界的本质，眼前的这些人争强斗狠、尔虞我诈、兴风作浪，不过是为了钱，他们有了钱，就要去夜总会那种地方消费，去搞宁姐姐这种可怜的女人，他们没一个好东西。

我承认自己对小伙伴们的态度产生了一丝变化。作为同一条街、同一家族长大的发小儿，我和明明、小宁一直遵循着同一种习惯生活，但我首先变了，我开始学着站在其他立场上看待事情，开始对自己某些习以为常的行径感到厌恶，比如骗家人钱这件事，站在宁姐姐的角度，我们的确是一群不要脸的小浑蛋。

明明和小宁以庆祝生日为名，带着女孩子去饭店吃饭，接着去录像厅看录像。我们包下录像厅一个套间，搂着各自的小女友靠在沙发上吞云吐雾。录像带播到一半，明明起身带着郑琳走向里屋，并轻轻锁上房门，我怀里的姑娘脸红起来，小宁挤眉弄眼地冲我笑，我假装把注意力继续放在录像带剧情上。几分钟后，门打开了，明明和郑琳回到原位，直至录像带结束，没有一个人说话。

之后一段时间，郑琳不再出现在我们中间，她不再去旱冰场，也不再接受我们任何一种方式的联络。她和明明分手了，分手原因我们从另一个与我们有来往的女生口中得知，她说明明想和郑琳上床，被郑琳拒绝了，他一怒之下打了郑琳一个耳光，虽然他第一时间跪下来请求对方原谅，但这已经触碰到郑琳这种姑娘的底线。

明明的悔意很快演变为仇恨，他告诉我和小宁，郑琳与他交往是个赤裸裸的阴谋，在郑琳眼里，我们和校门口那些小流氓其实并无多大区别，唯一的区别是我们有钱，我们一旦没钱花了，她就会像房顶上的野鸽子一样无情地飞走。

郑琳其实大我们一届，是牛冶二中知名的优等生，她在1999年夏天以全市第五名的成绩考上了牛城一中，三年后又考取了北大中文系。2008年在北京读研期间，郑琳嫁给牛城一名高干子弟，2012年夏天离婚。

5.

宁姥爷和明奶奶的身体同时开始恶化，两个老人都是癌症晚期，对待疾病的态度却天壤之别。宁姥爷自从获知病情后就觉得自己被老天亏待了，他认为这不该是他的死法，他躺在医院里，逼着女儿四处借债为他保命。明奶奶则坚持不做手术，更不接受住院和化疗，她只吃外孙女们定期送来的廉价中药，明爸爸和明妈妈求她去做手术，她绝食示威。

“我不想去医院，这病反正都要死，我这么大岁数了，花那些钱、受那份罪干啥？干干净净地死多好。”明奶奶喝完水，对我笑笑说，“乖，去给你妈搬个凳子。”羽妈妈坐下来，说：“您不能这么说，大伙儿只是心里难受，您老大半辈子一个人辛辛苦苦地拉扯这一大家子，别说您自己的孩子，就是小羽爸、小宁爸这些堂兄弟，哪个不是您带大的？可您享过什么福？”明奶奶摇头说：“我明白你的意思，小羽妈，我不治病，不是想让他们两口子在村里抬不起头，落个不孝的名声，你想想，我还能活几天？孩子都还小，男人也下岗了，我俭省了一辈子，不能到死了再坑儿女们一把。”她望着羽妈妈接着说：“一个人有一个人的命，我活了六十七岁，老天爷对我不薄了。你们和孩子好好活着，你看这些孩子多好，眨眼都快成小伙子了，你和明明妈都快熬出来了。”

清明节那天下午，牛城飘着针尖细雨，市三院病床上，宁姥爷睁开眼说：“老三的妈不行了，你们去看看吧，刚才她给我托梦，说要死在我前面。”宁妈妈向护士交代完毕，和羽妈妈一起急匆匆地赶往明明家，刚转入郭家村街道，就发现远处墙壁上竖起一叠纸钱。

明奶奶出殡，姓郑的带着工会的人前来吊丧，他走到灵棚后面，当众塞给明爸爸一千元钱，说是工会凑的丧礼，明爸爸重孝之下不好拒绝，接下钱向姓郑的鞠了一躬。姓郑的扶着明爸爸的肩头说：“老郭，我知道你还在误会我，我现在就站在你们家老太太灵前发誓，上次的事真的和我无关，是保卫科早就算计好的，当时连我都被他们的人拉了出去，也差点儿挨打，厂里已经给了那些人员处分。你也知道，保卫科一直和侯瘸子他们对着干，现在侯瘸子不灵了，大伙儿最信得过你，所以我这边以后继续拉着脸向上面要福利，你呢，负责帮厂里照顾那些下岗的老工友，行吗？”明爸爸点头，姓郑的如释重负，握起明爸爸的手说：“这次厂里发补助的事完了，咱们两家人找时间在河边吃个饭，以后咱们站在同一阵线上，什么困难都能过去。”

明爸爸拎着补助金和水果走进侯瘸子家，坐在床边说明来意，侯瘸子老婆一勺一勺喂侯瘸子饭吃，自始至终没抬眼看明爸爸一眼，明爸爸把东西放到床边，慢慢走了出去。明奶奶去世后，他变了很多，不再像往日那样冲动和冒失，除了接送明妈妈上下班，平日里只穿梭于东大街和郭家村之间，酒喝得少了，脾气也收敛了，连话都不再多说，或许老太太的节俭最终触动了他，不管怎么样，家人和生活是第一位的，脸不脸的就算了。

明爸爸和明妈妈从饭局回来，将打包好的肉放在桌上招呼自己的儿女，小月大叫着从里屋跑出来，抢过一只鸡腿就啃，明妈妈挽着小月的袖子说："祖宗，你饿狼托生的？去拿筷子吃！"明爸爸点上一支烟对明明说："你坐那边，我有话问你。"明明放下鸡腿，擦擦手坐到一边。明爸爸说："你是不是和郑部长的女儿在搞对象？今天他女儿也去吃饭了，问你怎么没去，还说她那只表是你送她的生日礼物。"明明说："不是，就一般认识关系，没搞过对象。"明爸爸说："你哪儿来的钱买那么贵的东西？你奶奶病重时连块点心都没见你给她买过。"明明不吭声。小月插嘴说："哥哥和小羽哥哥、小宁哥哥去牛冶偷铁，有好多钱。"明爸爸和明明同时站起来，明妈妈拉过小月说："小孩子吃你的东西，胡说什么！"明爸爸大声说："怎么回事？"明明说："我没有，她见我去收购站卖家里的废铁，就瞎编……"明爸爸冲过去一拳把儿子打翻在地。

羽妈妈打开门，蹲下来望着小月说：“哎哟，这是怎么了，宝贝儿，谁欺负你了？”小月哭得上气不接下气地说：“我爸爸在家里打我哥，我和妈妈拉不住了。”羽妈妈抱起小月，冲屋里喊：“家里的爷儿们，都给我出来！”

明爸爸喘着粗气坐回椅子，三个女人围着他七嘴八舌地指责，我搂着小月和小宁一起坐在门后角落里，不敢出声。羽爸爸把明明拉到灯下面，用力掰他的脸蛋和嘴巴。明明挤着眼泪说：“叔，你别弄了，我爸真没打伤我。”羽爸爸松开手，敲了明明的脑袋一下，说：“打你都不冤，才多大啊，就敢偷牛冶的铁，还敢搞对象！”我壮起胆子说：“我们真的就去过那一回，在胡同里捡了几块旧铁片子，门都没进去过，后来公安局一抓人，我们更不敢去那边玩了。”羽爸爸冲到门后面踢我一脚说：“我叫你去那边玩！”

女人们唠叨个没完，明爸爸气消得差不多了，他站起来回屋说：“行了，你们几个，就他们干的这点儿事，打几下不应该吗？老太太在的时候就护着孩子，你看都给护成什么样了，现在你们就接着护吧。”明妈妈笑了一下，对羽妈妈、宁妈妈说：“你看看我们家这个，就这熊德行，现在他也没理了，孩子们也把情况说明了，大家都消消气，坐下来吧。小月，去给婶婶们倒水。”羽爸爸掐灭烟，对我和小宁说：“行了，没事了，你们两个小兔崽子都给我回家去。”

明妈妈拉过一把椅子坐到桌旁，说：“姐，还有个事得跟你说，今天我和明明爸去国道旁那家馆子吃饭，那地方真发财，菜做得一般，可都不便宜，人还特别多，大部分都是开车路过的外地搞运输的司机，他们只吃饭不喝酒，饭量特大，一个人要两三个菜。我想万一哪天我下来了，买断工龄，让明爸爸跟着小羽爸开饭店算了。”羽妈妈说：“那地段是不错，也有现成的店面和停车场，可拿下来少说得十七八万，咱们三家现在凑不齐这个钱，小宁妈这边的情况你也知道，一万她都拿不出来，只能再等等看吧。”明妈妈说：“不是说小宁爸有消息了吗，还挣了大钱？他要回来，咱不就齐全啦！到时候别说饭店了，旅馆咱们都干起来了。”宁妈妈说：“他最近是捎回来个消息，说要给家里钱，让家里人都等着，谁知道他这次有准儿没准儿，这自从下岗后就变成孤魂野鬼，我早不指望他了。”

宁爸爸这次捎回来的消息是真的，他真的挣到了大钱。半个月不到，宁妈妈就从自家房顶上捡到一个密封的塑料袋子，里面装着十几万元的巨款，同时里面也装着一个不太好的消息：宁爸爸被通缉了，他转手的女人勒死自己的傻子丈夫后投案自首，头一个供出来的就是郭家村的宁爸爸。

面对来访的警察，宁妈妈号啕大哭，甩着鼻涕说：“你们要是抓到他，我请求政府枪毙他，算给我们家除了一害，我一天也不想跟这个男人过了。自从嫁到他们家，我没过过一天好日子，他一年到头在外面瞎混，不给家里一分钱，还到处欠债，现在人家都说他在外面发了财，还养了女人。家里这两年穷得把整条街都借遍了，他也不说回来看看，现在又给家里丢这么大的人，我以后还有什么脸在这街上走！”

宁姐姐回到家，躲在偏房中静静等警察离开。警察走后，宁姐姐走进主屋，向母亲说自己要结婚，她认识了一个从北京来的生意人，条件不错，对她很好，两人已经去民政局领了证。宁妈妈用热毛巾擦了擦脸，恢复了情绪，说：“你爸现在是生是死都不知道，姥爷也在住院，你竟然还有闲心思跟野汉子跑，你石头缝里蹦出来的？到底还是不是这个家里的人？”宁姐姐冷笑一声，站起来说：“咱们这个也叫个家？”走至门口，她停下来，扶着门框望着院子说：“已经定日子了，五一办事，你要来北京就先给我打电话，我派人去接你。”宁妈妈把毛巾重新搭在脸上，说：“滚，以后不许你再进这个家门。”

牛冶五区办公楼，姓郑的在门外一遍遍打手势，明妈妈走出来摘下袖套问：“什么事？”姓郑的环顾四周，把明妈妈拉到走廊边上，小声说：“你怎么这么糊涂，我不是提前跟你们家老郭打招呼了吗？这次技能审核没你的事，你干吗还给人家交材料？”明妈妈甩开姓郑的的手说：“你瞎拉扯什么！交了怎么了，这科室哪个人没交？”姓郑的说：“你想下岗啊？我告诉你，这次来的全是省里的技术顾问，你现在就去把那些材料要回来，你要再这么干，我可就说不上话了。”明妈妈说：“不用你说话，交材料是我自愿，要下岗大家一起下，碍着你什么事了！”姓郑的深吸一口气，望着明妈妈说：“你不是小孩儿了，在这儿也干了快二十年，我就闹不明白，你这么做是为了什么？你跟我说说，你到底是为了什么？”明妈妈说：“不为什么，腻了，就像你说的，我也在这儿干了快二十年，腻了，下不下岗，我听命。”姓郑的提高音量说：“你这么做，有没有想过你家里人！”明妈妈也提高音量说：“我家里人怎么样你管不着！回去吧，这边现在没人待见你，别给自己添不痛快。”

晚上八点，明爸爸和羽爸爸从外面吃饭回来，发现胡同口停了辆黑色轿车，两人嘀咕半天才走进家门，透过窗口的灯光知道家里来了客人。

看到明爸爸，省里的几位领导呼啦啦站起来，领头戴眼镜的笑着说：“老郭，还认识我吗？”明爸爸目瞪口呆，半天才缓过神，走过去一把握住对方的手说：“您好，您好，您……请坐。”戴眼镜的领导示意大家都坐下来，吩咐秘书继续记录，他望着明爸爸和羽爸爸说：“我们这次来，主要是暗访牛冶基层改革的情况，尤其是下岗职工和他们的家属代表。刚才这两位女同志给我们提了很多宝贵的意见，还提供了一些十分重要的线索，问题很多啊，老郭，所以我们等着你回来，想听听你的意见。”

一屋子的人望着明爸爸，明爸爸拘谨地坐在屋子中央，他咬咬下唇，说：“我没什么意见。”戴眼镜的领导说：“你别怕，老郭，你对牛冶的政策有什么意见，对什么人有意见，尽管提，这是你家，你谁也不用怕。”明爸爸说：“我心里特别感谢领导能这么关心我们这些老职工，只是我们都下来了，就不好再说人家什么了。牛冶其实对我们这些人不薄，月月都有补贴，最近还给我们这些有老人去世的家庭发了抚恤金，这件事上我们得知恩，不能再给人家添麻烦。”

大家送领导们离去，戴眼镜的领导转身扶着车门说：“大家都回去吧，太晚了。老郭，你要相信政府，不管什么时候，政府都是替咱们工人阶级说话的。”明妈妈笑着说：“您别见怪，他就这股傻劲儿，我们回头再劝劝他，一定配合领导们的工作。”

省领导的车在街道转弯处消失，大家迈步往回走，胡同口突然冒出一个男人的声音：“三哥。”明爸爸循声望去，宁爸爸从阴影里慢慢走了出来。

明爸爸激动坏了，一把抓起宁爸爸的手臂问：“兄弟，你是什么时候回来的？这些天大伙儿四处打听你，你……你怎么还敢回村里来？走，快进家去！”宁爸爸站定，眼望众人，说：“就不进去了，三哥，没事，这时间街上没什么人，我回来看大伙儿一眼，看完就该走了。”羽妈妈说：“你回过你家了？”宁爸爸说：“嫂子，我没回去，我是打听到我老婆这几天在医院陪她爸才回的村子，你也知道她那个脾气，见了不好……”“行了，走走走，跟我进去，别在大街上站着说话，这算哪档子事？”明爸爸急起来。明妈妈附和说：“是啊，进去说吧，这条街晚上经常过人过车的。”宁爸爸说：“不碍事，我现在对这些都无所谓了。”羽爸爸站出来说：“兄弟，你要还信得过我这个当哥的，就考虑一下自首，大伙儿这么多人帮你打官司，关几年又怎么样？咱们那个胖厂长最近回来自首，也没判几年。等你出来了，孩子正好也大了，咱们的日子就好起来了。”

明明拉着小宁从院子里跑过来，小宁见到爸爸，喘着气一时不知道该说什么。明爸爸说：“你看，孩子都来了，你就进去吧，今晚就在这儿住，以后的事，咱们一起想办法。”宁爸爸伸手摸了摸小宁的脑袋，苦笑着说：“你们不懂，我的罪太大，政府不会放过我的，我也不想坐牢，混了这么多年，末了，给老婆孩子留点儿脸吧。”“儿子，”宁爸爸低下头对小宁说，“好好照顾你妈，家里往后就剩你一个爷们儿了。你们小哥仨也都记着，不管将来能不能上大学，一定得混出个人样来，我们这一代没什么出息，受人欺负，你们记得争口气。”

宁爸爸停下脚步，沉默片刻，转过身来，望着明爸爸说：“三哥，如果哪天你听说我不在了，记得去给我收个尸，想想办法，能不火化就别火化，把我埋在咱们家祖坟里，挨着老太爷。

我老婆的爸是癌症晚期，万一哪天不行了……”他捏把鼻子继续说，“就劳烦大伙儿给操办一下，别让她一个女人忙活。”

“爸！”小宁哭着跪倒在大街上。

6.

明妈妈作为牛冶最后一批下岗的技术员工，和其他人一样买断了工龄。六一儿童节，她带着儿子和女儿去北京旅游，或许是有了钱，她不再对儿女们苛刻，住酒店，坐出租车，逛海淀工业园，一路上孩子要什么就给买什么。明明知道母亲心底的酸楚，除了吃的什么都没要，倒是小月买了一大包玩具，光芭比娃娃就好几个。

剩下的日子，她一边等着羽爸爸向区政府申请开店的消息，一边帮自己的丈夫在东大街卖气球。她买了辆自行车，让羽妈妈带着她去六里河河边的小道上学着骑，然后把以前的工作服改了一下，变成了卖气球的白大褂阿姨。作为女人，明妈妈的一生已经没有遗憾，她年轻过、漂亮过、风光过，她读全牛城最好的学校，毕业后又分到这里最知名的企业，她和全厂最帅气的男工程师谈过恋爱，除他之外再没被谁伤害过，如今，她有一个爱她的丈夫，一个帅气的儿子，一个可爱的女儿，马上也要有一份真正属于自己的事业。

明妈妈昔日的上级领导姓郑的风光不再，被开除了党籍，每天按时去厂里报到，接受来自省里的纪律调查。昔日巴结他的人纷纷与他撇清关系，他巴结的人将他和他的钱无情地堵在门外。他无力了，绝望了，孤零零一个人游荡在自己刚进厂时工作过的车间，他踩着过道上两厘米厚的尘土，摸着机器上的锈斑，突然，他眼前一黑，栽倒在地上。

端午节清晨，人们在六里河桥下发现了宁爸爸的尸体，他鼓着肚子漂在水面上随风打转，嘴里衔着一根长长的树枝。十点钟，在数百名郭家村人的注视下，宁爸爸被吊车绳子拉到半空，警察赶过去，从他紧扣的腰带中抽出一只塑料袋子，里面有一张用铅笔写好的遗书和一个三角形布囊。

宁姐姐携新婚丈夫从北京赶来奔丧，在院门口抱着羽妈妈大哭。明妈妈拿出一套孝服帮宁姐姐穿上，接着她望着宁姐姐身边的男人犯了难。羽妈妈抓过明妈妈手里的孝服说："算了，也给他穿一件吧，咱们跟着他俩进去见小宁妈，今天这么多人，不能再闹起来，不好看。"

宁姐姐和丈夫低头站在宁妈妈前面，宁妈妈肿着双眼说："回来了？""妈……"宁姐姐哭着拉丈夫跪下，宁妈妈挤了下泪眼，摆手说："好了，回来就好，去里面给你爸、你姥爷磕个头吧。"宁姐姐用手擦着眼泪说："妈，我爸到底是自杀的还是被别人害的？警察那边给说法了没有？"宁妈妈说："算了，闺女，甭问了，不管怎么死的吧，反正是死了，跟你姥爷前后脚死的，咱们家两个讨债鬼都死了。”

羽爸爸奔波多日，终于盘下国道旁最大的两处店面。明妈妈雇人施工改造，我、明明和小宁放暑假，整日光着膀子和大人们一起在店里干体力活儿，这一年多家里发生的事情让孩子们成长了许多，他们真正体会到了生存的那份艰辛。

由于我们的勤奋，明妈妈辞退了几个临时工，但整体工作进度不减，不出一个月，两个店面就合为一处，上下两层的装修也宣告完毕。验收那天，明妈妈当着众人的面，给了我们每人两百元零花钱，外带许诺我们一个星期的假。羽妈妈显然不太赞同这种做法，她对明妈妈说：“放他们两天假就得了，干吗还给他们钱？这几个兔崽子手头有了钱，肯定又出去捣蛋。”明妈妈笑着说：“人家三个人这一个月干得不比工人少，这点儿钱不算什么，孩子们都长大了。”

我们结伴走进工人路第一家网吧，盯着电脑屏幕上的英文提示手忙脚乱，小宁推回键盘说：“算了，叫网管过来教咱们，网管！”小宁举起胳膊乱抖，网管在远处抬起头说：“这儿呢，这儿呢，等会儿哈！”明明慢慢站起身，盯着网管身旁的郑琳发呆，郑琳瞟我们一眼，摘下耳麦走去前台还卡。明明推开椅子向外走，小宁推我一把说：“赶紧过去拦住他，要出事。”郑琳还完卡，疾步走出网吧，明明加快脚步跟上，前台姑娘冲我们喊：“还卡！还卡！”小宁回头说：“我们几个去外面买点儿吃的，马上就回来。”

牛冶家属院，保安拉上伸缩门，走过来问：“你哪儿来的，找谁？”明明不理会，继续抻着脖子向里面喊郑琳的名字。小宁跑过来一把抓住他，说：“你发什么神经！”明明停下来，悲伤地看着我们，我喘着气说：“回去吧，网吧还压着咱们的钱呢。”明明的眼泪从嘴角滴下来，接着被后面飞来的脚丫子踢翻在地。

二炮子命令手下几个人抓住我和小宁，自己拽着明明的头发把他拉过来，他腾出一只手一边扇我和小宁的脸一边对明明说：“看见了没？看见了没？你们这些鸡窝来的就得这么打，这么打才过瘾！”接着他扇明明的脸，嘴里嘟囔：“我让你喊我们院的女生！喊我们院的女生！”“二炮子！”小宁吐出一口血沫子，奋力冲过去，头顶二炮子下巴，二炮子应声后退，我趁机挣脱身边的人，和小宁一起拉起地上的明明撒腿逃跑。二炮子捂着脸说：“抓住他们几个！”

牛冶帮越来越近，很明显我们跑不过他们这些平时踢足球的孩子，与此同时，前面的明明摔倒在路上，他和正在捡垃圾的侯瘸子撞了个满怀，牛冶帮趁势围上来，噼里啪啦对我们施展拳脚。侯瘸子站起来，大吼一声冲向人群，张开双臂将二炮子扑翻，二炮子迅速爬起，和牛冶帮一起对侯瘸子拳打脚踢，侯瘸子浑身是土，蜷缩在地上痛苦地干号。

慌乱中，我们溜进附近一处巷子，随即心凉大半，这是我们当初偷铁的那条巷子，是死胡同，抬头便是尽头，自从公安局整治盗窃团伙后，这边的围墙加高了一倍，并在每一处墙头都插满了玻璃碴儿。

我、明明和小宁背对墙站着，目视巷口，脑袋里一片空白。小宁抹了把嘴说："今天跟他们拼了，抽砖头！"我们转身从旧墙壁上抠出几块青砖，相互敲打，露出锋利的边缘，小宁手持砖块说："待会儿咱们就冲二炮子一个人，小羽你抱住他双腿，明明替我挡开其他几个人，我今天就是咬，也得咬死他。"

那天的事情，成为我这辈子最难忘却的记忆，直到今天，我都害怕在路边看到鲜血，那些渗入泥土中的红色，让我存储在脑海中的画面瞬间如刺绣般清晰，它们比看守所墙上的棍子更令人恐惧，比女孩子摊开的身体更令人紧张，比亲人的灵柩更令人伤痛，它们蛰居在我的心头，总在某个不经意的场所、不经意的时刻突然蔓延开来，让人恶心，让人无助。

嘶喊声中，我们俯身冲刺十米，上下两道撞向二炮子的身体，我趁势将其掀翻，小宁手里的砖块同时磕上对方面门。二炮子起身，又被我死死压住双腿，小宁一手按住二炮子的脖子，一手继续磕打其头部，直至他四肢瘫软，停止挣扎。周围拳头、鞋底、钢管雨点似的打在我身上，我大喝一声，拾起地上的砖块爬起来，加入明明的战团，明明半身是血，一边惨叫，一边抡着双臂，像头发狂的雄狮。

牛冶帮停止打斗，齐刷刷退后几步，呆若木鸡地望着眼前发生的事情：昏死过去的二炮子四脚朝天，脸部血肉模糊，已分不清五官。小宁跪在地上，像个疯子一样举起湿红的砖块，敲打二炮子手肘、膝盖等关节，他一边敲打一边撕心裂肺地哭喊：“叫你打人，叫你打人，叫你打人……”

警察出现在巷子里，挨个儿扣住我们的双手，将我们踉踉跄跄地推出巷口。工人路人山人海。

明明是我们三个人中伤得最重的，他被钢棍敲破了脑袋，胸口和右臂的伤口加起来缝了七十多针，留下很多终身消不掉的伤疤；我同样被敲破了脑袋，左大腿被二炮子的军刺扎入两厘米；小宁断了一根手指；侯瘸子断了两根肋骨。

牛冶帮受伤的主要就二炮子一人，他瞎了一只眼睛，碎了一只睾丸，脸部毁容，双耳失聪，右臂关节与左膝粉碎性骨折，听说智力也受到很大影响，总之，他成了牛城南郊最著名的残疾人。两年后，他爸爸花钱帮他买了一张高中文凭，帮他在六里河岸边支了个棚子，靠着一只手一只脚帮附近几个村子里的人修理自行车。

两个月后，我和明明从看守所出来，家人排列整齐地站在面包车前，那时候我们已经知道小宁服刑的消息，在牛冶帮几个孩子做证的情况下，他因为重伤罪被判了四年。我和明明依照先前家人商量的那样，结伴走到宁妈妈面前跪下，宁妈妈瞬间泪崩，伸手搀扶我们，说：“起来，孩子，跪什么啊这是。”我们不敢起来，明爸爸说：“发什么呆，叫人！”我和明明抬起头说：“干妈。”明爸爸拉住宁妈妈说：“弟妹，从今天起，这俩就是你亲儿子，你该打就打，该骂就骂。”羽爸爸说：“以后记着好好孝顺干妈，听见了没？”我和明明点头，宁妈妈擦完眼泪，笑了一下，说：“好了，好了，乖，都起来吧。”

面包车后座上，小月挤到宁妈妈旁边说：“婶婶，以后我也能叫你干妈吗？”明妈妈、羽妈妈笑起来，宁妈妈把她抱到腿边说：“当然能啊，你也是我闺女了。”

中秋节后第二天，“嘉郭酒店”开张的日子，明爸爸一大早带着女儿来到店里，扑哧扑哧吹起几百只气球，将它们挂满餐厅与客房的每一个角落。中午，羽爸爸和明爸爸穿着西装打着领带，站在路边迎接前来祝贺的老工友和老领导，很快，招待处就坐满了人。干果和凉菜上完，宁妈妈、明妈妈和羽妈妈作为酒店管理方代表，胸戴红花，站到讲台上讲话，她们轮番拿起话筒，台下不断响起掌声和笑声，一位中年妇女边嗑瓜子边冲羽爸爸喊：“郭老四，你老婆是经理，那你在这里是啥官啊？”羽爸爸不耐烦地说：“我没官！”中年妇女喊：“你命真好啊，老四，又可以吃软饭了。”大家又哈哈哈笑起来。

明爸爸跑到车前，握住戴眼镜领导的手说：“您怎么来了？”戴眼镜领导笑着说：“是你们家嫂子通知我来的，昨天路过这里时，她和另外两名女同志带我们进去参观了一下。行啊，老郭，你挺牛啊，干这么大一份事业，还聘了这么多下岗职工，你简直就是咱们牛城的大明星啊！我已经把这里的情况汇报给这边区里了，让他们以后把你这边当作模范创业单位来扶持，以后有什么需要尽管提，区里领导会尽全力支持你，我也会支持你。这不，我今天就带着他们几个蹭你的饭来啦。”明爸爸咧着大嘴傻乐，他扭头冲后面喊：“明明妈，先别讲话了，把那张大桌子搬出来，领导又来看咱们来了。”

女经理们讲话完毕，典礼进入高潮，穿着白大褂的服务员们端着热菜排着队走出酒店门口，我和明明在二楼房顶点燃一万响的鞭炮，大家再次鼓掌欢呼，侯瘸子从老婆身边站起来，盯着鞭炮流着哈喇子傻笑。

明明望着长长的六里河和它边上的村落，静静地说：“小羽，你说这里十年后会是什么样子，会变得和城里一样吗？”我说：“用不了十年吧，你看这沿岸很多地方都开始盖楼了，也就五六年时间，咱们村子里的人都能住进楼房，那时候咱们就是真正的城里人了。”“城里人又怎么样？”他转过头说，“我就看不起这边的城里人，这点我同意你爸的观点，整个牛城，哪里有什么城里人？就算住了大房子，心眼、见识还是个小地方的人。”我说：“唉，小地方就小地方吧，我挺喜欢这里。”他重新望向远处，说：“我不喜欢，我将来要去北京、上海、南京这些地方。北京有多大，你都想象不到，那才叫城市。牛城？算了吧。你也听说过吧，咱们村在古代的时候是专门给皇帝家烧瓷器的地方，可后来又怎么样呢？小地方永远是小地方，小地方留不住牛×的东西。”我说：“咱们要想出去，得上大学。因为前阵子的事，现在整个牛城除了十中，没人敢要咱们，你觉得十中这种出了名的破学校能考上大学吗？”明明说：“考不上大学我也得去北京，反正不想留在这儿。哎，到时候咱俩一块儿去吧，还有小宁，只要咱们三个在一块儿，到哪儿都能混好。”

我不再说话，陪他继续对着远处发呆。楼下吃饭的人越来越热闹，明妈妈一遍遍呼唤我们的名字，我拍拍明明的肩膀，站起来瞟了眼天边的云朵，向楼梯走去。

（本篇原名《牛城往事》）

他输了二十多年，却一朝赢得这么彻底。这些都跟命没什么关系，不过是人情使然，活宝们一旦聪明起来，便很少有人再是他们的对手，因为他们拥有我们不曾拥有或不敢拥有的东西。

VOL. 05

05.

南门大侠

1.

我无法忘记那张丑脸。他太丑了，丑得堪比现代艺术，嘴巴宽厚，鼻梁塌陷，脸上雀斑横生，两只小眼几乎没有眼白，仿佛刀片在倭瓜上划出的两道小口，让人一度怀疑他无法看清这个世界。

比长相更奇怪的，是他的名字——周红霞。这是女孩子的名字，是地道的乡下女孩子的名字。没人猜得出他父母起这名字的初衷，或许连他父母都曾松一口气，幸亏这不是女娃，男娃长成这样，已属家门不幸。他的同乡大勇告诫我们，不要叫他“老周”或“红霞”，“老周”是他爹，叫“红霞”他会急。从小到大，他只认“大霞”这一个名字。

大霞与我同上县中，准确地说是县里的三中，是全县教学质量最差的高中。这里收容的尽是没考上一中、二中的小败类，也从没有人自这里升上过大学，莘莘学子，碌碌青春，不过是为了高二结束时的会考，会考结束，拿着一纸高中文凭走人。

大家第一次在宿舍相会，坐在床铺上群聊。孩子们认识的方式很简单，每人讲一个黄色笑话，我显然不在行，憋半天，憋出“莎士比亚”的老梗①。多数人面露憾意，应付性地咧嘴了事，大霞却不懂，扭头问身边的人，瞪着小眼期待答案，然后狂笑不止，谁都劝不住，越劝笑得越放肆。他也不许任何人碰他，一个乐到极点的人，全身都是敏感的。

当晚，他贿赂同学，调换床位，主动与我做起朋友，自此阴魂不散，自习课挪过来聊天，放学拉我一起吃饭，连晨跑都故意挤到我后面。我虽然不敢正眼瞧他，还是接受了这份情义。大霞其实人不错，有着山里人特有的仗义与豪爽，只要你开口，他什么都肯干。

周末，大霞从老家带来一袋粮食，准备去食堂换成粮票，有同学问：“大霞，这么一大袋子，你抱得动吗？”大霞愣一下，

① 老梗，指被用了无数次的旧搞笑桥段，或是大家都听过的笑话。

搬起地上的粮食抛向空中，一边抛一边咬牙切齿地说：“你看我能不能！你看我能不能！”宿舍里哄笑起来，叫好声此起彼伏，大霞受到鼓舞，咧着大嘴将粮食抛得更高。突然，他停下来，丢掉袋子，收起笑意，噘着嘴巴说：“笑你们个头，就知道你们是爱笑话我们山里人。”大家笑得更开心，劈里啪啦倒在床铺上。

熄灯前，有同学问：“大霞，你老说你一米七八，你能脚蹬住这边的上铺，手摸到那边的上铺吗？”大霞放下手里的书，坐起来说：“什么叫摸到？我能用手抓住对面的上铺，不信你们把我托起来试试。”众人托起大霞，大霞完成任务，正待炫耀，门口传来女班主任的声音：“都几点了，闹什么闹！”所有人第一时间滚回床铺，只留下撑在空中的大霞。班主任走进来问：“红霞，你干吗呢？”大霞汗如雨下，却动弹不得，喃喃地说：“张老师，我……我没干啥。”班主任说：“还不回你床铺睡觉去！”大霞委屈地说：“张老师，我……我回不去。”

春季运动会上，大霞代表我们班参加三千米长跑比赛。他显然不懂什么是三千米长跑，枪响那一刻，即开足马力狂奔，龇牙咧嘴，昂首挺胸，将一干名将远远甩在身后。全校师生惊呆了，一个个站起身来，哄笑声、叫好声回荡操场。一圈半后，大霞体力不支，步伐失去平衡，像只中了毒的螃蟹，名将们陆续将他超越，接着超了他一圈、两圈，他停下来，望望天边的红晕，径直走回自己的班级。

我问大勇："这家伙一直是这样吗？"大勇笑着说："怎么会？以前在老家他不这样，他家特别穷，爹没本事，是个瘸子，娘跟人跑了就再没回来，他爷爷奶奶都嫌弃他们家，一直住在叔叔、大爷家养老。总之，他们家属于抬不起头做人那种，现在出来上学了，当然很开心，这边没人知道他的底细，也没人孤立他。"

我相信大霞是享受自己的"活宝"身份的，因为再傻的人也能分辨出那些笑声的真伪，可他始终如一地扮演着二百五的角色，并乐此不疲。

黑暗中，他翻过身，静静地望着我。我揉揉眼问："怎么了？"他说："莎士比亚……"然后捂着脸咯咯笑起来。

2.

我们当初所在的那所县中，地处牛城郊区，毗邻火葬场，空气里终年弥漫着奇怪的焦煳味道。这种味道激发出青春期男生潜在的暴戾，从教学楼到宿舍，从校门口到操场，每日厮打声不断，几乎所有男生课余都在打群架。学校南门是主战场，逢周末，那里的群架动辄百人，声势滔天，荒唐的是，这些群架多数以半娱乐姿态出现，同龄人之间哪儿有那么多仇恨，大家不过是无聊，两三个学生的拌嘴，片刻便演变成一大堆闲人的群殴，其实只是为了精神层面的饱满。

大霞成为南门外的明星，不是因为他身手有多好，实在是参与度无人可比。各个年级，各个班级，只要认识他的，都约他助阵，有时候两边应下来，不知怎么办，就抽签决定帮谁，失败一方也不会恨他。大霞有自己的人生哲学，出身不好，长相不好，成绩不好，甚至连个黄色笑话都不会讲，能够支撑自己在这个地方立足的，只剩下仗义和豪爽，他期望自己无私的付出能够换来更多人的信任，然而事与愿违，大家还是习惯将他当作活宝，对他的期许，永远只是一阵可以缓解压力的笑声。

大霞开始挨打，各帮派火并的规模越来越大，争相拉拢低年级新人，大霞成为这些新人练手的靶子。他们有个共识：此君白打，不会记仇，不会告发。楼道里，食堂里，操场上，南门外，大霞和一个又一个男生动手，被一伙又一伙男生追打，他果真没放在心上，从未告发过，他觉得这些都是再平常不过的江湖恩怨，江湖上的恩怨，不算恩怨。

但他也有一个原则，那就是不许别人打他的脸，每每失势关头，第一件事便是护住那张丑脸，任凭拳打脚踢，就是不松手。我不理解，去问大勇，大勇说：“他爹当年就是被人打脸打蒙了，跌到沟里摔断腿的。”也许是命运安排，大霞每次参与斗殴，总会被对方打脸，他的脸实在太大了，这种先天性的缺憾真是令他伤透了脑筋。

学校里最著名的地头蛇盯上了大霞，这次他无论如何是护不住了，索性主动前去讲道理，他义正词严地告诉对方：“过去无冤无仇，今后只想做个朋友。”地头蛇一路把他打出宿舍，再一路打到他的宿舍。最后，地头蛇打累了，嘲弄大霞，呼出一个耳光问：“今天打你的事，敢告诉老师吗？”大霞含着泪故作镇静地说：“你放心，我……我不会告诉老师。”地头蛇乐了，再戳大霞脑袋一下说：“那你说说我们这次该不该打你？”大霞委屈地挤了下眼泪，恢复脸色说：“是我的错，我……我以后不敢了。”宿舍里集体哄笑起来。

一般来说，遭此大辱，人的性格与行为会不同程度地发生改变，可这逻辑不适用于大霞，没过几天，他又和别人约架去了。支撑大霞对生活充满正能量的，是班上一个叫爱琳的姑娘，她与我同桌，有几分姿色，外加性格开朗，能够接受班上坏孩子的玩笑，是为数不多愿意跟大霞聊天的女生，于是大霞迫不及待地迎来了初恋。

一个月后，爱琳成为大勇的女朋友。

大霞心碎不已，通过我给爱琳送了封信，满纸的语病错字迸发出山呼海啸般的爱意。大勇暴怒，指责大霞不义，大霞强硬回击，坚持自己有表白的权利，他大声告诉在场的人：大勇能认识爱琳是自己的功劳，他才是第一个认识爱琳的人。

南门外，大勇领着几个手下围殴大霞，大霞流着鼻血滚在地上惨叫。我冲过去拉住大勇的胳膊喊："别打啦！你至于对老乡下这么重的手吗！"大勇停下来，望着我不作声，大霞爬起来，用脏手抹了把鼻涕，抓住大勇洁白的领口喊："张大勇！你有种今天弄死我，你弄不死我，就不算男子汉！"大勇一脚将大霞踢翻，招呼手下离去。

这个丑陋的、辛酸的、幽默的、可怜的男孩子再次哭了，这次，他哭出了声，他再不顾旁人的脸色，崩溃式号丧，他连哭都哭得这么难听，仿佛一只病入膏肓的豺狼，凄凄厉厉，点燃远处的夕阳。

多年后，他告诉我，和大勇这场架是他前半生最痛的一段记忆，以往的种种欺负不过是些皮肉之苦，而这一次，他感到心底有块柔软的东西被践踏了，这是一种无仇可报的屈辱，是一种直达心底的悲凉。

2001年秋，三中的学生在一次群架中闹出人命，随后检察院的车开进操场，学校南门竖起“派出所常驻治安办公室”的牌子，从此那个地方再没有人敢打架，而远在城里学美术的我也渐渐失去了老同学们的消息，我只听说大霞被班上的坏孩子孤立了，在万分痛苦中度过一天又一天，会考结束后他第一个离开了校园。

进城前，他对我说的最后一句话是：“超子，你将来要是考上了大学，别忘了我。”

3.

2009年春，我离开CBD，前往崇文门附近一家企业上班，在那边的楼道里邂逅卖便当的大霞。

当时我十分尴尬，接过他递来的打火机点烟，火苗蹿出一尺高，把前面的刘海儿烧掉大半。他望着我头顶升起的那团烟雾，捂着肚子蹲在地上笑了足足两分钟。八年没见，我们第一时间就回到了熟悉的节奏。

大霞说，他2007年来京卖便当，先替别人跑了半年腿，表弟来京后俩人合伙干，他负责做，表弟负责送，忙不过来时自己也出门送餐，没想到今天第一单买卖就遇到了故人。下班后，我赶到大霞住处，约他们哥俩出来吃饭，席间以一个专业营销人士的身份帮他们做产品分析。我告诉他们，想赚这一带白领的钱，首先要增加菜量，其次是样式，最好学学韩式、西式快餐。大霞为难地笑了笑，鉴于哥俩的实力，我的要求显然高了。

当时最令大霞头疼的，不是拙劣的生产力，而是他的竞争对手二丫。二丫是个黑黑瘦瘦的关中姑娘，也做便当买卖，后台硬，舅舅在崇文门附近开餐厅，她的便当全部出自那里，口味、花样远胜大霞哥俩。面对二丫这样的大敌，大霞没什么好办法，只能继续打价格战、服务战，反正他不嫌累，表弟忙不过来时，他就放下勺子骑车送饭。

一个月后，二丫成为大霞的女朋友。

我不明白这俩人是怎么掺和在一起的，向他请教。他告诉我，他和二丫在这一带便当市场斗了很久，今天你赢，明天我赢，直到有一天，二丫当街拦住他的车子向他道别。她说她舅舅要她回老家相亲，届时如果村长儿子点头，她就得嫁人，她不想离开北京，也不敢拒绝舅舅，她父母双亡，是舅舅养大了她，还供她上完高中。大霞大惊，驱车杀到二丫舅舅所在的餐厅，拍着前台处的桌子嚷嚷自己要做二丫的男朋友。二丫舅舅现身，唤出后厨二百斤重的大胖，大霞气运丹田击出双掌，被大胖一脚踢出门外。大霞不忿，隔天再去，又被轰出。他干脆停下手里的工作，每日专挑午餐和晚餐时间赶往二丫舅舅的餐厅，扮演滚刀肉，大胖明显招架不住，二丫舅舅亲自抄拖把上阵，大霞把大脸放在桌上让二丫舅舅敲，二丫舅舅大喝一声敲下去，大霞起身跑了。

公寓门口，大霞望着二丫傻乐，二丫放下行李说："我舅不认我了，我也不想再跟着他干，既然大家是做便当认识的，那就一起做吧，我有手艺，炒的菜比你炒的好吃。"自此，二丫成为便当小分队大当家，大霞则成为职业送餐员。

大厦一楼大厅，物业经理发现我与大霞交谈，走过来问："这就是给你们公司送饭的那个人？"我说："是，正和他商量我们那一层的订餐情况。"物业经理转向大霞，扬起下巴露出鼻毛说："我告诉你，卖盒饭的，以后你们这种人少用大厅这边的直梯知道吗？你们这种小个体经营者，连身像样的制服都没有，我们这边上楼下楼的都是有身份的人，你以后上楼用拐角处那个直梯。"

物业经理走后，我看着大霞，期待他找补面子，向远处骂上一句“傻×”，可他没有，他缓慢地卸下笑容，憨厚地抿了抿嘴，接着又笑起来，说：“那就这样了，我和我弟十二点送过来，我先回去帮二丫炒菜。”

即使有了二丫的手艺，大霞的便当生意依旧不好，园区做快餐的越来越多，多是韩式、西式口味，菜量虽不如大霞给得多，价格也偏贵，可女白领们喜欢，现在的女孩子已不在乎午餐价格，她们喜欢新潮的口味，也生怕自己吃得太多。

大霞没什么挫败感，反而精神头比以往更足，早上奔波各处散发传单，中午奔波各处送饭，下午还要拜访那些习惯加班的广告公司。他奉行着和早年类似的人生哲学：自己什么都没有，没学历，没身家，没后台，有的只是使不完的力气和一腔的执着。他似乎总有一种超然的乐观，认为相比同龄人，自己已经收获了爱情，并在为娶那个姑娘而奋斗，市井中的嘴脸与刁难就算了，那都是些小坎坷，事业上的坎坷，不算坎坷。

为了给大霞抹平一些坎坷，我支出损招儿，告诉他以后每个月给这边大公司的前台姑娘们两百元钱，即便是大公司的前台，实际工资也并不多，两百元同样值得尊重。大霞采纳了我的意见，销售业绩开始增长，一季度下来，聘用的临时工增加到两个，半栋楼都能闻到二丫饭菜的香味。可好景不长，一家以数字开头的知名快餐企业入驻园区，人家既有实体店，又附带送餐服务，送餐员还都是水灵灵的小鲜肉。大霞的两百元政策失效，送餐员恢复到他和表弟两人，渐渐地，表弟也用不上了，他的便当生涯走到了尽头。

新年过后，大霞打来电话，告诉我他迎来转机，二丫舅舅终于认可他与二丫的交往，并答应借给他们八万元。他们转投郊区，在职大南门附近的平民市场开了个小餐馆，经营早点与油泼面。

4.

由于地理原因，我们见面的机会不复往日，彼此间联系愈发地少。直到2010年夏末，我搬到女朋友家所在的三间舍社区，才与大霞有了第二次团聚的机会，他和二丫所在的市场与三间舍相隔不远，步行不过十几分钟路程。周末，他亲自下厨招待我和我女朋友，坐在桌边笑嘻嘻地问我："觉得怎么样？我媳妇老家的秘方，别看就一碗面，我学了一个多月才出师。"

可惜，大霞的境遇从来不会像他做出的饭菜那样美好，他们的生意刚刚有了点儿起色，就面临关门歇业的危险，他们招惹了三间舍最著名的一个浑蛋。

当年的三间舍，地痞丛出，很多无所事事的本地混混儿以欺负外地商贩为乐，其中势力最大的一个叫作老虎，老虎和他的手下很好辨认：光头，文身，出入乘坐一辆红色马自达。这帮人专门在职大附近收取外地商贩的保护费，且专挑证件不全的下手，老虎自称上面有人，不给钱就捣乱，扬言一个电话就能封店抓人。

二丫说，老虎要的不算多，一个星期三百元。可大霞表示心疼，他是卖便当出身的，知道这三百元来得有多不易，何况自己和女友舅舅间还有份巨额的债务。他害怕老虎那帮人，也知道这地方很多做生意的都在交保护费，但他就是不愿意。

他站在门口，看着老虎和手下进去轰掉吃面的顾客，踢翻滚烫的汤锅，二丫和表弟站在原地不敢动弹。老虎返回门口，用力扇大霞一个嘴巴子，说："小子，明儿还这点，有种你就开门。"自此，大霞和他的店成为市场的"明星"，每天早上成堆的闲人围在外面欣赏老虎踢馆扇人，从没有人报警，大霞也不许别人报警，他大喊："谁报警我跟谁急！"

二丫找到我，要我出面劝大霞交保护费，她不心疼这个钱，只是没想到自己的男朋友这么傻。二丫流着泪说:“你认识他最久，你告诉我，他一直是这样的吗?”我说:“算了，还是报警吧，或者你们干脆换个地儿做生意。他现在不见我，电话也不接，看样子是铁了心。”二丫哭得更加厉害，抹着眼泪说:“我想报警，大霞不让，说现在报警，生意就真没法儿做了，老虎他们最多被拘留几天就会放出来，出来后还是不会放过我们。我也想过搬走，可开这个店的大部分钱是我舅舅的，我舅妈一直在逼着我们还债，离开这儿，我们怎么还啊?这该死的大霞，早知道这样，当初我就不该来找他。”

漫长的一个月过去了，大霞的店早已没了顾客上门，窗口的玻璃碴儿被淅淅沥沥的秋雨一点点敲到地上，他每日里准时来到市场开门、打烊，端坐在椅子上注视来往人群。老虎来闹的次数越来越少，他对这个丑八怪愣头青厌恶到了极点，这小子无意之中拆穿了那个“上面有人”的谎言，至少所谓的“工商局关系”始终没有出现。市场里其他商贩陆续开始拖欠保护费，他们给老虎的理由是:“那个卖油泼面的活宝什么时候交钱，我们就交钱。”老虎向大霞发出最后通牒:保护费降为每星期两百元，要么交钱，要么两周内关张走人。十月份的最后一天，他会带全部人马来做个了断，害怕的话，可以报警。

我不知道他哪儿来的勇气，事实上，在我有限的记忆里，从未见他有过真正的胆识，他就是个外表豪爽仗义、骨子里仅仅靠蛮力汲汲于生存的素人[1]，他早就习惯了被嘲弄、欺负，也忽略了诸多嘴脸与刁难，他默默无闻的人生躲避着各种波澜与变数，苛求的不过是一隅之安。

早上七点，他来到市场，在众人注视下重新打开那扇残破的门，瞪着小眼站在自己的店前，一缕阳光从棚顶滑过，照亮人间无数个不屈的灵魂。

我急匆匆向单位请了假，打车赶到事发地点，没有找到大霞和他的家人，整座天棚下都是交头接耳看热闹的人，警车呼啸着从人堆里穿过，小贩们抻着脖子对着车窗后座叫骂。

老虎留了大霞一条命，只打折他一条腿，大霞的余生将成为一名瘸子，就像他的父亲一样。警队队长也当场打折老虎一条腿，老虎逃跑时暴力袭警，并试图抢夺一辆三蹦子（三轮车），队长只好拔枪相向。子弹击碎了老虎的膝盖，他摔倒在路边的泥水里，在干警按压下，像只待杀的肥猪发出凄厉的惨叫，那时所有人明白过来：他在警局也没什么人。

---

① 素人，平民、平常人。

我跟着二丫走进病房，对绷带护体的大霞说：“干吗收老虎家里人的钱？”大霞转动眼珠子说：“你小声点儿……过来讲。”我挨着床头坐下，说：“你看新闻了吗？检察院在公诉老虎那帮人，政府要一口气端掉三间舍所有的混混儿，你是主要人证之一，你张嘴，他一准出不来。”大霞咧嘴笑笑，说：“我就是不张嘴，他也出不来了，其他人已经联名举报，市场管理处的干事也被抓了，他和老虎的手下把老虎以前的案子全供了出来，里面还有劫运钞车的事情，你想，他还出得来吗？”我说：“这谁告诉你的？”他说：“给我做笔录的警官打电话说的，我把店里这一个多月的录像资料都给了他，他还是训我，训我不早点儿报警，训我不配合他们的工作。”

二丫无话，坐在床边含泪剥了只香蕉给大霞，大霞放下香蕉，侧脸看着我说：“超子，我明白你的意思，可我们是穷人，穷人做不了什么大事，不是吗？现在这样，已经算最好了，我拿这个钱不亏心，这原本就是我们这些人的辛苦钱。有了它，二丫舅舅那边的债就还上了，我和二丫还可以去其他地方开个像样点儿的店。还有，你跟你朋友搞的那个培训班再干起来吧，关了多可惜呀，谁做生意没失败过，接着干吧，我再借你钱。”

我心头泛起一阵酸楚，擦眼望了会儿窗外，回过头笑着对他说："大霞，跟你说个事，你还记得当年在学校里带人打你的那个地头蛇吗？咱们老同学说这小子被判了死刑，他帮一个竞选村长的人闹事，结果闹出了人命，跟他一起混的你那个同乡大勇因这事也进去了。"大霞摆正脸庞，望着灯光说："我知道这事，前天爱琳在网上跟我说了，她说她不想受连累，要和大勇离婚。唉，我也不知道该说些什么，都是命。"

从医院出来，我乘着夜色走在路上，静静地回忆了当年我们在那个如今已不复存在的县中的生活，我觉得大霞赢了，他输了二十多年，却一朝赢得这么彻底。这些都跟命没什么关系，不过是人情使然，活宝们一旦聪明起来，便很少有人再是他们的对手，因为他们拥有我们不曾拥有或不敢拥有的东西。

5.

2014年夏，大霞的瘸子父亲死在了牛城三院，他花费二十多万元在老家办了有史以来最风光的一场葬礼，各种铜鼓洋号、露天电影、杂耍大戏整整折腾了小山村半月有余。出殡那天，队伍里开着裹着白布的豪车，风中飘荡着金箔制作的花片，大霞举着孝幡走在众人前面，始终高昂着头颅。

他的快餐店发展到三家，引起同行关注，最终他选择与以数字开头的那家企业合作。店面重组后，旗下员工开始戏称他“周董”，大家喜欢这个称呼，也发自内心地觉得有喜感。周董发福了，圆润的大肉覆盖了大部分不雅的棱角，他看上去不再像当年那样恐怖，多数人惧怕的肥胖，却成了他这种人的福利。周董的太太也发福了，简直又黑又胖，她不见我们这些老朋友，即使一窗相隔也不肯出来。大霞告诉我，二丫就是这个脾气，早年他也没看出来，她恨我这样的人，我这样的人当年曾看不起她的丈夫，现在她也不需要看得起我们。

“干吗非得还钱？”他扶着栏杆说，“你朋友不是说那个培训班正需要钱吗？接着干啊，钱不够再说话。”我说：“算了吧，自己开的班自己清楚。知道你现在不缺钱，还你钱是为了断我自己那份念想，我不是个做生意的料。”我转过脸问他：“听大勇说你现在在帮他老婆的忙，怎么回事？”他说：“算不上帮忙，爱琳挺不容易的，带着孩子跟着丈夫来到北京，半年多都找不到个像样的工作，我借了点儿钱给他们，他们去安贞门那边卖油泼面了，听说生意挺好的，孩子也马上要上那边的小学了。”我笑起来，说：“你是个好人啊大霞，好人……对了，我以前说过你是个好人吗？”他说：“没有。”我说：“你是好人，真的，大霞，你比我们这些人都好。”他也笑起来，说：“我算哪门了好人，我只对自己喜欢的人好，他们知道，我就知足了。”

“二十几岁时不觍着脸去拼，难道要等到三十岁、四十岁以后再去拼吗？那时候谁还要你这张老脸？”所以我就是那个觍着脸的家伙，我的活儿已足够好，只求在“从良”前投身最残酷的战场做最后一搏。

VOL. 06

06.

十万浑蛋

1. 落地窗前的男人

没有比传媒公司更动人的地方。

它时尚，从办公场所装潢到男女员工衣装，从不断更新的服务理念到天花乱坠的宣传辞令，无不尽可能地走在潮流的前端。教育机构可以土气，医疗机构可以土气，慈善机构也可以土气，传媒业却不能土气，不懂得顺潮流而动的传媒公司就不能在潮流中生存。

它功利，市场经济之下，从来没有免费的服务，大多数传媒公司没有自己的产品与品牌，却服务着来自四面八方的产品与品牌，然后在预算与结算的夹缝中一点点实现自身的价值。它下流，它无耻，它见利忘义、恃强凌弱、虚伪虚荣，世人对传媒公司的成见几乎可以用尽词典里的贬义词，只因它是第三产业里的名利场。名利场上的纷争，永远不需要心灵的参与。

有时连我都觉得奇怪，自己竟然能在这个行业立足五年，五年，三家公司，六个国字头企业，几十种产品的推广与服务，我简直是一部标准的传媒机器。可我始终无法说服自己爱上这个行业，我不过是混口饭吃，吃饱喝足，注定离去，去委身第二产业，去服务自己的品牌，去做一个被昔日同行跪舔的骄傲的浑蛋。

有此职业规划的传媒工作者绝不止我一个。北京这个地方，每个夏天都会涌进十几万的应届毕业生，他们主动或被动地投身广告、公关或咨询行业，投身快节奏、高强度、高压力的工作，只为一个加速锻炼的机会，他们的节奏越快、劳动强度越高、承受的压力越大，离摆脱这个行业的时间就越近。这里有个流行的比喻：一个穷人家的姑娘，不名一文，只有青春，为立世，投身青楼，没有资格抱怨劳累，没有权利挑选对象，没有理由逃避责任，正所谓“来的都是客”，是客就得接，接的客越多，挣的钱就越多。直到有一天，艺满金盈，解囊赎身，嫁给一个爱上自己的男人，从此归去内室，相夫教子，再不沾染人间风尘。

李小敢说过一句话：“二十几岁时不觍着脸去拼，难道要等到三十岁、四十岁以后再去拼吗？那时候谁还要你这张老脸？”所以我就是那个觍着脸的家伙，我的活儿已足够好，只求在“从良”前投身最残酷的战场做最后一搏。

八点三刻，我跟随人潮涌进SOHO现代城，在无尽的喧嚣中驻足观望。这里是北京的商务重镇，是资本市场的好莱坞，浩瀚楼宇中，栖息着上百家传媒巨头，其中有一半是声势浩大的上市公司。这也是全北京竞争最激烈的职场，到处能看到竞走的步伐和抖动的长发，电梯口，男孩子抓着文件飞快地浏览，女孩子对着小镜子飞快地补妆，铃响，呼啦啦冲进去，高呼“哎呀，别挤啦”的口号，按下签约卖命的楼层，宛若一群粉墨登场的龙套。

阳光开始变得强烈，滑过近处楼阁的玻璃外墙，刺得人一阵阵眩晕。冷饮店服务生找回零钱，说：“欢迎下次光临。”我说：“这么多楼，哪个是2区B座？”他保持着微笑，说：“前面走到头右拐就是2B。”

面试我的总经理姓窦，澳籍华人，年近半百的美男，浓眉大眼，清爽短发，穿着十分休闲。老窦原籍辽沈，年轻时是省队长跑运动员，清华毕业后投身IT，做了十几年的销售经理，其间移民澳洲，太太和女儿在国外生活和学习，留他一人在国内工作。老窦是一位典型的东北知识分子，言谈举止优雅风趣，丝毫没有官腔和架子，聊到兴头上，他会冒出惊世骇俗的市井粗话，以此缓解现场的拘谨与尴尬。

在总经理办公室，他邀我坐下，走到窗前呼的一声拉开厚厚的帘子，背对着我介绍这家公司的前世今生。他直言自己不懂传媒，不过是董事长临时拉来帮忙的，董事长是他当年在清华读书时的同学，两人多年未见，却心心相印。

他转过身子说：“老弟，我看过你的简历，你在过去五年里换过三家单位，为什么这么频繁地跳槽？”我说：“我入这一行时比较年轻，二十三岁，我的理解是，要想在这一行有点儿作为，必须趁年轻多涉猎一些不同的产业，多服务一些不同的品牌，跳槽是成长的捷径。此外，我也只是在同行业之间跳槽，并没脱离这个圈子，我对传媒业的终极理想就是您这家这样有上市企业背景的公司，所以能获得您的邀请，我特别荣幸。”

“这样啊，”他显然不信任我，也不喜欢我这种说话方式，“难道就没有其他原因？就因为我这边是家上市公司下属的子公司？”

我思考三秒，调转话锋说：“当然了，除了大事业方向，也有其他一点儿小因素。”他说：“是吗？那说说看。”我说：“我女朋友是我同事，她是做行政的，我是做策划的，我们俩认识一年，相处半年，属地下情，上个月我撞到她和一个大客户约会，只好提出分手。因为大家在同一个公司，为避免尴尬，必须走一个人。”

“我不想再见到她，”我耸耸肩说，“就这样。”

老窦哈哈大笑，走回办公桌后，在皮椅上坐下，问：“你什么时候能过来上班？”我说：“我考虑一周吧。”他说：“还有什么好考虑的？我这边给你的待遇好很多，公司规模也比你那边大，你这周就过来吧，我让行政部给你收拾好办公室。我刚接手这边，什么都乱糟糟的，好多事情不知道怎么开展，你早点儿过来，也能帮帮我的忙。”

我走进电梯，遇到早上补妆的姑娘们，她们手捧7-ELEVEN（7-11）的快餐盒子，转动眼珠打量我的黑制服，终于，一个东北口音的姑娘问道：“你物业的？”我说：“嗯，需要帮助吗？”她说：“以前没见过你，新来的？”我说：“刚从总公司那边调过来，您是几楼？”电梯里开始交头接耳，窃窃私语，东北姑娘一脸得意地说：“我们在七楼，就在你刚才去的那家公司的对门。”我说：“噢，702的，你方便的时候给你们老总说一声，你们公司有一辆车上个月停错位置被拍了，请相关人员这两天去物业交一下罚款。”

我回到原单位，把辞职报告递到女领导手里，她抓着寥寥数语的报告，一脸严肃地看着我，我冲她笑笑，乖乖站在一旁等批示。她显然不情愿，却也无可奈何，说：“哪家公司？”我说：“您别问了，上面不是写着吗？反正我不会回来了。”她白我一眼，签完字还给我，说：“给人事部办交接吧，以后在朝阳区见了面，别说不认识我。”我说：“行了，姐，指定认得您。”她说：“走吧。”

我和李小敢捧着箱子路过办公区，同事纷纷起身与我话别，只有我女朋友躲在远处角落里假装敲键盘，我不恨她，事实上我一直怀疑我们并没有爱过彼此，我贪恋她的身材与风情，她贪恋我的薪水与潜力，各取所需罢了。

我女朋友终于按捺不住，抬起头深情地望了我一眼，李小敢瞪着眼睛说："你看什么看！"

2. 公众之敌

老窦对我的器重很快超出我的预计，他为我成立了全新的企划部，将全公司装修最精美的两间独立办公室的其中一间安排给我，还特别安排了专车。老窦站到办公大厅的入口处，喝令行政、媒体、公关、销售、设计、法务、财务等部门的人停下工作，隆重介绍我的身份和历史，在他的指引下，我微笑着与每一个部门的经理、主管握手致意，并迅速从中分辨出哪些是欢迎、哪些是敌意。

午餐时间，老窦领着三个年轻的同事走进来，我起身迎接，他挥手说："不用不用，你先吃着，我来介绍，你听着就好。喏，这个小伙子是小马，最近才招聘来的，设计部的主管，也懂一点儿策划和文案。"我擦掉嘴角的饭粒，伸手与小马打招呼。老窦指向高个子女生说："这是刘婧，我上一家公司的前台，到这边了，本来安排她进销售部，她说想学着做策划，就让她跟你吧，以后做助理也好，做执行也好，你多教教她。"我说："您别这么说，大家互相学习。"我跟刘婧握手，刘婧抬眼皮应付着笑一下。老窦指着矮个子姑娘说："这是西西，原来一直跟着我做销售，和刘婧一样，想转行做项目，以后也归你使唤了。"西西笑着说："郭总好。"我说："别，大家以后别这么叫了，我比你们也大不了几岁，叫'总'挺别扭的，叫郭哥或小羽吧。"小马、刘婧和西西三人面面相觑，老窦说："行，叫什么你们自己定。小郭，这几个人你先用着，我回头跟人事部商量一下，再物色几个有能力的新人，以后公司大小小的项目都交给你们企划部执行。我这边先走一步，司机在楼下等半天了，你们几个先聊聊，都熟悉熟悉。"

送完老窦，我回到办公室，把桌子后面的转椅拖出来，松松领口说："好了，大家先各自介绍一下自己以往的工作吧，谁先来？要不……我先来？"小马、刘婧和西西三个人依旧面面相觑，无一人开口说话。

灯火闪烁的光华路，李小敢坐在副驾上交叉着双臂说："这些日子你快拽上天了吧？身边一个个'郭总、郭总'地叫着，怎么样，没少请客吧？"我说："也就你们这些人把我这个总监当回事，我在这家公司也算新人，路还长着呢，作为新人，我不得拉拉关系啊，请请公司原来的老客户什么的。再说了，老子在这一行拼了四五年，做个总监过分啦？"李小敢冷笑一声，闭眼靠着椅背休息。我回过头问后排座上的王蛋蛋："你说过分吗？"王蛋蛋醒过神："哪里的话？不过分，不过分，小羽也是老传媒人士了，别说做个总监，就是做内务府总管也正常。”李小敢睁开眼说：“没说你不称职，只是你最近太高调了，悠着点儿，礼下于人必有所求，你那个姓窦的老总给你好处，日后也会给你难处。再者，你也说了，你是新人，便宜都给新人占了，你们公司的老人能高兴？以后少不了挤对你，留点儿心。”我说：“我能不明白这个？不过我不在乎，我是做事的，事做好了，管他们怎么说，我又不跟生意场上的人做朋友。”李小敢重新闭上眼睛，不再回话。

我朋友的忧虑不无道理，任何一个公司都存在“仇新”情结，尤其对新来的领导级别的人物。这种情绪多源于嫉妒，跟随上司打拼多年的老员工，眼睁睁看着自己梦想的职位被一张新面孔“不劳而获”，心里一千个不服气，不懂事的，还会对新上任的领导处处刁难。

对我来说，比“仇新”更棘手的，是公司里的“裙带”。这是个完全靠裙带关系撑起来的公司，老窦能被董事会认命为总经理，完全是因为他和董事长是老同学关系，他接手后，从原单位拉来一大批旧部，安插进新公司的各个部门，这些人不是经理就是主管，十分容易分辨，销售部更是清一色的“子弟兵”。子弟兵在老员工、新成员面前趾高气扬，话音响亮，在老窦面前毕恭毕敬，一副媚态，他们从不称呼老窦为窦总，张口闭口“窦哥”“老大”，举手投足尽是江湖气。

靠裙带关系拼凑起来的公司，最致命的缺陷就是管理。老窦是销售经理出身，对企业管理不甚在行，久而久之，这个公司成为CBD的“奇葩”，迟到，早退，喧哗，怠工，几乎一团糟。尤其是销售部成员，上班从来不按指纹，对行政部门和人事部门制定的考勤纪律视若无睹，即便这样，他们依然拿着全公司最高的薪水，就因为他们是老窦的子弟兵，是老窦最信得过的一帮人。

子弟兵酷爱聚会消遣，每个周末都带头组织公司人员以AA制形式参加自助餐、K歌、爬山等活动。他们有个冠冕堂皇的理由：窦总太寂寞了，我们需要帮这个老男人找回家的感觉，也以此感谢老窦对我们的知遇之恩。

KTV包厢内，子弟兵的气质与修养暴露无遗，他们抓着瓶子，晃着身子，一个个癫笑浪吟，丑态百出。他们争相为老窦演唱“农金（农业重金属）神曲”，添油加醋地向非子弟兵们吹捧老窦以往的江湖事迹，他们甚至当着女孩子的面讲黄色笑话，然后大笑着指责那些与他们姿态不同的男生装×。

我不再参加公司的周末派对，随后小马和刘婧也退了出来。我拒绝的理由是自己周末要和传媒圈子里的朋友进行交流，小马和刘婧连理由都省了。此举招致一些子弟兵的非议，他们纷纷在私底下攻击企划部清高，说新人不尊重老人，新部门不屑于交流，矛头明确地指向了我。

我走进总经理办公室，对老窦说：“我不反对同事一起吃饭一起玩，但每个人的排压方式不一样，小马周末要在家画插画做兼职，刘婧有男朋友，有两个人的生活，还有设计部、媒体部、公关部的一些同事，大家在节假日都有自己的生活圈子。我也不反对公司内部交流，但交流只能限于工作内容，您也知道，同事间过于套私人交情，工作就容易情绪化、主观化，就容易滋生偏袒和徇私，大家都是来做事的，首先应该想着怎么把公司领导交代的事做好。”

他平静地望着我，拍拍我的肩膀说：“老弟，你做你的事就好，不必在乎他们怎么说。”

早期老窦还是信任我的，不光因为我承接着公司大部分的项目，工作上尽力为他分忧，还因为他对新环境渐渐有了新的理解，他明白一个充斥外行人的公司若想发展，需要我这样的人来做事，即使我真的清高，也不过是一个可掌握的内部矛盾。

我不得不放弃了一些客户，因为这些资源在销售部手中，尽管老窦下达了交接工作的指示，子弟兵们却迟迟不将名单交给我，我干脆就不再过问。在对待子弟兵这件事上，我承认自己确实清高了一点儿。入职半年多，子弟兵们在工作上的作为被我尽收眼底，他们根本不是做项目策划和执行的料，顶多跑跑业务，为公司拉点儿小资本的广告，赢利微乎其微。这些人不过是老窦养的一帮寄生虫，大都在混日子、混薪水，所有与建设和发展相关的事情都跟他们扯不上半点儿关系。一句话，我不怕他们不好好工作，只怕他们给我添乱。

子弟兵还是主动给我添了乱。企划部早期的几个项目，频频受到各部门子弟兵的排斥，他们私下达成共识，跟企划部相关的任何事情，都不参与，对老窦交代的协助，能拖就拖。无奈之下，我只得讨好各部门以前的员工和新招入的员工，这种做法无可避免地加剧了公司内部的分裂。

年会现场，销售部经理端着酒杯扯开嘴巴阴森森地笑着走过来，这个大我三岁的男人用拙劣的普通话一遍遍称呼我郭总，带着一抹赤裸裸的嘲讽。我仰脖喝完杯中酒，老窦带头叫好，销售部其他人员围上来，我把箱子里的酒统统拎上桌子，说："来吧，今儿不喝倒几个就不算爷们儿！"众人起哄叫好，微醺的老窦拍着桌子哈哈大笑。刘婧走过来倒水，放低身子说："你少喝点儿，没看出他们仗着人多想把你灌醉吗？"我说："没事，这帮孙子酒量差远了，他们现在都忙着去拍老窦马屁了。你们女孩子一会儿先回去吧，你出去后记得给我打个电话，什么都不用说，我装装样子，就说有急事要先走。"

地铁站口，刘婧招手跑过来，问："没事吧？"我说："就那儿瓶啤酒，能有什么事？你没回去，在这儿干吗？"她说："等你啊。反正天还早，你也没喝多，一块儿走走吧。"我说："行，你要不怕累就跟我往前走吧，我住劲松那边，那边也有地铁。”

她抬起头说：“上次来公司找你的那个人，跟你合租房子的、长头发的那个男生，是你朋友啊？”我说：“你说李小敢？没错，怎么了？”她笑笑说：“长得真好看，看不出是个男的。”我说：“你看上他啦？人家可有对象。”她说：“哎呀，我不就随便问问嘛，真是。”我说：“行了，有什么话你就直说，这大圈子绕的。”

“你干吗非要跟销售部那帮人较劲呢？”刘婧接过奶茶，靠在河边的围栏上说，“他们现在负责几个展会，咱们现在主要做企业影视投资和宣传，工作又不冲突，和他们缓和一下关系，说不定以后能帮上咱们的忙。”我说：“不瞒你说，我也这么想过，可销售部那帮人就算了，他们连自己的事情都做不好，还指望他们帮咱们？”她说：“你没试过怎么知道不行，互相帮忙不好吗？”我说：“刘婧，你有没有听过一个词，叫‘震撼式教育’，就是说有些人你对他用尽了积极的办法，都得不到积极的效果，干脆就不要管他们了，等他们一意孤行栽了跟头的时候，你什么都不用说，他们自个儿就明白了，那时候你再出面，说什么都行。”她说：“你的意思是说销售部迟早会栽跟头，到时候会主动找咱们部门帮忙？”我说：“不是迟早，是很快。”她说：“是不是发生什么事了？”我说：“你大概也知道，销售部目前的几个活动是和星安传媒合作搞的，星安的李总是咱们集团另一家公司的股东，和董事会走得很近。财务部同事私下对我说，销售部最近一直给星安那边报假账，这帮人，黑钱也不看看对象，这不找死吗？”

她呆了一下，问：“这件事窦总知道吗？”我说：“不清楚，这事太龌龊，估计也不敢告诉窦总。销售部这些人真不懂传媒公司是干什么吃的，这一行赚的就是一出一进的钱，跟星安这种级别的公司在账目上抖机灵，纯粹是瞎胡闹。这也就是星安，出事了估计人家也就跟咱们象征性地找找后账，换别的公司，起诉都说不定。”

她沉默着望向对岸。我说：“在想什么？”她回头笑笑说：“我在想你说的那个‘震撼式教育’，也许你说得有道理，不过我还是觉得你应该收敛一下。”我说：“放心，我不会和销售部一直这么较劲的。”她说：“你没明白，我的意思是你以后不要老在西西面前说销售部的坏话，她原来就是窦总带来的销售部人员，不一定是你这一边的。”我说：“那你呢，你算哪一边？”她不好意思起来，支吾半天，说：“我哪边都不靠。”我说：“好。”她接着说：“周末聚会那件事，谢谢你替我们几个人说话。”

夜色渐浓，灯光在晚风中变得温暖，也让我身边的姑娘看起来更加动人，她喝下最后一口奶茶，掏出纸巾擦擦手背，说：“喝完了，咱走吧，地铁站应该没什么人了。”我无动于衷，单手托着下巴望着静止的河水，她说：“哎，走啦。”我说：“你往你后面看，有个长得挺好看的男生来了。”

刘婧淹没在地铁站口的人群里，李小敢说：“这妞不错，你们公司的？”我盯着人群说：“是啊，可惜了，一个公司的。”李小敢看我一眼，说：“×。”

3. 星安公主

李星安的队伍穿过国贸桥，雄赳赳地朝SOHO园区走来，他们衣装统一，步履统一，表情统一，宛若纠举不法的官员，吸引着大批路人的目光和手机。五分钟后，这伙人分两批从电梯奔出，在拐角合为一处。李星安回头问：“都出来了吗？”后排答：“小张去厕所了，说一会儿出来。”李星安大吼一声：“让他死在里面吧，别出来了！”

前台处人声嘈杂，乱作一团。李星安扯着嗓子嚷：“你们窦总呢？叫你们窦总出来！”前台姑娘用颤抖的声音说：“我们窦总不在，您先在这边坐一下行吗？我进去问问。”李星安嚷道：“坐什么坐，你们销售部在哪个办公室？”

办公大厅一片死寂，每个人都低着头假装在工作。李星安嚷：“你发什么愣呢，我问你哪个是销售部办公室！”前台姑娘委屈地捂着嘴，抽抽搭搭地哭起来。李星安降下语调，对大厅内低头做事的人说：“你们谁是销售部的？自己站出来！”媒体部经理老刘跑过来，喘着气说：“李总李总，您这是干吗？咱们坐下说。”李星安说：“小刘，你说你们公司新来的这些做项目的，有一个懂规矩的吗？自己人都坑，你们窦总是怎么教的！”

我站在玻璃墙前，向后抚了把头发，深吸一口气打开门。

大厅的人围上来，李星安两眼放光地说：“你就是销售部经理？”老刘连忙说：“这是我们公司新来的企划部总监，姓郭。”我说：“李总，到我办公室说吧。”李星安说：“企划部总监？你做得了主吗？”我说：“做得了。您这个项目本来是要我接手的，但我们部门刚成立，人手不够，所以先让销售部同事做了。您别急，我们窦总和销售部经理都出差了，这件事我来处理。”李星安说：“处理？你们的人都做成这样了，怎么处理？”我说：“财务报告我看过，的确很过分，是我们的错，我代表我们公司给您道歉，您信得过我的话，就和我谈。”李星安说：“都做完了，还谈个屁！我跟你们公司合作快五年了，从来就没出过这种见不得人的事情。”恰好这时，不知谁在人群里放了个响屁，分贝丝毫不输李星安的嗓门，远处有人趴在桌子上偷偷笑起来，星安的几个人也忍俊不禁，捂着嘴巴假装咳嗽。这个响屁打乱了李星安的节奏，他不再说话，脸色转至阴沉，颤动的鼻孔也渐渐放松下来。我说：“李总，到我办公室说吧。”

李星安和他身边的姑娘坐在我办公室的沙发上，其他人聚集在门口旁听。前台姑娘端着茶具挤进来，肿着眼倒茶。我松松领口说："李总，您看这么着行吗？只要窦总回来，我立刻让财务部给您做新的核算，该补多少该赔多少，我们一分不少地给您。另外，下次糖酒展我们让出三成的利润，算作我们这些新人给您交的学费。我以我个人名义向您承诺，如果我做不到这些，我当着您和窦总的面辞职。一句话，您是前辈，我们做晚辈的有哪些地方做得不对，您尽管骂尽管罚，也请您看在咱们两家合作这么多年的分儿上，再给我们年轻人一次机会。"

李星安占尽上风，气差不多也消完了，站起来说："小伙子，你也不用跟我这儿说狠话，这次就看在你和小刘的面子上，我等上一回，等你们窦总回来，咱们再好好理论。达子，给这位郭总一张我的名片，咱们走。"

众人纷纷走出门，李星安在电梯口大声训斥一个姓张的下属，他身后的姑娘回过头说："你们回去吧，别送了。"我和老刘谄笑着说："没事，没事。"她猛地伸出一根手指说："你！"我说："您说我？我……怎么了？"她勾回指头说："记着窦总回来给我们打电话。"我继续谄笑着说："好的，好的。"

我回到办公大厅，招呼企划部所有成员五分钟后去会议室开会，接着走到销售部办公区，问："有谁认识刚才站在李总身边的那个女的，她在星安那边是什么职位？"销售部经理不知从哪里冒出来，耷拉着眼皮说："她是李总的女儿，糖酒展的负责人之一。"

老窦回京，我和行政部经理前去迎接，顺便把他拉到机场咖啡厅，花两个钟头商讨对策。老窦对公司最近发生的事了如指掌，也深知星安和董事会的关系，当场同意了我的提案。为进一步安抚他的情绪，我帮销售部求了情，主张对销售部的处罚仅限于交出账面上的黑钱，其他均等到下一次糖酒展后再说。

返程的车上，老窦心有余悸，说："要不咱们还是直接去一趟他们公司吧，这些天我故意关机，那个李总肯定有想法，我不露面行吗？"我说："您就假装还在出差，甭搭理他们。我仔细看过这个项目的执行情况，虽然大错在咱们，但他们那边的财务部也不是省油的灯，账做乱了，他们也有一定的责任，可您现在要是出面道歉，那就等于把全部责任揽到咱们自己头上了，咱不能认这个栽。我去找李达交涉，让她去劝李总，这样就算日后再合作，咱们也不会在他们面前丢掉气势和面子。"老窦长舒一口气，盯着窗外说："好吧，你先去试试看，不行我再找他们。"

我戴着棒球帽、扣着耳麦站在餐厅门口听音乐，李达一身晚装式打扮从远处跑车里钻出来。她关门锁车，挎着包踩着荧光闪闪的高跟鞋从我身边飘过，我喊她名字，她站定回头，拉下墨镜斜视我。我笑起来，说："我长得就这么不起眼？"她说："你怎么这身打扮？"我说："今天又不上班。"她说："行了，赶紧进去，别在门口丢人。"

李达舞动刀叉说："你挺有能耐啊，这么快就说动你们领导给我们公司赔钱了，这事你们董事长知道吗？"我说："董事长在南方忙活他的房地产投资呢，半年内都不会回公司，只要你爸爸不说，我们董事会没人知道，再说这钱走的是我们北京公司的预算，我们能做主。"她鼓起腮帮子说："说真格的，你那天的表现真不错，我们家老爷子回去后特意向你们董事会打听你。"我说："结果呢，没人认识我吧？"她说："是啊，这点你倒真挺不起眼的，看来你这个新人得多下点儿功夫。"我说："那是，那是，承蒙教导。"

李达问："听说你是因为女朋友劈腿才来这家公司上班的，是真的吗？"我一口酒喷回杯子，从纸盒子里抓出纸说："哪儿有？分手前就来这边面试过了，说白了，就是迷信你们CBD企业呗。"她帮我抽纸，继续说："我还听说你反对跟同事做朋友，搞得你们公司没人待见你，怎么着，我们CBD不好混吧？"我说："你这都哪儿听来的？"她说："你惊讶什么？我们和你们公司合作这么多年了，你们公司一些老员工我比你熟。还有，我爸爸和你们的董事长、原来的总经理老郑都是朋友。你呀，真该做做功课。"

华灯初上，我送李达至停车场。她上车后迟疑了一下，按下车窗说："咱们不是同事，所以咱们应该算朋友吧？"我说：

“算。”她说：“那说定啦，我这次帮你这么大一个忙，以后不许这么抠门，请我到这种小店吃饭啊。”我笑着拍拍车顶说：“知道啦小姐，走吧。”

车子发动了，李达故意轰着引擎擦过我的身子，竖起拳头做出一副愤怒的鬼脸。

我转身走入光华路的灯火中，心无杂念地走在大街上，远处天空出现一轮弯月，在混沌与不堪中渐渐升起，仿佛一处遥不可及的宁静，让每一个盯着它的路人心里发慌。我不喜欢都市的月亮，因为它只会提醒下面的我们不过是乱世中飘荡着的微尘，我们永远学不会它那份圣洁与从容，我们只配在拥挤的高楼、凌乱的霓虹灯以及杀人的雾霾中永无休止地纷争与彷徨。

企划部接手了与星安传媒的全部合作，销售部不再参与公司任何一个项目的策划与执行。也许是过于愤怒，老窦当着全公司所有人的面，点名批评了销售部管理层，并给所有参与糖酒展项目的人员记大过一次。销售部在随后长达两个月的时间里低调行事，解散周末派对，按时按点上下班，再不敢兴起半点儿波澜。

但传媒公司不是宽阔的河湾，平静总会被新一轮的喧哗打断。就在与星安传媒和解后新一轮的公共媒体竞标日前夕，销售部一名女生独自离开了岗位，十小时后在宿舍跳了楼。

西西作为这名女生的合住户之一，在公司讲述了整件事情的经过：当时她正在客厅另一端的卧室睡觉，没发觉任何动静，早晨起床，她照旧去敲主卧的房门，没有回应，打电话无人接听，正当她改拨号码报警时，警察敲响了防盗门。西西说，那晚刮着很大的风，那名女生穿着宽大的睡衣从南窗跃下，却被风带到了东面，像一只翻滚着的蝴蝶，拍打在楼下商场的牌子上，留下一抹鲜艳的红色血印。

这个美丽的女生显然是殉情而死。据说这不是她第一次遭遇情殇，她之前有过不下于三个类似的恋人，她开的那辆小排量名车也是某位前任的遗留之物，可这些人不约而同地在最后时刻抛弃了她，理由只有一个：她被人包养过。七年前，这个女生从北京某处不知名的专科学校毕业，去一家4S店做实习销售，被当时的老板诱奸，随后以每年二十万元的价格被包养。两年后，东窗事发，原配冲进店里大闹，她不得不选择离开4S店，辗转多家销售公司供职。她专挑提成高的单子做，因为她豁得出去，她出众的相貌和关键时刻拉客户上床的勇气无人能比。几年后，她挣够了安身立命的钱，投奔至老窦手下，一边做软件推销工作，一边通过各类交友网站物色官二代和富二代。她成功了，她依然有着很强的竞争力，只是想不明白为什么这些男人总会在谈婚论嫁前夕通过各种渠道挖出她早年的历史，并以此为借口离她而去，她执着地选择了二代们，却没想到二代们比她更挑剔。

世人总是诟病大订单销售背后滋生了太多的婊子和骗子，可既然做了婊子和骗子，谁还会留恋清白？漂白的结果，就是被大风吹到东面的广告牌上。

4. 女销售员之死

警察出现在七楼的走廊里，他们盯着从电梯里出来的我，问："你是这家公司的？"我说："是。"警察放下手里的本子，说："一会儿我们借你们公司的会议室开个会，所有人都要参加，希望你们积极配合我们的工作。"我说："没问题。"

会议结束后，警察再次带走了西西，各部门听从老窦的指示，重新回到会议室。同事们被这突如其来的变故吓到了，所有人面如死灰、心如乱麻，他们在这个地方见识过各类明争暗斗，却没见识过真正的生离死别。

即便是老窦，也掩饰不住心底的慌乱，会开到一半便开始语无伦次，他突然摔下笔，对女助理说："去给销售部那几个人打电话，让他们给我马上来公司。"女助理战战兢兢地说："他们都向人事部请假了，请假单都交了。"老窦吼道："请个屁假，出点儿事就尿成这样，你打电话告诉他们，不来的以后就别来了！"

女助理低头跑出去，老窦全身瘫软地靠在椅子上叹气，整个会议室鸦雀无声。我从座位上慢慢站起来，说："窦总，这件事情说大也大，说小也小，就看怎么处理，咱不能乱。"老窦情绪未定，睁开眼吼道：“警察都找上门啦，怎么处理？处理个屁，你有能耐摆平星安老李，能摆平警察吗？现在整个园区都知道咱们这边宿舍死了人，你让我怎么跟董事会那帮老家伙交代！早知道这样，我就不该来蹚这浑水。”

总经理办公室里，老窦的脸渐渐恢复血色，他从窗前走回桌子，坐下说：“好吧，我知道你心里有想法，你说吧。”我关上门说：“窦总，员工出事，我在以前的单位也遇到过，不能急躁。首先，得明确责任关系，警察那边很快就能查明白这是自杀，和咱们没半点儿关系。死者家属来了，我们拿出官方的调查结果给他们看，私下再给他们一点儿钱，让他们保证不接受任何媒体采访。董事会那边，如果他们问，我们就说死者本来是公司准备开除的问题员工，她并没有在公司出事，所以只是一起社会事件。其次，这些天咱们媒体部、公关部加加班，盯着点儿所有报道这件事的媒体，警告他们如果不删除相关报道，我们会追究他们的法律责任。大的媒体或门户类网站，也给他们许诺点儿好处，让他们撤掉消息。最后，咱们加大对现在进行的几个大项目的报道，以更大的新闻盖过这次事件，和咱们长期合作的几家媒体应该会帮这个忙。”

“总之，造个新势，把这件事遮掩过去。”我说，“家属和媒体，我来交涉，董事会和警察那边，您来交涉，一周内就能解决。”

老窦单手扶额，说：“这孩子是2009年的时候开始跟我做IT

的，很老实，也很能干。我记得有一次我这边因为增值税出了点儿问题，被客户找上门，当时的一些领导就想让我们部门当替罪羊，是她出面找熟人帮着说话，才让那个客户安稳下来，也保住了大伙儿。我本想着，来了新公司，我也能做主了，等一切都上轨道了，给她一个部门经理做，谁知道她现在给我来这个。”我说：“女人的事情，本来就比管理一家公司复杂，事情既然出了，就各安天命吧，您也别太难过了。”“好吧，”他说，“就按你说的办吧，我把各部门人员召集一下，你给他们分分工。”

西西录口供回来，销售部的几个领导也赶到公司。我坐在老窦旁边，逐条讲述公司对女销售员跳楼事件的后续处理。就在我第二次强调“避开责任”时，四面八方的质疑声劈头盖脸地砸过来。

销售部经理第一个站起来，对全体人员说：“不管怎么样，她是公司的一分子，是大伙儿的同事，公司不能这么对待下属，我们应该联合起来向董事会提意见，要求他们以集团的名义给她三倍以上的抚恤金，这样才算给所有员工一个交代。”

“没错，这件事情现在闹这么大，网上都开始报道了，咱们不能就这个态度。”西西响应道，“这件事不是出在自己租的房子里，而是在公司宿舍，公司要是这么冷血，人家会怎么说咱们？咱们在这一行就彻底臭了。”

老刘扭过脸说：“郭总你这么说话，是不是有点儿太不尊重员工了？什么叫避开责任？如果出事的是我们在座的人，公司也这么对待我们吗？”

刘婧说：“西西你别太激动，郭总不也是替公司想办法吗？咱们等他把话说完再讨论。再说，这个女生为什么出事，大家也都心里有数，不能把这件事的责任全推到公司身上。”

西西说：“刘婧，如果出事的是咱们，公司也逃避责任，只给咱们这点儿钱，你干不干？”

小马说：“西西你别乱放炮，这女生是因为自己被人甩了，没脸活了，跟公司有什么关系？你别以为去警察局做了两回笔录就可以出来乱喷人，我们是凶手吗？是我们弄死了她吗？我在北京活了二十多年，哪年没见过几个自杀的，哪个地铁站没几个跳轨的，哪个小区没发生过刑事案件，公司难道都要给这些人赔吗？”

销售部经理摔下笔，冲小马说：“你放什么屁！你们北京人了不起啊！”

老刘站起来说：“你们这是干吗呢？窦总在跟大家开会呢，小马你也住嘴！”

小马气势不减地说：“北京人就是了不起，怎么着，警察上门的时候你跑哪儿去了？警察走了你才冒出来装大个儿！”

刘婧拉住小马说：“哎呀，你们都少说两句，公司开会，你们都成什么样子了！”

老窦揉着眼睛，一语不发，由着这些人闹腾，仿佛这一切都是他心里的话。闹腾得差不多了，他拍着桌子站起来说：

“都给我坐下！”

我慢慢站起来，说：“咱们是第三产业，是靠信誉和形象活着的产业，咱们的工作性质，决定了咱们难免会遇到一些奇怪的人、一些奇怪的事情。不管公司应该承担多大的责任，事情已经发生了，我们首先要做的就是把这件事的影响降到最低程度，在座的各位都和我一样，靠公司吃饭的，我希望各位考虑一下公司的大局。我不怕大伙儿骂我冷血，但我们是上市公司的子公司，你们也知道上市公司最怕什么，这件事情，处理得快，处理得好，一眨眼就会过去；处理得拖拖拉拉，咱们集团都会受到影响，到时候董事会怪罪下来，大家谁有好？我套用窦总常说的一句话：‘我们不管职位高低，都不过是打工的，都不过是为了挣点儿钱生活。’公司如果都没了，我们还打什么工、挣什么钱？”

老刘说：“我们也没说不顾大局，只是公司这种做法实在让大伙儿寒心，人命关天的大事，给人家家属这点儿钱就完了，这也太那个了吧。”我说：“法务部和人事部的同事都在，关于鉴定标准和赔偿数目，大家可以再商量，钱少的话，咱们再和家属沟通。法务部的同事说这件事公司责任不大，公司现在对这件事的处理已经很仁义了。”销售部经理说：“公司仁义？是你仁义吧，这些主意不都是你出的吗？你们企划部有人死了，你也这么仁义吗？”小马说：“你嘴巴放干净点儿！”老窦拍桌子说：“行了，有完没完了你们！”

那天的会开了整整三个小时，对我和老窦来说，都是一种折磨。我费尽唇舌安抚各部门的情绪，面对过于激烈的口角，尽可能地调和。西西过于激动，在会场上哭了，老窦起身安慰了一番，他告诫大家就事说事，不许进行人身攻击。其余时间，他不怎么说话，他后来给我的解释是：公司太压抑了，需要发泄，既然我唱了黑脸，他就唱红脸。

老窦说得没错，大家只是发泄情绪，并没有人真正阻挠公司的措施。半个月后，事情正式了结，警察公布调查结果，死者确系工作时间外的殉情自杀，不存在相关责任人，死者家属千里迢迢来到京城，拿到大额支票后也不再抹泪，他们走出门的时候，甚至握着老窦的手说“谢谢”。

因为几个敌对媒体的报道，公司付出了额外的一些代价，原来与公司合作的食品类企业有几个主动撤了合约，他们也都是上市公司，把面子看得很重。我告诉老窦，这是必然的损失，也是暂时的损失，媒体和客户喜欢落井下石，不过是装腔作势，他们只是为了将来再次合作时获得更大的话语权，可老窦不为所动，女销售员的死，第一次动摇了他对这份产业的信任。

李达打来电话，问：“你干吗呢？最近连个动静都没有。”我说：“在家和朋友喝小酒。”她说：“哟，小日子不错啊，我现在在你们家附近的商场找吃饭的地方呢，要不我买点儿东西去你那儿入个伙？”我说：“不用买，来吧，家里什么都有。”她说：“得嘞，谢谢郭员外赏饭。”

我打开门，李达低着脑袋站在门口啪啪地跺脚上的雪，我接过她手里的衣服说：“进来吧。”她走进来，扫视四周说：“认识这么久了，头一回来你住的地方，这是两居吧？”我说：“是啊，家里乱，你别嫌弃。”她说：“是有点儿乱，呵呵，不过你们男生租的房子，还能指望多干净啊。”

李小敢和王蛋蛋放下啤酒瓶子，站起来听我介绍。李达微笑着和他们一一握手完毕，从包里拎出两瓶威士忌说：“来得太匆忙，也没给大家买吃的。”李小敢说：“老听老郭提你，今天终于见着了，到这儿了你别客气，想吃什么就说话。”李达放下包，坐下说：“这家伙都提我什么了？”李小敢说：“等一下。”起身跑回房间拎出一只毛绒垫子，在沙发上铺好，说：“这是我屋里的，你坐这个。”李达望着李小敢，风情万种地说：“谢谢。”

“你也是，当初就不该出头管这件事，”李达吞下一颗圣女果说，“让你们领导做主不就行了，那个女销售员原本就是他手下的员工，你干吗出头背这个黑锅？”我说：“事情过去这么久了，不提这个了，喝酒喝酒。”李达端起酒杯对另外两人说：“瞧，他还不让说，明明就是他自己傻。”李小敢说：“当初我和蛋蛋都劝过，丫不听啊，非说他不出头，事情就砸了，啧啧，牛着呢。”王蛋蛋说：“我前几天在一个媒介洽谈会上，见过你们那个窦总，说真的，我一眼就看出他对传媒很外行。他之前不是做IT的吗？当着我们客户的面张口闭口扯互联网现状，结果人家回头就问我这人到底是做IT的还是做流媒体软件的。你呀，闹不好跟错人了。”我放下酒杯说：“不是说了在家不提公司的事吗？你们这些家伙还有完没完？”李达说：“大伙儿也是关心你，你这人爱揽事，也太容易相信人，我告诉你，做这一行，人太实在不落好。”

墙上钟表指向十点，李达擦完嘴说：“行了，我该走了，谢谢各位款待。”李小敢说：“你开车来的，对吗？早知道我们不该让你喝酒的，这么大的雪，打车也不好打。”李达双颊泛红，笑笑说：“不用，我今晚住公司，离这边不远，一会儿让你们家老郭把我送到那边就行。下雪好啊，正好溜达溜达。”我说：“蛋蛋，你要不要跟我们一起走？现在还有地铁。”王蛋蛋说：“轰我呢？嘿，我今儿还就不走了，就在你们家过夜了。”我穿起大衣，说：“那行，上我屋睡吧，我一会儿就回来。”王蛋蛋一把搂过李小敢，说：“谁稀罕跟你啊！今晚我跟敢妹子睡。”李小敢一脚踹开他，说：“滚！”

雪越下越大，路灯下，行人纷纷停下来撑伞。李达拍打着帽子上的雪说：“你怎么不说话了？”我说：“你说我是来错了公司吗？”她戴上帽子说：“你没来错公司，这种公司确实需要你这样的人，但你跟错了人，那么大的家业，就你们那个窦总，他撑不起来的。”我说：“我一直不明白，你们为什么这么看不起老窦？他人不错啊，仗义，随和，从不在员工面前摆架子，大家都很喜欢他。他是不懂传媒，但他是个爱学习的人。”她说：“人好有什么用？这里是CBD啊，大哥，在这种地方混，要凭专业和实力的。”我说：“我们公司是存在很多问题，但不管怎么样，至少我相信，老窦将来能在这行做好，他有野心，也懂潮流，总会有起色的。”她说：“呵呵，但愿吧。哎，你不是说不提工作的事情吗，干吗跟我说这些？”我说：“没办法啊，你们现在是我们最大的合作单位，我们这边很多项目还需要你这边的支持，你们不信任我们怎么行？”

“郭小羽！”她停下脚步，“我要你送我，不是要你跟我这儿搞公关。”

风吹过来，她帽檐下的发梢轻轻摆动，睫毛上的雪片堆积成一条线。我发觉自己说错了话，急忙道歉。她瞪了我一会儿，迈动步子说：“算了，这次饶过你了，走吧。以后不许你再跟我提你们那个窦总和你们那个破公司，听见没有？”我点头如捣蒜：“听到了，听到了。”

我回到家里，李小敢穿着睡衣、光着脚丫坐在客厅里看电视，旁边我的房间里传出王蛋蛋天雷滚滚的鼻鼾声。李小敢盯着电视说："你朋友到公司啦？"我说："到了，你怎么还没睡？"他说："看片呢，这妞路上没找你麻烦吧？"我说："找什么麻烦？"他说："你这位朋友一副大小姐的样子，说话傲里傲气的，真受不了，还美国留过学呢，瞧那德行。"我说："嗐，北京姑娘，外加企业高管，不都这样吗？其实她人不错。"

5. 展会上的女魔头

四月未逝，春光已不再，满大街都是T恤和裙子，街边冷饮店推出冰柜和桌子，开始迎接新一轮的夏天。京城的春天历来短暂，来去比摊煎饼还快，这边刚刚脱下棉裤，那边春姑娘就跟别人跑了。一路阳伞叫卖，满树粉花凋零，来不及歌颂，来不及寒暄。

新一届糖酒展开幕，作为主办方之一，老窦西装革履地上台致开幕词，他用流利的英文向国外参展商致辞，再用带浓重关外口音的普通话向国内商户问好。几十家媒体竖起长枪短炮，噼里啪啦的闪光灯映射着舞台，会展中心躁动的空气，加上记者的轮番逼问，让台上每一位主办方成员紧张到窒息。

李达作为另一个主办方代表，第二个上台讲话，路过我身边时，故意在我腰间掐了一把，疼得我一个趔趄，差点儿当众出洋相，我心里骂着脏话，脸上继续维持着笑容。李达临阵变招，讲到一半，突然邀请我上台帮她介绍流程。我猝不及防，也不敢犹豫，硬着头皮走到讲桌前背书，老窦和李达在一旁不断给我领掌。五分钟后，我兴致渐起，脸皮渐厚，将紧张抛到九霄云外，大言不惭地说，这次活动旨在促进国内外品牌文化交流，为了这伟大的交流，我们愿意贴钱做这样的事，并且以后仍会贴钱，台下掌声真正热烈起来，还夹杂着几个老外的口哨声。

我额头冒着汗走下台，老窦递给我一瓶水，拍拍我肩头说："刚才讲得不错，把那帮人哄得一愣一愣的。"李星安携女儿走过来，说："小郭，这次工作你们做得很好，很多商家来之前就问我，咱们这种活动以后能不能一个季度办一次。电视台的副台长刚才跟我聊天，说让咱们派代表去上他们的财经节目，你和达子一起去吧。"我说："李总，您别吓唬我，我表达能力一般，去电视台录节目这种事情，还得是令爱这样的才行，她形象好，英文也好，我看着镜头什么话都说不出来。"李达挽着爸爸的手臂，故意在一旁学我说话的姿态和眼神，我瞪她一眼，李星安哈哈大笑。

糖酒展最后一天，所有人都筋疲力尽，咨询处和服务台一片狼藉，各种水瓶子、纸杯子、餐盒扔得到处都是。我找到刘婧，问："销售部那些人呢，不是说主办方咨询处的卫生和设施是他们负责吗？"刘婧一脸别扭地说："他们去和几个做洋酒的单位谈项目去了，说是去拉点儿广告。"我说："拉什么广告，谁让他们这么干的？"她说："他们自己说的，说这次展会来了这么多新单位，咱们正好趁机拉他们的广告业务。他们说星安那边傻，不做这件事，咱们正好做。”我浑身冒火，说：“他们懂个屁，哪有活动主办方当场推销业务的？捣什么乱呢这是？这里面还有很多星安的客户，找别扭吗？你告诉我，他们去哪家单位谈去了？我这就过去。”刘婧不耐烦起来，说：“哎呀，你也不用找他们，他们的盒饭都买回来了，说马上就回来吃午饭。”我说：“小马呢？小马！”小马跑过来说：“怎么了，郭哥？”我说：“小马，你赶紧带几个人把这地方清理一下，在下午记者来之前，把咨询处和服务台的垃圾弄出去。销售部那些人回来后，让他们谁也不许走，我先去星安那边打个预防针，一会儿回来再跟他们说。”小马说：“郭哥，饭都买回来了，吃完饭再去吧。”我说：“不吃了，等我吃完，人家就该来踢咱们的场子了，这回咱们可一点儿理由都没有了。”

我一路小跑至另一个大厅的服务区，对咨询处的姑娘说：“李总呢？”姑娘抬头看着我说：“李总有事回公司了，我们李姐不是刚过去找你们了吗？”我望了望空荡荡的服务区，心头一惊，快步折回来。

李达指着销售部经理的鼻子怒斥道：“谁让你们去客户那里拉广告的？你们懂不懂规矩，会不会做展会？郭小羽呢？”销售部经理红着脸说：“谁通知我们不能和参展单位谈业务了？我们只是向他们介绍一下我们公司，没碍着你们星安什么事吧？”李达说："我跟你这个外行人说不着，让郭小羽出来！"

我挤过人群，站到李达对面说："我也是刚知道这个事，你别当着这么多人闹行吗？一会儿说不定记者就来了。"李达一见我，怒气更盛，说："郭小羽，他们不懂，你应该懂吧？这是和政府机关一起搞的活动，最忌讳的就是主办方出面做广告，好几个会展单位去我们那边投诉了，说你们逼他们谈合作，质疑咱们这次活动的性质，这里面有好几个还是我们星安的客户，你们这不是拆台吗？这是你的人犯下的错误，你说吧，你说怎么办！"我说："是我的疏忽，我没及时告诉我们的人员不该做这件事，我向大家道歉。这样，从现在起，我看好我们这边的人，谁再去和参展单位谈业务就重罚谁，保证不会再出现这类事情，行了吗？"李达说："好，我相信你，不过你们窦总回来，必须去我们那边一趟，亲口向我们保证以后再不会出现这种荒唐的事情。"刘婧站在后面看不过眼，走出来说："关窦总什么事？我们郭总不是给你们道歉了吗，干吗当着这么多人让我们下不来台！"我回头说："刘婧，别说话！"李达怒火再燃，看着刘婧说："你个小丫头片子，这里哪儿轮得着你说话？你有种再给我说一遍！"我拉住李达的胳膊，说："别这样，李达，刚才不是都说好了吗？看在我的面子上，大伙儿都先回去吃饭吧。"我回头冲小马使眼色，小马拉着刘婧向后台走去。李达不依不饶，扯着嗓子说："就凭你们这些人，还做什么公司？回去卖你们的破软件吧，跟这儿起什么哄？”刘婧在小马的拉扯下哭起来，说：“我们也是主办方，你们凭什么这么欺负人！”李达青筋暴起，喊道：“谁欺负你了，你们做错事还有理啦！”

“行了，李达！”我板起脸说，“你也别太过分了，刘婧怎么着你了？你们这么一群人欺负一个姑娘，算什么能耐！”李达猛回过头，红着眼看着我说：“你说什么？我欺负她？我为了咱们这个活动，跟那帮告状的客户赔了半天笑脸，装了半天孙子，连饭都没吃就过来找你，你现在说我带人来欺负你手下的妞？怎么，你这是心疼啦？”我恢复常态，说：“李达，别这样，都是我的错，求你了，你先带人回去，后面咱们再聊这件事行不行？看在我的面子上。”李达甩开我的手说：“别碰我！”我双手尴尬地停在半空。李达闭眼轻声抽泣一下，转身对后面说：“咱们走！”

围观的人散去，销售部人员宛若没事人一样，坐下来和公关部人员凑在一起开始吃饭。后台，刘婧趴在桌上大哭，小马一脸茫然地站在旁边。我走过去，把饭盒递给小马，说：“马，先吃饭吧。”小马说：“这口气咱们就这么忍了？算上这次，他们欺负咱们两回了。”我说：“好了，不说这个了，先吃饭吧。”小马接过饭盒，看着刘婧说：“你劝劝她吧，我劝了半天，一点儿用都没有。”我摇摇刘婧的手臂说：“行啦，先起来吃饭吧，那帮人都走了，没事了。”刘婧趴着说：“你走开，我不想和你说话。”

西西从公司取文件回来，气喘吁吁地说：“刚才发生了什么事？刘婧你怎么了？”刘婧哭够了，爬起来，接过西西手里的纸巾，边擦脸边抽泣。西西望向我，说：“到底怎么了？”我说：“我以后会替大家讨个说法。”

糖酒展结束后，主办方设内部晚宴，星安只派了几个部门经理过来吃饭，这些人明显是应付，二两酒下肚，便集体借故走人，偌大的餐厅，只剩下零零散散的十几个人。老窦招呼大家将两张桌子拼到一起，把服务员叫过来说：“动过的菜都撤了吧，按照原来的菜谱再给我们上一份。”服务员说：“好的。”

销售部经理站起来说：“来，咱们大伙儿敬窦总一杯。”老窦举杯说：“活动结束了，这两天大家都比较累，我代表公司谢谢大家。”喝完酒，老窦继续训话：“我知道大家因为今天的某些事情不是太愉快，没关系，已经过去了，我们不用再去想它，事实上以后我们也不必再为这些事烦恼了。既然大伙儿跟了我，信任我，我一定会带着大家走向独立，我们谁也不靠，做自己的事业，我相信只要大家团结在一起，我们能比那些对我们不怀好意的人做得更好。”销售部经理眼含热泪地鼓掌说：“老大说得好！”

我无尽失落，自晚宴开始便不再说话。老窦捅捅我胳膊说：“老弟，别气了，来，跟哥哥喝一个。”我一口气把杯里剩下的酒全部喝完，擦完嘴巴，依旧一言不发。

冰冷尴尬的气氛在销售部人员的带动下活跃起来，像昔日的内部聚会一样，酒精的麻醉，肾上腺素的刺激，令在场的每一位同事都不再拘束，他们一个个欢声笑语，你来我往，仿佛刚过去的一切只是股呛鼻的云烟。我无法欢愉，连装的力气都没有，只觉得自己和在座的所有人一同迈进了沼泽，再无安全感可寻。我们已经失去了一些上市级别的客户，现在又和最大的合作伙伴撕破了脸，更要命的是，他们的老总，和我们集团高层有着扯不清的关系。

刘婧拼了一盘菜端到我面前，说："别老喝酒，你从中午到现在都没吃东西。"我接过盘子，点了一下头说："嗯。"

当晚，我回到家中，累积数日的疲惫袭来，昏睡在沙发上。半夜，李小敢从厕所出来，摆正我的脸说："回自己屋睡去。"

之后一个月，星安分批派人前来交涉后续工作，我给李达打过一次电话，无人接听，便不再打过去。我交代好工作，请丧假回老家参加外婆的葬礼，一个星期后回到公司，发现每个人都换了副神情。我找到刘婧，问她："最近有什么事情吗？"她说："董事长前天过来开了一次全体会议，公司有了点儿新方向，一会儿窦总会跟你说的。"

"老弟，"老窦站到窗前说，"我已经决定放弃和星安的合作，不光要放弃星安，还有和星安有关的那些客户。从现在起，我们自己做，只服务于我们自己开发的客户。"我说："董事长已经同意了，对吗？"他说："是的，董事长支持咱们。"我说："那好吧。"他说："我想听听你的看法。"我说："既然董事长都同意了，我没看法。"他说："坐下，老弟，我是真心想听你的看法，你不用跟我客套。"

我坐下来，说："您指望现在的销售部去给公司开发新客户吗？"他说："不光销售部，还有公关部，他们跟我谈过很多次，我觉得应该给他们一个机会。我对这帮小兄弟有信心，他们以前在IT业做出过成绩，只要我们转变一下思维，并不局限于做食品类业务，前景就会广阔得多，这样我们就能自己做出一番成就，永远摆脱星安和那些难对付的国企，我们就能昂起头说话。"我说："我不明白，开发新客户和维持老客户有什么冲突？是，星安和那些老客户是很挑剔，但公司花这么多年培养的食品和酒水行业的关系，咱们说不要就不要了，会不会太冒险了？"他提高音量说："小郭，你还没受够星安那帮人的气吗？跟他们合作，我们就算能维持一些大客户，挣一点儿钱，又有什么意义？我们永远也做不过他们，我们是来做事业的，不是来打下手的。"我说："做传媒的不都这样吗？能屈能伸才能有积累，哪个传媒公司不是在受气中生存的？我们现在羽翼未丰，受点儿气是为了培植元气，等将来咱们人力、物力、财力充实了，手里的资源多了，自然就能摆脱星安。""将来？将来是什么时候！"他加重语气，"你以为我不懂忍辱负重吗？不懂中国人拍马屁、搞关系那一套吗？可我不是那样的人，我这辈子最讨厌的就是那种做事方法，我当初接这个摊子是为了做自己的事情，不是为了拾人涕唾，不是为了去舔李星安和他身后那些企业的屁股！”

“对不起，小郭，我有点儿急。”老窦恢复脸色，“其实我知道你会说这些，你也有你的道理，只是你说的这些在目前这种情况下并不适合咱们公司的发展。我希望你以后多和销售部、公关部配合，他们开发的客户，还是要由你们企划部来执行相关项目的。”

我望着老窦，静静地思考了一会儿，说：“行，我听你的，我支持公司的决定。”老窦笑起来：“没错，老弟，就应该这样，跟着我做，准没错。”

6. 各怀鬼胎

有人说，仇恨是推动人类发展的最大动力，大到一个民族，小到一个企业，激起人们斗志的往往是对敌对者的不满。起初我认为自己所在的公司屡遇荆棘，不过是外行的缘故，星安帮踢馆、女销售员跳楼、糖酒展争斗，终归是自己人不争气，以致给外人抓住了把柄。可我错了，堆积如山的方案、纷乱的应酬、无休止的加班，使我无暇思考公司领导者真正的初衷，董事长不甘心只做个投资者，所以起用自己人来接手北京的子公司，目的是增强自己在集团经营层面的话语权，这本来就是一副自立门户的姿态。

公司悍然断绝了与所有老客户的关系，不再接任何一单食品类业务，企划、媒体、设计等部门均暂时性歇业，销售和公关成为唯一在忙的部门。子弟兵们重操旧业，每日里约谈各类IT业人士，争先恐后地请这些人吃饭，有时他们故意冲我炫耀，站在办公大厅内嬉皮笑脸地说："郭总，这是'搜狼'运营部的总监，一会儿不忙了，你可以认识一下。"

老窦更是打了鸡血般干劲十足，号召各部门管理人员一起在会客厅摆下排场，约见某IT巨头的副总，亲自泡茶、敬茶，与对方嘘寒问暖，如重逢的战友般亲切。我和老刘被迫加入新项目的讨论，我象征性地提了点儿合作层面的意见，老刘干脆装疯卖傻，张嘴笑着说："我对IT简直屁也不懂，一切都听领导的。"作为媒体部和网络部的双料经理，老刘自然懂IT，他的胞兄既是IT海归，又是知名门户网站的高管，他的心思其实和我差不多：纵有千言万语，也改变不了老窦荒唐的决定，索性做个更荒唐的配角。

阴暗的安全通道内，老刘点燃香烟，将打火机递给我说："这帮庸才，还真指望有大生意做，他们连IT业最基础的一点儿东西都不懂，人家就是想推广自己的产品，也首先会选择专业的做互联网推广的咨询公司或媒体平台，咱们呢？哼哼，这帮IT企业顶多给咱们点儿企业宣传片的活儿，或workshop（情境工作坊）类的小公关活动，咱们之前的政府关系、电视台关系、媒体资源、会展平台，什么都用不上。"我说："先做做看吧，目前也只能这样了，也许过个一年半载的，公司也能想明白。""一年？”老刘冷笑一声，“歇了吧，等下季度董事会财政会议时老窦就傻眼了，还一年，你也真够看得起这帮人的。”

刘婧走进来，推醒我说：“别睡了，问你事情呢，刚才他们在一起讨论workshop，workshop到底是什么东西？”我眯着眼睛说：“workshop就是咱们给他们挑个地儿，让他们一边吃喝玩乐，一边吹牛。”刘婧还想问，我打起呼噜，她气呼呼地走了出去。

一年中最热的时节来了，到处充斥着滚烫的气流，阳光打散最后一块云朵，把楼下顶着暑热做生意的小商贩们轰了个干干净净。我裹着毛巾站在窗前，边擦头发边接电话，李达问：“听说你们最近在做IT单子？”我说：“这还用听说，你们该早知道了吧？”她说：“哟，才一月没联系，口气就硬成这样了？”我说：“公司决定的事情，我们照着做而已，能有什么办法？怎么，你们今天加班啊？”她说：“今晚和电视台搞慈善演唱会直播，你要不要过来看？叫上你朋友。”我说：“不去了，这大热天的，在家待着比较好。”她说：“欸，说正经的，我爸想见你，你下午有时间吗？来我们公司一趟。”我说：“大概什么事？”她说：“来了就知道了。”

登记完毕，我跟着前台姑娘迈进星安传媒的公共办公区。

裸露的顶部黑色管道，望不到边际的白色桌椅，来回穿梭的蓝灰色衬衣，无数块闪动的屏幕，此起彼伏的电话铃声，带着

MIC（麦克风）、扎着马尾的姑娘视若无睹地撞上我的肩膀，迅速致歉，然后板起脸继续唠叨着向远处走去。这是我认识的传媒业，我熟悉的传媒业，也是我一直想摆脱的传媒业，我曾经在类似的环境下工作了五年，如今再一次见到这个行业的顶级规模，有些动容，也有些感叹。

丛林尽头，站着一位白衬衣、蓝领带、盘头发的姑娘，她叉腰站立，眼神呆滞，宛若极地女王在等待自己的坐骑。我走过去，她使个眼色，前台姑娘点头溜掉，她抱起手臂说："成，还挺准时，走吧，我爸在办公室等着呢。"

门推开，李星安抬起头，李达说："李总，他来了。"李星安说："来，小羽，坐，达子你也坐。"我拘谨地坐下，李星安抓起电话说："冲三杯咖啡，我上次从南美带来的那种。"我说："李总，上次糖酒展的事情，虽然我们窦总给您打过电话，我还是想当面再道一次歉，实在对不起。"李星安笑着说："都过去了，你也不用道歉，你又没做错什么。这次叫你来不是说这个，我听达子说你们那边所有的食品类项目都是你做的，是这样吗？"我说："不是我一个人，各部门一起做的，我们是个团队。"李星安说："小羽，你不用跟我见外，虽然咱们没见过几次面，但我了解你比你了解我多，你可能不知道，我认识你上一家公司的副总，也就是你当时的上司，这个行业很复杂，圈子却不大。"李达插嘴说："你那个女副总以前是我们这边的项目经理。"

李星安走过来，坐到我对面的沙发上说：“小羽，我知道你们窦总不喜欢官僚和客套，我也不喜欢，我也是个直来直往的人，这次找你来，是想告诉你一声，如果你想来我这边工作，我可以给比你现在高三成的待遇。达子说你和你朋友最近想换房子住，来我这边，我在公司附近给你们找个房子，房租我出……这件事你不用急着回答，回去好好考虑一下，考虑好了直接告诉达子就行。”

我慢慢地站起来，说：“谢谢您李总，谢谢您能给我说这些，不过我最近确实没有跳槽的打算，这两年我跳槽太多了，需要稳定一下。我们公司目前处于摸索阶段，还是希望您这边以后能在业务上多帮衬帮衬我们。”

李达追出大厦，喘着气说：“你用不着这么撅我爸吧，他又没逼你来这边上班，你也太没礼貌了。”我说：“我确实有点儿不好意思，不知道该怎么回答，你们这边晚上要加班搞活动，我也不便打扰下去，所以……”她说：“你是不是觉得这是我的意思？”我说：“你的意思和你爸爸的意思有什么区别吗？我领这个好，真的，你回去吧。”她说：“这是个机会，你最好回去再考虑考虑，别那么轻易就下决断。”我说：“行，我知道了……对了，下周六是我生日，打算在家里过，你没事的话过来吃顿饭吧。”她说：“好，你想要什么礼物？”我说：“什么都不用，过来吃饭就行。”

在销售部、公关部的努力下，一家IT企业抱着尝试的态度签下了一笔小单子，企划部重新开始忙碌，我顺水推舟地将这些项目的策划权和执行权统统放给销售部，这种协助姿态迅速获得销售部的好感，子弟兵们看我的眼神不再辛辣，说话也渐渐客气。子弟兵在IT界确实有一些经验，虽然项目运作上稍显稚嫩，但至少他们恢复了工作热情，他们对IT业的热情显然比我对传媒业真诚。

“真诚个屁，你真以为他们是IT界的销售精英啊？刚才行政部经理跟我在楼道诉了半天苦，销售部让他和人力部帮着招聘，行政部经理忙活了一个月，挑了几个新人去见他们，结果你猜那个销售部经理怎么说？他直接拒绝了人家的薪资要求，说销售不需要什么学历和文化，能听话、能干活儿就行，他甚至说咱们公司的活儿找几个高中生照样能干。”老刘丢掉烟头，继续说，“真是什么样的人用什么样的人，一帮小公司里出来的糙货，你还真高看了他们。”

生日那天，我临时邀请了几个子弟兵到我的住处吃饭，他们很积极，和老窦一起提前两个小时就到了，每人手里还提了水果和甜点。老窦自告奋勇地走进厨房，声称要亲手炒几个东北菜，女孩子们围过去，在厨房嘻嘻哈哈地和他开玩笑。门铃频繁响起，来贺寿的人越来越多，我干脆开门迎客，李小敢和王蛋蛋在几个房间来回张罗，男生们翻出阳台的桌子，自发地在客厅里搓起麻将。

李小敢披着围裙站在门口喊：“小羽，刘婧来了。”我跑过去说：“欢迎欢迎。”刘婧说：“窦总他们也在？”我说：“都来了，里面热闹着呢。”

刘婧进屋，将包挂上衣架，走进厨房去帮忙。她的小男友无所事事，拘谨地站在客厅中央，我说：“别老站着，去沙发上坐会儿，要不，跟他们打会儿麻将？”刘婧的男友腼腆地笑着说：“不了，哥，我不会这玩意儿。”我说：“行，你看着来吧，想喝什么就去冰箱拿，一会儿饭做好了，一块儿坐下来。”他说：“嗯，哥你先忙。”

午宴开始一刻，李达赶到，王蛋蛋和老刘主动离席去门口迎接。李达进屋，在座的几个同事的脸黯淡下来，尤其是刘婧，几乎不抬眼皮。李达眼睛扫过众人，神色轻松，把提包和皮包放下来说：“我坐哪边？”李小敢站起来招呼：“老爷儿们去拿把椅子来，把沙发腾出来给美女坐。”李达笑着说：“不用不用，这不有椅子吗？我坐他旁边就行。”

我接过啤酒，站起来说：“我呢，再次欢迎一下大家，谢谢你们这么给面子。”大家鼓掌叫好。刘婧递过来纸，我擦擦嘴巴，举起另一瓶说：“特别鸣谢我们的窦总以及公司各部门的领导，再喝一个。”大家的掌声更加热烈。我冲李小敢招手，李小敢打开第三瓶，我说：“最后是感谢从各地风尘仆仆赶来的我的好朋友们，谢谢你们再次以祝寿为名来我们家蹭饭，我再喝一个。”大家哈哈大笑，王蛋蛋说：“老郭你悠着点儿，你这个喝法，看得人都想吐了。”

几轮酒过后，桌面上的人分成几派自由交谈。李达从提包里拎出一只白盒子，说：“送你的，生日快乐。”我接过盒子，看着上面的型号，说：“干吗送这么贵的东西？”李达说：“你不是一直喜欢苹果的笔记本电脑吗，你那个老爷本就退休吧。”我说：“老爷本也能凑合用啊。”李达说：“怎么，你不要？”我说：“要要要，好家伙，跟您这个一比，我那个忒寒碜了。”

我扭过头，发现整张桌子的人都不说话，一个个盯着我手里的白盒子，我不好意思起来，说：“看什么看，来来来，喝酒。”老窦端起杯子说：“来，达子，窦叔跟你喝一个。”李达摆出笑脸说：“谢谢窦总。”老窦说：“替我向李总问个好，有时间让他去我们那边坐坐，给我们这些外行人支几着儿。”李达说：“窦总您言重了，您现在和那么多的大IT企业搞合作，我们得向您学习。”

我眯起眼睛高喊：“同志们，国家不会忘了我们，人民不会忘了我们，让我们在英明的窦总的领导下，把楼下超市的啤酒喝光！”

7. 内忧外患

我三十岁生日后的第三个星期，公司的IT热潮终于消退。销售部和公关部加班加点，可约到的企业级别越来越低，本来就单薄的签单越来越少，渐渐地，没有人再对我们的线上整合推广方式感兴趣，会客厅的沙发重新变得冰凉。市场经济下，再勇敢的人，也斗不过规则。

第三季度的董事会会议特意选在北京公司召开，面对半年来近乎苍白的财务现状，老窦彻底失去底气，他在会上的发言频频遭到董事会成员的刁难，以至于报告刚刚进行到一半，董事长就不得不站起来帮他解围，他首先肯定了北京公司的转型为集团带来的参考意义，然后号召大家再给北京公司一点儿时间。董事长的发言引起新一轮质疑，董事会其他元老偕同各子公司代表对北京公司的改革提出严厉的批评，他们直言北京公司不该毁长取短，放弃辛苦打下来的江山。

偌大的会议室，比我的生日宴会还热闹，老窦成为闹剧中最沉默的那个人，他深谙这些争执皆因他而起，而他也再没有发声的资本。

我不忍再看，向董事会秘书请了假，迅速离开了会场。楼道里，我咬上一支烟，伸手把全身摸了个遍，正当我准备摔烟走人的时候，一点火焰飘来，映出媒体部老刘那张粗糙的鞋拔子脸，他笑着说："怎么样，郭总，咱们公司还有戏吗？集团恐怕连下半年的预算都得给咱们停了吧？"我吸了口烟，靠墙吐着烟云说："老窦还有董事长给他撑腰，不至于真输。"老刘说："你不了解咱们董事长，他是个地道的生意人，这次老窦栽了，你觉得他还会给老窦第二次机会吗？”我说：“事在人为，这本身就是个靠裙带关系撑起来的公司，中国人不会轻易把钱投在品牌上，但会把钱花在人情上。”老刘笑道：“哈，你真是和他们一样搞笑。”

我想老窦的一生从没像现在这样挫败过，短短一个月，他像一下子老了两岁，紧锁的额纹间，再看不到一丝美男子的影子。他站在窗边的时间更多了，远远眺望，一言不发，有时候一盏茶喝完都等不来他一句指示。董事长帮他争取到一些预算，却不过是一种象征意义上的缓冲，他驾驶的这条大船周围重新布满了白雾。

与老窦同时落寞下来的还有企划部的刘婧，她失恋了，这个来自西北乡下的姑娘，一口气请了半个月的长假，消失得无影无踪。关于刘婧的私生活，同事间流传着各种版本，大体上，大家都倾向于为她感到惋惜，她一个月薪四千的小职员，住着地下室，用着大众化妆品，省吃俭用地养着没有稳定工作的男友。刘婧的男友，出身贫寒却好高骛远，每次工作不如意都要冲身边的人发脾气，甚至赌气地彻夜不归。据说这个男生是刘婧的初恋，两人在一起四年，刘婧为他堕过两次胎，住过两次院，连他用的手机都是刘婧借同事的钱并分期还款帮他买的。在男同事眼里，刘婧是个不折不扣的傻姑娘。在女同事眼里，刘婧的男友是世上最没用的男人。她不是没有挣扎过，两次主动提出分手，两次都在哭鼻子的男人面前心软，所以她的生活无关命运，只是活该。

西西推开门说：“刘婧回来了。”我说：“让她来见我。”西西说：“郭总，待会儿你别说她太狠，安慰一下就好，行吗？”我说：“我懂，你放心。”

刘婧走进办公室，面容憔悴地说：“什么事？”我说：“你好点儿了吗？”她说：“不一直挺好的吗？”我说：“刘婧……”她说：“怎么了？”我说：“不要因为私生活影响了工作，女人和男人一样，事业独立了，人格才能独立。”刘婧愣了一下，恢复憔悴状说：“我知道了，郭总，还有别的事吗？”我说：“没了，以后有什么需要帮助的，记得跟我说。”刘婧挤出一丝笑容，转身走了出去。

我站在门口，望着她的背影，心底泛起一丝酸楚，自我入驻这里，眼前的这个姑娘除了公司发的那两套黑白套装，就剩下这条发白的牛仔裤，它像所有年轻人的爱情一样，拥有最初一抹动人的蓝，之后被岁月和生活一点点洗去了光彩。

老窦站到窗前说：“公司现在这种情况，你觉得咱们下一步应该怎么做？”我说：“恢复所有老客户和媒体的关系，继续做原来的工作，忍下这一时之辱，等待真正的独立。”他说：“你觉得这些人还会回来吗？他们现在大部分都投了星安。”我说："事在人为。"老窦慢慢走到座位前坐下说："小郭，你听说过酒怪网吗？就是在网上帮着酒水企业做营销的那个电子商务网站。"我说："见过他们一个运营部经理，我在上一家单位工作时，他找过我们，不过提的项目被我们总经理否决了。他们的网站表面上气势很大，其实一直是负债经营，服务的也多是二线品牌，一线品牌和他们合作时大多持谨慎态度，我们总经理暂时不看好他们，说大部分中国人还没有习惯在网上买酒，而且他们在物流、流量、价格体系等方面并不像他们所说的那样健全，还有一段路要走。"老窦说："你觉得咱们搞一个这样的网站怎么样？把以前合作的企业都拉进来，公司里现在很多人有过做网站的经验，我最近也认识了一个做互联网营销的姓赵的经理，可以挖他过来一起搞。不管怎么说，电商是个潮流，建设运营投入也少，正好是咱们的机会。你先试着把原来的客户拉回来，我呢，试着把那个赵经理挖过来，让他带着销售部、媒体部的人把网站搞起来，咱们两头并举，多点开花。"我说："行，我试试看吧。"

他还是没放弃他的IT梦想，表面上，高层的排挤、拮据的预算使他不得不另辟蹊径，可IT才是他真正的初衷，他原本就没打算做传媒类工作，他不过是想借这个地方在知天命的年纪搏一把。

在保安的指引下，我进入京郊别墅区，在弯弯曲曲的小道上一遍遍核对手里的号码，半小时后，不禁感叹，原来这些有钱人的房子都一个样。

李达在拐角处出现，穿着一条宽大的斑点睡衣，她走过来说："你怎么这么笨啊，连个房子都找不到。"我关上车门说："妹妹，我一个穷小子，哪里知道你们这些富人住得跟个迷宫似的？对了，今天不是周三吗，干吗约我到你家里来？"李达说："我们家老爷子因为股市跌停，在家培植元气呢，你去公司也是扑空。"我说："那你呢，干吗不去上班？"她摆出一副可怜相说："我病了，也在家培植元气。"

阴森森的楼梯口，略施粉黛的李妈妈站在一幅油画下等我们，她和李达不怎么像，身材、相貌却不输自己的女儿。我伸过手说："阿姨您好，我是郭小羽。"李妈妈腼腆地笑着说："你好，她爸爸在楼上。"李达瞪着眼睛说："呦，妈，想不到您还会握手啊，哈哈，好样的。"李妈妈更加不好意思，说："这丫头，快带人家上去。"我说："楼上用脱鞋吗，阿姨？"李达说："你别老露怯啊，我们家是欧式装修，脱什么鞋？"

李星安的书房，和他本人一样装蒜，书架上一大半是政治家、军事家的传记，甚至包括这些人的情妇的传记。书房中央，是一套昂贵的红木桌椅，摆着这家主人和政府领导的合影，合影旁边插着丝织的各国国旗。

"小郭，你给我一个理由，"李星安正襟危坐，说道，"我很好奇，你凭什么认为咱们两家还能继续合作？"我说："您是我们董事长的老同学，也是我们集团另一家子公司的投资人之一，前任郑总在任的五年间，您一直和我们公司共进退，不是吗？李总，生意场上，有亏有盈，有分有合，不管怎么说，咱们都曾是兄弟单位，既然是兄弟单位，就有感情。”“哈哈，感情？”李星安笑起来，“你们公司那帮搞IT的跟我谈过感情吗？以前那些老客户，都是我和老郑一手培养的，你们窦总说不要就不要了，他有什么权利和这些老客户中断合作？结果呢，人你们得罪了，还得我出面花钱说好话把人给拉回来，怎么，现在你们窦总又想要回去？”我说：“李总，您说得没错，可做生意咱们也得向前看啊，我们公司招了不少新人，拓展的IT项目也越来越多，以后咱们合作的空间还是很大……”李星安打断我说：“你跟我说生意，好，那咱们就说生意。你也是这行的人，你说说看，这一年多，你们公司单独做成过几单生意？你们搞破坏倒是一流，我们替你们背了多少次黑锅！”我说：“我们那边大多是刚入行的年轻人，不吃一堑不长一智，年轻人不是一点点变的吗？”“那你们窦总呢？”李星安站起来，“他也算年轻人吗？”

我完全输掉气势，只能选择沉默，李星安慢慢坐回座位，说：“小郭，我没想到你到现在还信任他，你以为他真会倚重你啊？这个人根本就不是来做媒体营销的，你替他挣的钱，他最后都得扔进IT里。我告诉你，你们公司搞成现在这个样子，罪魁祸首就是你们的窦总经理，你们董事长压根儿就不该让这么个人接班！”

李达端着水果拼盘走进来，说：“爸，你们小点儿声，楼下都听见你们嚷嚷了。”李星安说：“没事，他快想明白了。”李达走出去，李星安叉起一块西瓜放进嘴里，嘟囔说：“小郭，你记着，男人这辈子要想成功，必须要选对两个人，一个是老板，一个是老婆，你跟着那个人没什么未来，你不来我这边没关系，但我还是劝你早点儿离开老窦。”

我进门一头栽倒在沙发上，李小敢蜷在另一处沙发上问：“这么早就回来啦？”我说：“嗯。”他说：“怎么样，没成吧？你那脸色跟挨了别人一顿揍似的。”我睁开眼说：“比挨揍还狠。”他说：“要我说，你这破工作不做也罢，你还缺个工作啊，干吗非跟着这帮人受气？北京城大了，哪儿不能混口饭吃？大不了你去我店里上班，给客人洗头，你长得不丑，又有文化，勾搭几个富婆很容易。”我重新把脸埋进沙发：“你就不能说点儿积极的？”他说：“你倒是挺积极，这大热天的跑去人家家里求情，现在又怎么样呢？”

“起来起来，”他开始用脚踹我，“别跟家里趴着，有出息没出息啊？我跟你说，晚上你自己找饭吃吧，我朋友的妈来北京看病，我得过去一趟。”我扭过脸说：“家里快没电了，你顺便去国家电网充个卡。”他穿上鞋说：“不管，自个儿去。”

老窦打来电话，我爬起来接听，他显然在开车，电话里伴着巨大的杂音。我问："什么事，窦总？"他说："晚上有安排吗？"我说："去酒吧会朋友。"他说："哪个酒吧，在国贸这边吗？算我一个吧。"我心里一万个不情愿地说："好啊，正打算约您呢，过来一块儿喝两口吧。"

服务生把调好的酒端来，我推到老窦面前说："尝尝，看喜欢哪一个？"老窦一一品完，说："这个紫色的不错。"我招呼服务生说："再来三杯'烈焰'。"服务生应道："好嘞。"

老窦盯着屏幕上的球赛集锦，听着远处舞台上飘来的布鲁斯小调，说："墨尔本那边也有很多这样的地方，我也很喜欢去，可一回到北京，就是公司里乱七八糟的事，搞得什么心情都没了。还是你们年轻人好啊，有自己的生活圈子，想做点儿什么就做点儿什么。"我说："大城市都这样，各色人等，多姿多彩，上班时大家都穿着一样的制服，忙活一样的工作，下班就不一样了，这也是大城市迷人的地方。"

"当初你为什么招我进公司，"我问道，"还那么痛快就答应了我提出的条件？"他握着酒杯说："你是个事业型的人，勤奋，细心，而且你和你女朋友分手那件事也证明你很仗义，事业心和仗义，我看人就看这两条。"我说："那我整天反对你这个、反对你那个，也算仗义吗？"他笑笑说："都是为公司着想嘛，这我懂，不过你有时候做事情太谨慎，太在乎原则，这其实不好。比如你反对公司里的人做朋友这件事我就不赞同，我在国外生活了这么多年，见过很多和你想法差不多的老外，他们的公司也是这么做的，上下级分明，分工十分苛刻，别提多没劲了，还是咱们中国人好，起码比他们有人情味。”我说：“刘婧也对我说过类似的话，劝我把同事关系放在第一位，我告诉她，男人过了二十五岁，性格和方式就很难改变了。”

“你是不是喜欢刘婧？”老窦说，“她现在一个人了，要不要我帮你牵个线？”我说：“大哥，别乱开这种玩笑好不好？”他说：“我没跟你开玩笑，刘婧跟着我两三年了，我比较了解她，她人不错，只是交的那个男朋友实在不怎么样。现在可是你最好的机会。”我说：“我对刘婧了解一些，她重感情，也恋旧，这种姑娘心很硬的，所以您就别费心了。再说，我和同部门的女生谈恋爱，算怎么回事？”老窦说：“我不是说了吗？我帮你啊，回头我先问问她的意思，她要点头，我就给她调部门。”

“你不会真要这么做吧？”我一脸惊悚地看着他。他喝完杯子里的酒说：“这有什么难的？交给我了。”

8. 平安夜革命

王蛋蛋来了，王蛋蛋张大嘴巴憨笑着来了，他昂首挺胸，步伐流畅，半张脸大的墨镜映出整条长安街的风光，深秋的寒风刮起来，扯动他妖娆的领带，就像扯动着他妖娆的灵魂，雨水般的枯叶从天空落下，争相抚摩他黝黑的脸庞。

王蛋蛋弯下腰，狼狈地从脖子里、嘴巴里抓出枯叶，抬头冲树上的环卫工人喊："大爷，你能不能等我过去了再敲树叶子！"树上的大爷说："你这个年轻人，旁边不是竖着警告牌子吗，我在树上哪儿看得见你？"王蛋蛋喊："你写的纸牌子那么小，早被风掀翻了，谁看得见！"树上的大爷说："你走不走？不走我再敲了啊！"

李小敢站在远处笑着对我说："你看看他那个臭德行，这回可盼到你求着他了，一会儿又少不了跟咱们吹牛。"

王蛋蛋真名叫王二超，是著名白酒企业"粮王"的策划经理，也是我和李小敢多年的朋友，但这份感情仅限于生活，事业上我们从不与他有半点儿往来。此人和他所在的企业一样，桀骜、清高、专横、挑剔，所谓五百强上市企业的高管，大都有着类似的令人生厌的架子。王蛋蛋所在的企业，是整个传媒业垂涎的对象，这种地域性的大公司大都腰缠万贯、挥金如土，从不在乎你在预算里添加多少水分；同时，他们又是传媒业的终极噩梦，无论你要了多少心机，献了多少殷勤，看不上你就是看不上你，他们庞大的机构中随便冒出个领导，一句话就能否定你所有的努力。

王蛋蛋吹吹眼镜上的叶渣，说："总裁，总经理，销售经理，品牌经理，能请的我全给你请到了，说吧，晚上去哪儿吃？"

我说：“这不找你来商量吗？看看你们领导都什么口味。”王蛋蛋戴上墨镜望向李小敢，咧嘴笑一下，李小敢白他一眼，转过身继续抽烟，他说：“就我们公司附近的酒店吧，老总大多是四川人，吃川菜习惯了。另外你们记着带司机来，跟这帮人谈事情，就是一个字：喝！喝赢他们，事也就差不多了。”

天府酒家门外，众人下车，我挥手召集男女同事凑过来。我说：“大家听好了，一会儿对方老总们来了，咱们态度一定要正，不能过于谄媚，不要乱拍马屁，他们是顶级白酒企业，场面见多了，咱们姿态过低反而会让他们瞧不起，相反，咱们稍微摆点儿架子，他们反而会觉得咱们专业，知道了吗？”众人答：“好。”我继续说：“今晚，我和老刘负责洽谈业务，剩下的各位就一个任务，陪喝。女生刚开始一定要矜持，假装自己不会喝酒，尽量少喝，男生先上，等对方有点儿上头后，女生再放开敬，知道了吗？”众人答：“行。”

我带领大家以一副决战姿态迈进酒店大堂，老刘从侧面赶上来，伸手拍拍我的肩头说：“你果然是做传媒的。”

我们大获全胜，对方的酒量远没王蛋蛋说得那样好，同事们也远比我想象中内行。王蛋蛋唾液纷飞，耗费十万卡路里热量向他的领导们吹捧我们公司，公关部的娘子军把对方唐姓女总裁活活捧成老佛爷，一个个甜言蜜语，春光无限。饭局结束时，王蛋蛋在洗手间吐得稀里哗啦，老刘和我去前台结账，唐总上车前把我拉到一边，直接告诉我，他们最近的新产品发布会改由我们操办，如果发布会效果显著，她会考虑把整个新产品的宣传交到我们这边。

我感激涕零，乘着酒意握了每一位同事的手，一遍遍重复两个字："加油。"

时隔半年，我们再次获得与知名大企业合作的机会，包括我在内，每个人都很兴奋，加班加点，只为完成企业之间的"面试"。粮王新品发布会彩排现场，王蛋蛋西装革履地站在远处舞台上试音，他的话断断续续、凄凄厉厉，布满职业装×者的伤痕。他急了，五官挤在一起，扯着嗓子对我喊："老郭……这话筒怎么……刚才别人……的时候一点儿……没有，为什……我一讲……成这样？"我笑着喊回去："你说呢？"王蛋蛋喊："……"我回头对小马说："音响租赁公司的人一会儿就来了，你和西西去和酒店的人谈一下，让他们派两个人协助一下。"

小马和西西走后，我对刘婧说："前些天老窦问你的那件事，你别放在心上，我本来就没同意，他非要乱点鸳鸯谱。"刘婧笑着说："你们也是，搞得全公司都知道了。"我说："你男朋友的新工作怎么样了，干着还行吗？"她说："还行，试用期总算过了，以后怎么样还不知道。"我说："平时俩人多静下来沟通沟通，别跟个小孩子似的，动不动就闹分手。"她说："唉，能静下心沟通还分什么手？他就那个性格，跟他家里人一样，又闷又倔，希望他以后争点儿气吧，再这样，我真不要他了。”我说：“时间还早，这酒店旁边是新世界百货，我表妹这个月过生日，打算给她买点儿东西，你要不要过去帮我挑挑？”她说：“好啊，闲着也是闲着。”

即使是不经常逛商场的姑娘，挑起衣服来也斤斤计较，不厌其烦，不到半个时辰，刘婧就俨然在给自己的表妹买衣服，几乎试遍了新出的款式，她一边试一边冲我唠叨，这个太贵，那个不值，那个便宜的质量又不行……我烦起来，以自己的审美标准去收银台付了账。

刘婧和我提着一堆纸袋子回到酒店，走到走廊拐角处，我叫住她，说：“刘婧，其实……我表妹才八岁。”她一脸不解地看着我，我走过去说：“其实都是给你买的，你上周末不是过生日吗？算我补给你一点儿礼物。”她依旧不作声，我说：“要不，算我为老窦跟你提的事道歉，拿着吧。”她轻轻推开袋子说：“我不要，你留着给别人吧。”我说：“拿着吧，没多少钱，就算哥哥我对不住你了。”她眼睛开始泛红，小声说：“你别这样。”我说：“要不我把这些快递到你住的地方，你跟你男朋友说这是同事们送的生日礼物。”刘婧情绪彻底失控，一把推开我说：“哎呀，你别这样！”俯身坐在长椅上，捂着嘴巴哭起来。

我傻了，站在原地，不知道该怎么收场。半分钟后，我把袋子放下，蹲到她前面说：“刘婧，对不起啊，我刚才是有点儿过分了。你要不愿意，那就不要了，我回头送别人，你先起来好不好？”刘婧哭完，接过我手里的纸巾迅速擦干眼泪，我说：“你去洗手间洗个脸吧，我在这儿等。”她站起来走向洗手间，我拎着袋子坐在长椅上，望着眼前的大理石墙壁，心里泛起更大的酸楚。

刘婧从洗手间出来，推推我说：“欸。”我醒过神，笑着说：“出来啦？”她指指袋子说：“那条黑色的铅笔裤留给我吧，这一件就行。”我说：“好。”

老窦冲进办公大厅，走向销售部方位，一把扯掉销售部经理的耳机，顺手给了他一个耳光，说道：“你这是给我做事呢？”销售部经理浑身一颤，接着红着脸低下脑袋。老窦接着指着其他人说：“我带你们过来，就是让你们过来消遣的吗？一个网站你们给我做了三个月，到现在也没做成个样子，干什么吃的！”

众人无语，大厅内只剩下中央空调的嗡嗡声，我捧着刚修好的彩印机立在门口，同样尴尬无比，我跟这个老男人争论过无数次，从没见他这样发过火。企划部与粮王搞合作的日子里，老窦的网络平台建设并不顺利，媒体部、设计部新招的几个人员受到销售部子弟兵拉拢，试用期打成一片，他们当着老窦的面在工作，背着老窦则在联网打游戏。

老窦重新站到窗前，皑皑冬日，他用一个耳光将整个公司扇得像窗外的积雪一样冰凉。销售部再次回归低调，新来的员工个个战战兢兢，这些人终于明白过来，这里不是十几年前的国企，不是三线小城市的事业单位，在这里即使有裙带关系，也得做事。

临近圣诞，路边出现零碎的彩带，商场、影院门口支起巨型的圣诞树，裹得像企鹅似的孩子们围着圣诞树嘻嘻哈哈地追打。和其他商业区一样，春节等传统节日，这里冷清得像一座鬼城，圣诞节反而是CBD最大的节日。

我帮唐总打开车门，王蛋蛋拎着大小口袋随后钻出来。我指着大厦说："唐总，这就是我跟您说的那个地方，里面全是名酒代理商的旗舰店，您要找的那个蔡总平时就在这儿办公，待会儿见了面您直接提我的名字，他就明白了。"唐总说："小郭，你真不跟我们一起上去了？"我说："我就不去了，我们董事长回来了，我得马上回公司向他们汇报咱们最近合作的情况。"王蛋蛋走近我，正色道："老郭，你回去跟你们窦总好好谈谈，我们总裁为了你们，已经回绝了两家竞标的公司，这个机会你们必须把握住。"我笑着说："明白。"

公司气氛异常，我折返至前台处问："楼下有新车，今天有客人吗？"前台姑娘小声说："公司新来了个姓赵的副总，刚办的入职手续。"我说："这事我怎么一点儿也不知道？"前台姑娘说："谁知道啊，窦总今天上午在办公室突然宣布的，你还是进去看看吧，董事长也在。”

老窦接过我手里的计划书扫了一眼，放在桌上说：“和粮王这件事先放放，公司最近有点儿变动。”我说：“什么变动？”新来的副总插话说：“小郭啊，我和窦总、董事长商量过了，从现在起，公司的全部预算都要投到酒水电商平台的建设上，传统项目不会再有预算了。”我抓起桌上的计划书递给他，说：“你知道我们和粮王合作的事情吗？”新副总笑着说：“知道。”我说：“你知不知道我们花了多少资金、多少精力才拿下和他们合作的机会？过千万的项目，你说不要就不要了？”新副总说：“对不起，我对这些没兴趣，我是来帮公司做电商的。”老窦走过来说：“小郭，你别激动，这是我的主意，赵总是我们刚挖过来的电商专家，对酒水类电商尤其是白酒电商比咱们都在行。”

我惊愕未定，呆呆坐回沙发，董事长打圆场说：“小郭不容易，和粮王打了这几个月的交道，一下子还无法接受这个改变。”老窦说：“我们还是要和粮王合作，只不过是另外一种形式，等咱们的电商平台建设起来后，他们会成为咱们最大的电商客户之一。”我说：“窦总，请允许我说句不敬的话，粮王这种级别的企业，在全国的分销体系早已经完善，目前对电商根本没有硬性需求，就算人家要做线上的生意，人家会看得上我们这种没影响、没流量的小平台吗？”老窦说：“我们刚开始建设，你怎么知道我们将来做不成大平台？等我们做大了，成为整个食品行业B2C[①]、O2O[②]的领袖，那时候粮王会倒过来求我们。你也说过，传媒业必须跟得上潮流，就我们手头这点儿预算，做传统项目我们永远做不过星安，我们必须得另辟蹊径，你这样守旧，只有死路一条，你懂不懂？”我说：“您觉得我是个守旧的人吗？我说的是生存概率问题。”老窦急了，大声说：“生存？你的生存就是去求星安，跟在他们屁股后面讨饭吃，你求过他几次了，有用吗？你去求这种人经过我同意了吗？你还嫌没把公司的脸丢尽吗？我告诉你，郭小羽，以后你少用这种态度跟我讲话，要不是看你有点儿才华，我早开除你了！”

刘婧迎面走过来，问：“刚才怎么了，干吗又吵起来了？”我边走边说：“这工作没法儿做了。”她跟上来说：“粮王的唐总打电话来说计划书的事情，问咱们这边什么时候能定下来。”我说：“先放放，随后我给她打电话。”

我双手捂脸，坐在办公桌前，老窦带着新副总走进来，我睁开眼睛站起来相迎，老窦坐下说：“老弟，刚才你不该当着董事长的面说那些话，我当时没办法，只能演个戏给董事长看，你不必往心里去。”我说：“是我的错，说话急了点儿，也请这位

① B2C，即Business to Customer，中文简称为“商对客”。“商对客”是电子商务的一种模式，即通常说的商业零售，直接面向消费者销售产品和服务。

② O2O，即Online to Offline，译为“在线离线”或“从线上到线下”，指将线下的商务机会与互联网结合，让互联网成为线下交易的前台。

新来的赵总别往心里去。”新副总说：“其实我和窦总都很理解你，换成谁，项目突然被喊停，都会急。”老窦说：“我和赵总的意思，是让你重新和粮王谈谈，让他们支持咱们的电商项目，将来咱们网站上线了，有他们这种龙头企业助阵，会有个很好的开始。”我说：“他们不会同意的，人家不翻脸，已经算给咱们面子了。”老窦说：“事在人为啊，你别这么武断地下结论，凡事都得先做了再论断，还是试试看吧。我要去上海参加一个电商发展的论坛，下周才回来，这期间公司的事情就交给你和赵总负责，你和粮王那边谈得差不多了，我回来接着去谈。”

他走过来，望着我的眼睛说：“老弟，你相信我，咱们将来要做的是惊天动地的大事，到那时就算你离职，也会因为这段经历成为业界最抢手的人才。用不了多久，你就会知道我是对的。”

9. 黎明前的阴谋

粮王招待大厅里，唐总一边喝茶，一边听我解释，她举止优雅、慈眉善目，直到我词穷，没露出半点儿为难。她将杯子还给女助理，说：“这个没上次味道好了，下次客人来了，记得换另外一盒。”

唐总点燃一支烟，望着我说：“小郭，这件事我不意外，关于你们窦总，我听过他的一些事，没关系，这次合作不成，能交你这样的朋友，我们也很高兴。”我说：“您别见怪，我还是想问您一句，如果我们这次电商做成功了，您会有意向和我们进行新的合作吗？”唐总扭过脸，和身边的总经理对视笑了一下，说：“小郭，我看过你们那个电商项目建设的文件，也和品牌部几个人碰了碰头，我们一致决定暂时不参与这个项目。你也别见怪，感情归感情，生意归生意，我们不能因为以往的感情而影响以后的生意。我请你来喝茶，其实是想说另外一件事，咱们认识这么多天，也合作了几次活动，我们这边的人呢，都对你评价蛮高的，所以如果哪天你想换个工作环境，我们这边会特别欢迎你。”

王蛋蛋送我出门，一路上唠叨个不停，我停下脚步说：“老王，我心里够乱了，你有完没完！”王蛋蛋说：“你傻呀你，你不是一直想做第二产业吗？第二产业里有几家我们这样的公司？刚才唐总话都说到那份儿上了，你怎么不开窍呢？”我说：“我不是说了吗？我现在还不想离职。”王蛋蛋说：“为什么？”我说：“不为什么。”王蛋蛋说：“你是不是觉得那个姓窦的对你有知遇之恩，你感激他，要报答他？他感激你吗？他就差骂你是汉奸了。”我说：“你这是听谁说的？”王蛋蛋说：“李小敢说的，怎么样？”我说：“李小敢是出了名的毒舌，你从他嘴里能听出什么好话！”

电梯门打开，楼道里回荡着嘈杂声，对门公司的东北姑娘扶着玻璃门抻着脖子向里观望，我走过去问：“看什么呢？”她说：“你们公司打架了，刚才好几个打一个，真猛。”我迅速刷完卡推门，她呼的一声向前摔去。

办公大厅内，副总红着脸推搡销售部人员，嘴里埋怨说：“行了行了，你们也太过分了，窦总明天就回来，闹什么闹！”销售部经理说：“窦总回来怎么了？窦总回来我照样打他！”我抓起小马的胳膊问：“怎么回事？”小马唾出一口带血的唾沫，说：“他们要我把咱们和粮王合作的所有文件都交出来，还有联系方式，我不交，说等窦总回来再说，他们就动手。”我说：“马，你先去楼下诊所处理一下，我来跟他们说。”小马甩开我的胳膊说：“还说个屁！老子不干了！跟着这帮蠢货能干出什么来！”销售部经理说：“你说谁呢！”小马说：“说你呢，怎么着？有种跟我单挑，你敢吗？仗着人多耍什么横！”销售部群体躁动，大厅内重新乱成一团。

小马飙着泪将公文包放在桌上，在众目睽睽下收拾笔记本电脑和下面的线团，半分钟后，他站到大门口大声说：“孙子，你们一个个的给我听好了，这是北京，是老子的地盘，有种你们都别出这栋楼！”然后一脚踢倒了门口的巨型盆栽。

我捡起地上的线头说：“大家都散了吧，这件事人事部的同事也不必过早下结论，一切等窦总回来再说。”

老窦低头看表，对副总说：“行了，开始吧。”副总冲门口喊：“各部门动作快点儿！”会议室里里外外的男女纷纷加快脚步，迅速找位置坐下。

投影幕垂下，老窦双手按着桌面说：“一个多月了，大家都没有机会开个全体会议，这次会议开始前，先请咱们新来的副总给大家宣布一件事情，来，小赵，你来说。”副总站起来，向老窦微笑点头示意，然后说：“各位好，我尽量简短。公司决定，从今天起，企划部更改工作性质，只负责日后电商平台的宣传工作，不再涉及具体项目的策划，开除原企划部主管马涛；合并设计部和媒体部，改为运营部，负责电商平台的建设及维护；销售部更改工作性质，今后负责电商平台的招商及运营，销售部经理升为销售总监；公关部改为客服中心，协助新销售部的工作；其他部门的更改请大家留意最近的公告。今后，公司各部门工作统一由我来分配，绩效由我和窦总共同监督，希望大家积极配合公司的安排，谢谢大家。”稀稀拉拉的掌声过后，老窦重新站起来，说：“这次公司组织架构的重新调整，除了我们的电商大方向，最主要的目的还有一个，就是团结，我希望大家能够团结，我从业这么多年，唯一的心得就是团结。团结，我们可以做成任何事；不团结，就算我们手里有再多的人、再多的钱，也注定一事无成。对于那些有意破坏公司团结的人，我不会留下他。那些始终不能和公司站在同一个方向的人，我也请你再好好想想，你的一些看法未必就是对的。”

副总走到投影幕前，伸手扶了下黑框眼镜，开始长篇大论地介绍酒水电商。他的穿着、姿态、动作、口气，无一不在模仿乔布斯，他甚至直接抄袭乔布斯的幽默，惹得销售部几个人连连发笑。他举起右臂，信誓旦旦地说：“我的朋友们，真正的天才根本不屑于参考市场，而是引领市场。”

“你不能离职，”李达接过服务生递过来的酒，说，“你现在走，只能证明你失败了。你们公司现在这种局面又不是你造成的，你事也做了，意见也提了，公司将来怎么样，和你有什么关系？凭什么该走的是你？”我说：“难道要我跟着这些人去做什么酒水电商吗？这又不是我来这里的初衷。”李达冷笑一声说：“问题是你觉得他们能做成吗？你也太高看你们公司那帮人了。”

李达重新招呼吧台，要求服务员换大杯子，我说：“你什么时候酒量这么大了？”李达不答话，转身向远处角落招手，老刘从灯光中慢慢走出来。

李达问我：“你知道他是谁吗？”我说：“什么意思？”老刘说：“小羽，有些事情你不是太明白，这不怪你，你一心都扑在具体工作上了。”我说：“你们到底想说什么？”老刘举起一杯酒，靠过来说：“这个公司原来的总经理老郑是我爸爸当年在国企时的同事，老郑退休后，董事会有意让我爸爸过来经营北京公司，可董事长临时决定用了别人，所以我爸爸只能回到集团另一家子公司去做副总。”我看李达一眼说：“那你们是什么关系？”老刘说：“李总注资的那个子公司就是我爸爸所在的公司，这下你明白了吧？”

“所以……这就是你一直仇视老窦的原因？”我看着老刘说。老刘喝下一口酒说：“谈不上仇视。本来呢，集团的几个董事在郑总退休后有意放弃在北京的传媒事业，一心去搞房地产项目，是我爸爸和李总说服他们留下了这个摊子。当时李总提出要收购这儿，然后交给我爸爸打理，可董事长不甘心，让自己的老同学半路杀出来接管这里。可惜，他倚重的这个老同学不行，一年半的时间，把这里搞得一团糟，董事会其他人很不满，但碍于董事长的面子，只能表面上支持老窦，可在预算支持上，没人投赞成票，所以老窦的电商，不过是镜花水月、无米之炊，根本做不起来。”

老刘把新加冰的酒递给我，继续说：“小羽，你做传媒是个内行，可在企业经营上有点儿外行。以往你把公司的问题归结于裙带，我跟你讲，你看的这些问题都是枝节，而非根本，最终毁掉这个公司的根本不是什么裙带。星安那边也有你说的那种裙带关系，李总和李达还是父女，可人家做得怎么样你也看到了。另外，电商确实是一个趋势，只是目前在白酒行业还没有形成气候，需要一段路走。用亲不是错误，用亲不用贤才是错误；团结也不是错误，团结起来做一件投入与产出不成正比的生意才是错误，这种错误只会加速被投资者遗弃。”

我面无表情地看着老刘，李达说：“总之，你们公司要完了，谁也改变不了这个事实。你们电商网站不是已经建起来了吗？可随后的运转和推广需要很大一笔费用，董事会不会有人买这个账，你们电商平台上线的那一天，也就是老窦和这个地方说再见的时候。”

“小羽，”老刘越发激动，“你了解老窦吗？你别看他有个澳籍华人的身份，其实他骨子里就是个粗俗的浑蛋。他当初能上清华，不过是因为运动员的身份。他在IT业做销售时就是个有名的浑蛋，他挣过钱，也黑过钱，可嗜赌成性，在云顶一夜输了个精光，至今在国外的房贷都是他那个做大学教授的老婆在还。他在上一家单位就因为经常做假账被上级调查，这才趁着董事长的邀请，辞了那边的工作来这边做事。他在海淀还包养着一个情人，他那些所谓的出差，你真以为他是谈项目去了？一句话，他就是个下三滥，还是个老下三滥！”

“所以，留下来吧，”老刘放松口气说，“老窦和这个公司已经无药可救，长则一年，短则半年，这里必定会有一场高层变动，我们做员工的，什么都不必做，等着就好。”李达帮腔说：“是啊，你现在什么都明白了，没必要意气用事。”

我走近李达，看着她说：“你以前不跟我说这些，是怕咱们因此做不成朋友？还是怕断了我这根内线？”李达急了，大声说：“你胡说些什么，把我当什么人了？”我仰头喝完最后一杯酒，说：“不好意思两位，我这边还有点儿事，失陪了。”

西西主动离开了企划部，回到原来的销售部，接着，企划部新员工纷纷向副总提交申请，要求转入如火如荼的其他部门。树倒猢狲散，这是大家的生存智慧，他们没必要再跟着一个失宠的人做事，当初老窦为我成立的企划部，如今只剩下一个空头总监和一个穿旧衣服的姑娘。

行政部经理无辜地望着我，伴随着这份无辜，我交出钥匙，企划部那辆专车分给了人满为患的销售部。销售部恢复周末派对，开车载着本部门同事去各种KTV、度假村解压，他们争相在手机App（应用程序）群里上传聚会照片，老窦故意在群里呼唤我的名字，我知道他并无恶意，不过是在向我这个无帮无派的人炫耀他成就的那份“团结”。

很快，我听到一个传言，大意是：“郭小羽因为嫉恨新来的副总，所以对公司不满。”我不知道这是谁的论断，也许是老窦，也许是新来的副总，也许是其他人，我都不怪他们，因为他们这么说了，自然也就是这么理解的。人们常说：“智商决定思考，胸怀决定善恶。”在有些人眼里，任何反对的声音，都可以理解为个人恩怨，因为这些人的一生，通常只有个人恩怨。

我的CBD生涯跌到谷底，失去了包括尊严在内的一切。如果说销售部是我的第一个敌人，我根本没把他们放在眼里；星安传媒是我的第二个敌人，我可以通过自己的努力来寻求化敌为友的机会；可面对老窦划出的这道鸿沟，我无论如何都迈不过去，我只能眼睁睁地看着他和他的子弟兵们在鸿沟对面的悬崖上无知地狂欢。

为了避开李达、老刘等人，我不再去朝阳路上那间酒吧，下班后也不再直接回家，而是一个人漫无目的地走，直到走累了，迷路了，搭地铁或打个车回来。狂风卷起街边的纸屑，飞到十几米的高空，在灯光中慢慢地盘旋，我终于有时间来看清自己所处的这座城市，它在暮色中静静绽放，美得让我窒息，美得让我心疼。

我走到一处破旧的商场前，那边所有的店面都已经打烊，四周冷清得连只流浪猫都没有，附近居民楼里零星的灯光射出来，隐约照亮商场上方的广告牌，我走过去解读上面的字迹，发现漆迹与锈迹间藏着一道暗红色的血迹，我只看了它一眼，它便在我眼前变得浓烈，接着开始蔓延，从高处滴落到我脚边，发出尖利的声响。我魂飞魄散，喘着粗气跑到附近的闹市区，扶着电线杆把胃里的东西吐了个精光。

老窦的酒水电商平台正式上线，为犒劳员工，也为了炫耀一下自己的雄心和效率，他包下东四环最大的一家自助烧烤餐厅，组织了公司有史以来最大的一次聚餐。聚餐进行到高潮时，我完美地喝大了，一个跟头摔倒在洗手间的地板上，眼前开始像幻灯片一样无次序地播放画面：

李小敢掂着铁锅迎着阳台处的阳光说："王蛋蛋就值得信任吗？你别忘了，他也是生意场上的人。"

老窦站在窗前黑着脸说："小郭，你不该去找李星安，这是你在这个公司做的最错误的一件事。"

李达在众人拉劝下冲我喊："郭小羽，你以为你是谁啊，你有什么资格对我爸这么说话！"

唐总放下茶杯说："小郭，这是生意，我们在生活里都喜欢谈感情，但这是生意。"

我躺在病床上对门口的刘婧说："刘婧，你为什么不喜欢我，我哪里不好？"

前女友将手中的电视遥控器摔到墙上，怒吼道："是你走还是我走！"

伴随李小敢的巴掌，我醒过来，我哑着嗓子问他："这是哪儿，几点了？"李小敢走到床尾，放下背包说："楼下医院，你昨晚喝休克了，刘婧打电话通知我，她跟我……对了，还有你那个姓刘的同事一起把你弄上车的。现在是上午十点半，甭担心，我帮你向你们公司请假了。"我晃晃脑袋坐起来，伸手拔掉针头，李小敢按住我说："你疯啦！"我说："我没事了，回去吧，我不想待在这种地方。"

李小敢拧开门，搀着我进房间，我扶着墙壁慢慢坐到床上，环顾四周说：“你给收拾的？”李小敢说：“就你这狗窝，谁稀罕给你收拾？刘婧干的。昨晚我们俩在医院守你到十一点多，太晚了，我就安排她来你这儿睡了一晚。”我笑着说：“真是个会过日子的好姑娘。”李小敢说：“行啦，有能耐追过来啊，光说有个屁用。想吃什么，我给你弄去。”我说：“随便吧。”

我挪到窗边，拉开帘子打开窗户，寒气瞬间布满整个房间，像团冰冷的诅咒。

10. 走廊里的汉奸

新年过去，春光早到，我变得更加慵懒，不再按时上班，公司规定总监以上级别的人最晚可以十点半打卡，我正好利用这个便利躲避频繁的会议。副总从会议室走出来，远远望见前台处打卡的我，虽有不悦，却也不好说什么。

会议的频繁，预示着问题的出现。就像李达说的那样，电商平台建设起来容易，要做到有影响力地运营却很难，仅第一阶段的推广就需要很大一笔钱，可公司没钱，新领导班子的预算申请年前就交到高层，之后却石沉大海。老窦和副总摸不着头脑，天真地以为预算申请报告出了问题，号召各部门领导频繁开会，重新做预算。

老窦亲自参与到新预算的工作中，脸色比其他人更加紧张，显然他也在思考董事会的举动，并且意识到自己可能走了一步错棋。原本在老窦眼里，搞定董事长就搞定了一切，董事长点头同意的事情，董事会其他成员即使有看法，也不可能不给面子，可他没想到，这个老家伙在最后一刻将电商项目甩给其他人抉择，自己主动选择了消失。

董事长言败了，北京公司的项目触犯了众怒，从集团公司到各个子公司，几乎人人与老窦为敌。董事长心里明白，大多数产业，自己只是个投资者，并不是经营者，是别人成就了他的财富和名声，他宁可放弃自己的一些梦想，也不愿放弃这些帮他赚钱的人。

董事长、李星安和老窦，三人是同一届毕业的清华校友，如今一个是边陲首富，一个是京城传媒业大亨，一个是即将被抛弃的打工者。

清明节过后的第二个周末，老窦打来电话，时隔半年，他第一次主动打电话给我。我向篮球场上的队友示意换人，跑到场边翻出电话问："什么事？"他说："方便吗？晚上老地方喝一杯。"我说："跟几个朋友在体育馆打球，晚上说好一块儿吃饭的，您有什么事可以在电话里告诉我，我帮您想想。"他说："还是当面说比较好，那你明天有空吗？"我说："算了，窦总，就今晚见吧，我也很久没去过那边了。"

我冲场上的人喊："哥儿几个，晚上我有点儿公事，就不跟你们吃饭了。"王蛋蛋回头说："你这人有准儿没准儿啊，大周六的有个屁公事，不会又是那个李达吧？约会就约会，装什么公事啊？"我说："不是李达，公司老总，晚上约我去酒吧谈事情，你要不要去？"王蛋蛋一边运球一边说："不去！"

服务生码完杯子，说："最近老没见你，干什么去了？"我说："死了一阵子。"老窦笑笑，饮下一口酒，望一眼王蛋蛋，又望了望我，说："小郭，我可能要走了。"我说："为什么？因为新项目被否了吗？"老窦再饮一口，说："不是。这件事情我也就跟你说说，你不要告诉别人。董事长最近找我谈话，说让集团另一个姓刘的老总来北京帮我一起打理公司业务，而且还要出让北京公司三分之一的股份给星安传媒，说是人多好办事，哼，这不扯淡吗？明摆着要把我架空，架空我以后，让咱们公司给星安传媒做小弟、打下手。"我陪他沉默了一会儿，说："那电商项目呢，他表态了没？"他说："这老家伙嘴上说依然支持我们做电商，可嘴上说有个屁用，他把预算的审核权完全扔给了董事会其他几个头头儿，至今也没个动静。唉，我真是看错了他。"

他把手搭在我的肩膀上，皱起眉头说："小郭，我有感觉，我走以后，你会得到他们重用。我无所谓，过不了几年也该退休了，回澳洲可以做点儿自己的事情，但我不放心我那帮小兄弟，他们跟了我这么多年，我对不住他们，我希望你到时候替他们说几句话，把咱们努力了半年多的电商平台保留下来，给大家一个重新开始的机会。”我说：“您觉得我的话有那么大分量吗？”老窦说：“试试看吧，老弟，我知道你和李星安的关系不错，就算看在大家相处两年的情分上，你也该试试看。”

大路旁边，老窦回过头说：“别送了，你们回去接着玩吧。”我说：“窦总，这里离您住的地方挺远的，还是打辆车吧。”他说：“不用，没多远，我正好溜达溜达。”

王蛋蛋望着老窦的背影，说：“料想到了他的结局，没想到这么快。”我说：“怪不得别人，人家给过他机会，是他自己不好好把握，到头来，还是被人家抛弃了。”王蛋蛋说：“这种地方，每天不知道有多少人和他一样的下场。哼，有魅力有追求，顶个屁用！”我笑出来，说：“你今儿是怎么了？这么多感慨。”王蛋蛋说：“我是好心，劝你早点儿离开那个是非之地。你看看你周围这个地方，高楼大厦、琼楼玉宇，这里面藏着多少名不副实的公司？你再看看你身边那些人，一个个西装革履、油头粉面，张口闭口做品牌、求发展，有几个真想做品牌、求发展的？不过是一家家急功近利的小作坊，搞上市只为敛财，吹专业只为行骗。有些人标榜自己忠诚，一辈子只做个执行的角色，从不敢提意见，也反对别人提意见。有些人拿无知当个性，总认为自己走在时代前沿，结果死得比谁都快。总之一句话，你在这种地方跟着这些人工作，还不如去摆个摊卖煎饼，煎饼做不好，顶多是个烟，跟这些人混，小心把自己的前途都搭进去。”

老窦离职了，在一个反常的长长的春季里离职了，出于尊严，他没再去公司，只是象征性地交接了下手头的工作，随后便搭上了飞往墨尔本的飞机。从子弟兵的神情上可以看出，老窦的确将离职的消息第一个告诉了我，他们惊诧之余，紧紧依附在副总身边，期望这份最后的团结能够挽留住酒水电商项目和他们的未来。但在其他一些老员工眼里，这些人分明就是丧家之犬，大家不再对子弟兵们客气，面露嫌弃地同他们说话，吃饭和下班也对他们视而不见。

老刘点上香烟，靠在墙上一脸得意地说：“小羽，咱们赢了。”我说：“我没赢，是你赢了。”

新老总和新副总阅完书面资料，开始约各部门员工聊天。他们在附近的茶社单独接见我，直言对销售部人员的失望，问我有什么看法。我兑现对老窦的承诺，帮子弟兵们说了好话，我故意把一切责任推到老窦头上，说是他在管理上的疏忽和项目运作上的多变导致了公司的混乱，这一切都和基层员工没什么关系，大家都是出来打工的，跟什么样的领导就做什么样的事。

布告栏贴出通知，新领导明示，组织架构调整期间，不会有人被辞退或降薪，相反，部分人员的薪水会根据实际表现进行上调。告示一出，惴惴不安的办公大厅舒了一口气，尤其是销售部成员，劫后余生般感动，销售部总监号召本部门所有员工凑钱请新来的刘总吃饭。尽管老刘从中作梗，试图阻止他的父亲答应这次饭局，刘总还是接受了邀请，只是他坚持不花员工的钱，改为自己请客。销售部人人知道我在刘总面前替他们说了话，可他们没人请我吃饭，也没在我面前吐露过一丝感激，这就是职场上的人，一开始看你不顺眼，就别指望以后再看你顺眼。

就像这迟迟不愿溜走的春色一样，公司呈现出从未有过的和谐与温暖，新领导并没有想象中那么坏，相反他们比老窦更仗义，更随和，也更聪明，乱世之后，他们轻徭薄赋，第一时间便收买了人心。

刘婧隐瞒了她离职的消息，我到人事部质问："谁同意她走的？这事我没签字，你们签什么字？"人事部经理说："她直接找新来的刘总签的字，有刘总签字，我们只好办交接，我们也以为她和你商量过了。"我说："这丫头向我请了一周的假，我还以为她回老家了。"人事部经理说："她后天来公司办理最后一项社保手续，到时候你问她就是了。"

刘婧捧着箱子站在门口，我打开门说："进来坐吧。"她把箱子放在地上，关上门，坐在沙发上不说话。也许是特意向我告别，她第一次穿了我买给她的那条裤子。

"为什么要离职？"我说，"你总得有个理由吧，公司重新开展工作了，也给大家加了薪。”她低着头说：“我找了新工作，下周就过去上班。”我说：“我知道你说的那家公司，给的并不比这边高，公司注册资金还不到这里的十分之一，你干吗不留下来？”“留下来干吗？”她抬起头说，“留下来跟销售部那帮人一样吗！”

我没了词，呆呆地望着她，她也盯着我一动不动，沉默过后，我开口说：“我送你吧，你这么多东西。”她说：“不用，叫好出租车了，你送我到楼下就好。”

出租车司机在园区大门外招手，刘婧抱着箱子转过身说：“郭哥，你回去吧。”我正要说话，西西从后面跑过来，站在我旁边哽咽着说：“刘婧……”刘婧说：“回去吧，西西，你还得上班。”西西走过去抱住刘婧哭起来，刘婧手里的箱子倾斜，花花绿绿的书籍散落开来。

她抱着哭鼻子的西西，眼睛自始至终冷冷地望着我，那是一种永别的眼神，就像我在这个城市见过的众多永别式的眼神一样。王蛋蛋说过：“北京太大，大得你真的可以忘了一切，那些美好的、不美好的，都会随着岁月流逝与环境变迁一点点消失不见。”人潮涌动的都市，没有什么是永恒的，也没有什么不可替代，我们为自负者感叹，为失败者惋惜，为无辜者伤感，这些都会在未来的某刻被提及者一带而过，我们其实和我们所在的这座城市一样无情。

老窦败了，败得一塌糊涂，我没有想到的是，为他殉葬的，是一个贫苦的姑娘。

新时期第一次全员会议隆重召开，除了在外度假未归的董事长外，所有董事会成员都专程来京参加这次会议，李星安父女作为资方代表和副总经理，也出现在会议现场。原副总作为老班子代表站起来发言，他将全部时间奉献给了他为之奋斗的酒水电商事业，继续向董事会成员索要两千万元的平台推广预算费用。也许是董事长的缺席，使他误以为老板依旧站在他这边，于是拾起了这最后一丝希望，他的声音有些颤抖，语气有些悲壮，矛头直接指向了公司的效率和体制。原副总发言期间，对面坐着的几位董事会长老不时地交头接耳，甚至不自觉地笑出声来。

我站起来发言，声音比原副总更加颤抖，语气更加悲壮，我向在场的所有领导和同事摆明了自己的立场：我反对做酒水电商平台项目，这些都是当初北京公司内外交困、预算枯竭之下的无奈之举，是盲目的、冲动的、孤注一掷的，如果公司继续做这个危险大于意义的项目，我拒绝参与。

整个会场炸开了锅，原副总和销售部总监站起来与我激辩，每个人都涨红了脸，仿佛积怨多年的仇家一朝开战。很快，李达和老刘站起来为我助阵，老刘干脆成了主角，丝毫不顾及他爸爸的面子，大声嚷嚷说，公司赶走了豺狼，却留下了蛀虫。

老刘的爸爸，自然不会像自己儿子那样冒失，他站起来严厉斥责老刘，安抚大家坐下，他笑着说："我很喜欢这种开会的气氛，公司要想发展，就必须听取每一个员工的意见。开会，就是让大家发言的，有什么想法都要勇敢提出来，自古没有争执就没有进步。我个人对酒水电商平台建设的想法和各位其实都差不多，一方面，电商是个趋势，我们一定会继续参与下去，只不过现阶段不适合搞'大跃进'，只能作为一个辅助服务项目去试水。至于小羽刚才说的那些，我也基本认同，企划部今后的工作方向，我和李总已经有了安排。"

散会后的走廊上，同事们个个萎靡，他们绝大多数都各有立场，但还是被会议上的争吵吓蒙了。西西走过我身边，头也不回地说了一声："汉奸。"我停下脚步，望着她的背影，她走至楼道口，依旧不回头地提高分贝说："汉奸！"

销售部人员拥进办公室，集体为西西说情，我关上门，站到他们面前说："大家放心，我不在意她骂我汉奸，她不过骂了两声而已，有些人心里恐怕早骂了我一万遍了，但是你们记着，西西骂我汉奸这件事，以后谁都不许再提，尤其不能让新来的领导知道，如果你们真的为西西好，就到此为止，知道了吗？"销售部一个男生说："郭哥，其实我们大家觉得你今天在会上的发言挺有道理的，我们也知道你不是第一次反对做电商平台，大家都是苦过来的，你说的很多话也是我们这些人的心里话。还有你上次在刘总面前替我们说话的事，我们大伙儿都知道，所以一直想找个机会谢谢你。”我说：“我也谢谢大家，我这人说话冲，但历来对事不对人，大家不必在意。”

李达走进来，望着满屋子的人问：“怎么回事？”我对销售部同事说：“大家先回去工作吧，记着我刚才说的话。”销售部同事散去，李达关上门，笑嘻嘻地走过来说：“你今天在会上还挺有种的。”我说：“你过来就为了跟我说这个？”李达说：“你赢了啊，干吗哭丧个脸？”我说：“姑奶奶，我心里也不好受好吗？你让我一个人静一会儿。”

当晚，全体人员聚餐，我提前离席，一个人向家的方向走去。半路上电话响起，是陌生号码，老窦在电话里扯着嗓子说：“你今天在会上说的是什么话！电商平台我们辛辛苦苦做了大半年才上线，整个过程你也参与了，现在你当着李星安和董事会那帮人攻击我们的项目，你算什么东西？你就是一个小人，我告诉你，郭小羽，就你这种人，一辈子都别想成功，你……”我把电话从耳旁拿下来继续走，一分钟后，电话里只剩下了喘气，我放回嘴边说：“再见，窦总，祝你在澳洲生活愉快。”

公司布告栏贴出新的告示，语气不再像上一次那样温婉，销售部西西被开除，原副总和销售部总监被降为电商部主管。原副总一怒之下辞了职，新的电商部主管也就此在这家公司消沉，而公司也正如老窦当初所说的那样，被新领导定义为星安传媒的小弟，协助星安开发新的客户，接手星安赠予和遗弃的工作。

11. 再见河水

一切回到当初的样子，我又做起真正的传媒工作，每日里坐着有专属司机的车辆在产业巨头与知名媒体间穿梭。镁光灯前，我字正腔圆地对着话筒说大话，觉得自己比想象中更虚伪，觥筹交错间，我举着酒杯依附在各类名人身边寒暄，觉得自己比他们更丑陋。我怀疑这一切都是必然，我跟这个行业的缘分真的走到了尽头。

李小敢舞动剪刀说："你这是二婚综合征，第一次婚姻失败了，再婚时就算是个仙女，也会产生焦虑，习惯就好了。"我说："万一我真的对这一行失去兴趣了呢，我是不是该考虑换个环境，重新激发一下事业心？"李小敢弯下腰，扳着我的脑袋看着镜子说："你不就是想去王蛋蛋他们公司吗？找个时间过去聊聊呗，那边给你准信了，你再求这边的领导放你走。"

唐总笑起来，问："你觉得这次的茶怎么样？"我说："说不上来，好像比上次味道浓了点儿。"她招呼旁边的女助理给我加水，王蛋蛋把iPad（苹果公司生产的平板电脑）递过来说："你看，这是我们人事部刚刚给你开出的职位、薪水，还有工作内容，回头再给你发一封正式邮件。职位呢，没有你现在的高，只是市场部经理，但我们这边不设总监职位，所以你的工作汇报对象和我一样，都是总经理或总裁。待遇呢，和你目前的差不多，因为我们有国企背景，所以福利会多一些。”唐总说：“以后这边三个新品牌的推广工作都交给你负责，小王的部门也会全力配合你的工作。马上要过双节了，双节后是白酒的旺季，所以我们希望你尽快过来。”

我跳槽去粮王的消息不胫而走，为缓和尴尬，我送给刘总和新副总每人一份礼物，并告诉他们，我不会回来了。刘总见我去意已决，不再坚持，起身说：“我和大家请你吃个饭吧，一来呢，算送别；二来，算我们大家对你这两年多来对公司的贡献表示一下感谢。”我说：“不用了，刘总，以后大家在北京还是会见面的。”

窗外淅淅沥沥的秋雨下起来，我收拾好东西，站在办公大厅和大家话别，公司里除了几个被数字折磨得焦头烂额的会计，所有人都站起来目送。

刘总和几个部门经理撑着伞，一直将我送到了园区大门处，出租车司机在远处招手，我几乎动容了，回过头说：“大家都回去吧，还得上班。”

两天后，那场雨停了，我在家里接到老刘的电话，在我离开后的第二天中午，一伙人冲进公司，接着坐电梯冲进底商餐厅，他们当着餐厅保安的面殴打电商部主管和其他几名成员，直到值班警务人员赶到才停手。老刘说：“小马被警察带走前，问我你和刘婧去哪里了，我说你们离职了，他站了会儿，什么也没说，钻进警车走了。”我说：“他以后不会再恨那个地方了。”

门铃一遍遍吵，我从沙发上摔下来，光着脚跑过去开门。李达黑着脸站在门口，我揉揉眼睛说：“你啊，进来吧。”她说：“你离职干吗不跟我说一声，你什么意思？”我说：“进来说吧。”她说：“我就问你一句，你到底拿不拿我当朋友？这些天你线上不回话，电话打不通，你是不是真把我当成你同事了？”我说：“哎呀，什么同事？我说你这一大早的跑过来连门都不进，就为了问罪？”她说：“我不进你那狗窝，我来是告诉你，我明天晚上在君王酒店二楼过生日，去年你没来，今年是我爸爸亲自给我安排的，你必须得来。”我说：“好，这回肯定去。”她说：“得，我走了，你接着睡吧。”

不出所料，李达的生日宴会被她爸爸生生搞成了糖酒展，酒店外面停着各式各样的名车，二楼会场站着各式各样的制服男，就连洗手间都是发胶和香水的味道。我的老同事们来了，远远地与我打招呼，他们个个油头粉面、领带发亮，老刘甚至带了一个野模打扮的女助理。王蛋蛋捅捅我，小声说：“我说什么来着，你瞧你们俩这身帽衫，多寒碜。”李小敢说：“去你的，老子开理发店的，你给老子买正装啊。”

李达的礼物，我琢磨了一晚上，结果还是出了洋相。现场拆包裹环节，排在我前面的不是名表就是高级美容年卡，最后，在众目睽睽之下，司仪拿起我的礼物扯着嗓子说："最后一个厉害了……他叫什么来着？"李达低头白司仪一眼说："郭小羽。"司仪说："啊，郭小羽，既然能排到最后，那肯定是压轴大礼了，会是什么呢？让我们拭目以待。"李达撕开司仪手里的包裹，费劲地抽出礼物，结果因为这本书过于笨重和松散，啪的一声散落到地上，司仪脱口而出："啊，原来是一本破书。"台下哄堂大笑，李达呆呆地站在台上，双手接过司仪弯腰捡起的纸张，脸色像酒店门口的山寨雕塑一样难看。

我笑着走到台上，捡起剩下的几页塞到李达手里，对台下的人说："是我送的书，名字叫《二十世纪大博览》，不好意思，年头有点儿久，装帧都松掉了。这是我和我朋友上大学时最喜欢的一本书，很早就绝版了，买不到，所以我们几个人当初合伙把它从图书馆偷了出来，这就是偷出来的那本。"台下又是一片哄笑，李达当着我的面，将手里的书和纸页高高举起，重新摔到地上，台下的人前仰后合，笑得更加放肆。

李小敢急了，站起来说："笑什么笑，你们有什么资格笑话别人的礼物，这就是你们这些人的修养？"现场静下来，我走下去说："不许乱说话！"李小敢说："谁乱说话了，我早就跟你说别来这种地方，你非要过来现眼，你看看这里有一个好人没有！"李达从后面冲出来，说："你说谁不是好人？"李小敢说："说你呢，怎么了？你横什么横，有钱了不起啊，别人都得拿香供着你啊！”

王蛋蛋紧紧抱住李小敢，我紧紧抱住李达，老同事们也第一时间参加了拉架阵容。李达气红了眼，伸手甩我一记耳光，喊道：“郭小羽，你要还当我是你朋友，就把这个娘娘腔给我请出去，我这里不欢迎这种没素质的贱货！”

所有人停下来，齐刷刷望向我。我摸了把脸，拉起李小敢和王蛋蛋向外面走，人群呼啦啦让开一条空隙，空隙尽头，刘总慢慢站了出来，他一脸酸楚地说：“小羽……”我冲他笑笑，继续向外面走去。

楼道口，李小敢甩开我的手，回身骂道：“你们这帮假洋派的土豪，傻——×！”

我在三十岁那年的秋天，结束了自己的第三产业生涯，成为一家知名酒企的高管。昔日朋友在网上看到消息，纷纷来电祝贺，作为老油条，我当然知道这里面没几个真心的，大家不过是恭维我身后那家企业。在这个行业待久了，我们都不自觉地变得势利，我们对“势”和“利”的敏感程度，让我们忘记了真正的朋友应该是什么样的。

星安传媒成为我新公司的推广伙伴，虽然过往的种种使大家在情感层面上有点儿复杂，但这是生意，就像唐总说的，生意和感情是若即若离的虚伪关系，职场上真真假假的感情有时会阻碍利益的产生，利益却能挽救职场上真真假假的感情。这很像扔一捆钱在门口，九成夫妻立刻会停止争吵，这一点儿也不浪漫，却皆大欢喜。

我合上笔记本电脑，收起桌上的文件，李星安说："小郭，不到半个钟头就下班了，留这边吃饭吧，我一会儿正好有个饭局。"我说："不了，下次再蹭您老的饭。达子现在在哪个办公室？"李星安笑着说："对门公关部隔壁。"

我凑近敲门，李达说："进来。"我走进去，关上门说："忙呢？"她抬头看我一眼，继续敲键盘，说："跟我爸谈完了？"我说："下班有事吗？"她不抬头说："怎么，请我吃饭？"我说："今天是平安夜，想去以前工作的那个园区看看，顺便在那边吃个饭。"她说："行，等着吧，手头还有好几百字呢。"

SOHO园区内，李达抱着双臂说："看来你在粮王挺得意啊，脸上都有肉了。"我说："还行吧，换了个立场而已，做的还是原来那一套工作。"她说："你们闹我生日会那回，是不是早就算计好了？"我说："哇，你真是聪明的姑娘，怎么可能……不是，哈哈。"她说："你们可真够损的，我回家后上网一查，才知道那本破书一直都有卖的，您这算是给当年糖酒展上的那帮老同事报了大仇哈。"我说："我也就是想跟你开个玩笑，没想到李小敢真急了，事先排练好的台词都没怎么用上。"李达皱起眉："你说这得多大仇才能憋出这么恶毒下流的手段啊？"我说：“行啦，别不依不饶的了，为这事我不都道过好几次歉了吗？再说，你也报仇啦，当着那么多人的面扇我，我长这么大，除了我爹没人打过我耳光。”“打你怎么了？”她说，“你这种人就是欠打。”我说：“对了，那本书呢，你扔了吗？”她说：“没扔，放我床头书架上了，看见一次恨你一次。”

我靠在冷饮店柜台前，一遍遍回复手机里的信息，她放下手里的单子说：“你就不能调成静音啊。谁呀这是？瞧把你兴奋的。”我收起电话说：“你猜是谁？”她低头看着单子说：“我哪儿知道是哪个小姑娘？”我说：“是老窦发来的，他过几天回国，路过北京，想约我一起吃个饭。”她把单子还给服务生，说：“这人脸皮够厚的。怎么，他在北京还有朋友？”我说：“你也别这么说，其实他人不坏。每个人都有瓶颈，也都有擅长的领域，不能用一种眼神看人。”她说：“那你说说我的瓶颈是什么，我又擅长什么？”我说：“您哪里有什么瓶颈？您都抖到天上去了。”她说：“德行。”

服务生把甜筒递给我，问：“你这么早就下班啦？”我说：“这怎么说话的，我今天没上班啊。”服务生说：“你不是前面右拐那个2B的大哥吗？”我说：“以前是，现在不是了。”

李达吃完几口冰淇淋，勺子叼在嘴里哼歌，我拿眼睛瞄她，她拔出勺子说：“看够了没？怎么样，长得不错吧？”我笑了下说：“很奇怪，你长得不像你爸，也不像你妈。”“谁说我不像我妈？”她说，“你见的那是我后妈。我妈在我十岁的时候就去世了，心脏病。喏，就在前面河边那个医院。”我说：“对不起啊。”她摆摆手说：“嗐，这有什么不能讲的？我后妈是个好人，我爸也很疼我，我家里还这么有钱，上帝对我挺好的。”

暮色开始吞噬通惠河畔，远处鸣着喇叭的车辆将桥头堵得严严实实，近处的电动车和摊贩纠结在一起，争吵着，挪动着，共同交织出京城高峰期的壮丽景象。李达解开盘着的头发，扶着河边栏杆，闭眼呼吸对面吹来的寒气。我对她说：“你看这条河，以前每次去公司加班路过这里，我都会望它一眼，总觉得它是一汪不动的死水，后来离职了，有了很多时间在这边逛，才发现它其实一直在流动。”她说：“都结冰了，还流什么流？”我说：“冰下面也是流动的。”她说：“我明白你的意思，人只有放慢脚步，才能感受到自己的灵魂。这一点我确实挺佩服你的，你能在这么拥挤的地方散步，我不行，平时踩个刹车心都急。在这种地方生活，大家只会比谁走得快，都怕比别人走得慢。”我说：“所以，有些人离开这边是对的，离开了，才能有自己的生活。”她扑哧一声笑出来，睁开眼说：“又来了，你这是说你呢，还是你们那个窦总？”我低了下头，站直身子说：“李达，你觉得我这样的人追你这样的姑娘，能有几成把握？”

她望着我，半天不说话，我开始紧张，看她的眼神开始飘忽，她问我：“你这算是求爱吗？”我说：“嗯……算。”她说："老子认识了你两年，你现在在一条臭水沟旁跟老子说这些？"我说："我也是离开这边后才敢想这件事，想了挺久的。没关系，反正你拒绝我无论在人类学上还是经济学上都属于正常，对吧？我这种人也能坦然接受，大不了我再调整坐标去试试别的人……"她扑过来一把抱住我说："试你妹！"

我摸着她后背上凸起的肩胛骨，闻着她头发上的气息，心脏跳得像个十几岁的孩子，远处的灯火在我面前像糖果一样融化开来。

门慢慢挪开，李小敢脑袋夹在门缝里说："钥匙呢？不会自己开门！"我说："全身摸遍了也没找到，应该是落家里了。"他说："干吗去了？这时候才回来，给你发短信也不回。"我说："电话没电了，和朋友一块儿吃了个饭，然后去酒吧看了场球。你快点儿让我进去，冷死了。"李小敢推开门说："小点儿声，屋里有人睡觉。"我瞄了眼走廊边上的行李箱，说："你朋友？"他说："一个失恋的姑娘，跑咱们家哭鼻子来了。"

李小敢打开客厅的灯，我走到沙发前面，蹲下来看着毯子下面的刘婧，说："要不让她睡我屋吧，我睡这儿就行。"李小敢说："算了，哭了一晚上，就让她在这儿睡吧，我们本来说要等你回来，谁知道你没谱儿，我就带她去楼下吃了个夜宵。"我说："嗯，你回去接着睡吧，我洗个澡也回我房间睡，明天不用上班，大家起来后再说吧。"李小敢走到门口，回过头说："你洗完出来记得给她关上客厅里的灯。”

喷头的水冲出来，我闭眼打了一个冷战，紧绷的身体渐渐松弛下来，透过水雾中的窗口我向外望去，发现一道游走着的青云，它的后面，是一轮硕大的月亮。

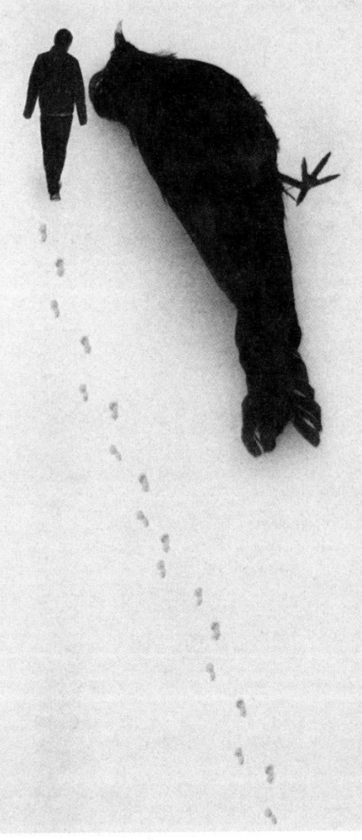

“除了钱，没东西能难倒你姐姐，这女人性格太硬了。”

VOL. 07

07.

姐姐的战争

1.

姐姐和班花是闺密，后来姐妹俩闹翻，打架。班花身手矫健，一把抓住姐姐的头发，打姐姐脸颊，嘴里问候我母亲。姐姐被压着头，一边哭鼻子，一边问候班花的母亲。她早已失去控制力，却死死抓着班花一绺儿头发，以捍卫她最后一丝尊严。孩子们看热闹，起哄，没一个过来拉劝。姐姐的鼻子被打出血，血和泪水掺在一起顺着松散的头发滴下。班花打累了，问候过我母亲，松开手，姐姐抹了把脸，慢慢走回座位，趴下，大哭。

姐姐和白富美的这场肉搏在某种意义上就是她半生的写照，她堪称完败。据说她从出生就带着败象，深秋，万物衰败；属羊，触女人之讳；阳火命，更是注定操劳一世。奶奶当年望着地上的脐带，喃喃道：“老天爷，保佑这闺女能活命。”

姐姐六岁半时，左鬓生出骨刺，难倒十里八乡的郎中。姐姐这根骨刺，仿佛附身的妖魔，折磨得她夜不能寐，折磨得她眼黑气喘，终于，在家人万念俱灰地叩首问天的时候，她挣脱母亲，跑到院子里，一头栽倒在炉火台上，哇地喷出两坨鲜红的血块。母亲大叫着奔出，她从炉火台边缓缓爬起，抹了把脸回过头说：“娘，我好像没事了。”

活了命的姐姐随后和其他孩子一起去上学，相比家徒四壁和贫贱夫妻无休止的争吵，她显然更喜欢学校，或者说她所有的快乐都来自学校。她的长相和成绩毫不起眼，可她爱那个地方，爱老师的点名，爱书本扉页的芳香，爱伙伴的嬉闹，直到肩臂三道杠的班花因为一把铅笔刀把她揍得稀里哗啦，她这才发现这所学校其实并没有她想象中那般爱她。

1993年，姐姐十四岁，上乡中，迎来初恋。她连初恋都一股子悲壮，人家是全年级女生的梦中情人，更是班花的男朋友。这个长相酷似林志颖的男生喜欢拉帮结派、打架斗殴，每次打架，后面都跟着上百人的围观队伍，尘土扬起。“林志颖”打赢，他高昂头颅，目不斜视地走过人群，众喽啰在身后紧紧跟随，他突然甩一下头发，人群中几个姑娘失去了重心。

“林志颖”这样的好汉，一般都避免不了被开除的命运，班花会考结束后也离开了乡中，两人挑个好日子，鞭炮齐鸣地订了婚。“志颖”的爸爸是班车司机，与我父亲同年，叫大喜，大喜四两白酒下肚，开始讲酒话，深情地望着父亲说：“老哥，咱做亲家吧，只要你一句话，我这就找人退亲去。”父亲轻轻拍了拍大喜的肩膀，说：“放你的屁。”

夜晚，停电了，父亲在烛光下安慰自己的女儿，他说：“算了，闺女，咱好好上学，将来会有更好的。”姐姐低头饮泣，我很心疼她，却不能上前安慰，因为我只有十岁。

2.

1996年，父亲从单位下岗，找不到好营生，母亲起早贪黑去工业区打工，挣四口人的嚼裹儿。作为一家之主，母亲动了不让落榜女儿复读的念头，眼看着两个娃都大了，她力不从心。姐姐想接着读，她坚信只有死死抓住上学这条路才能打赢出身，只有高学历和体面的工作才能挽回她人生的最后一丝尊严。她含着眼泪一家一家去求亲戚，这才有了读高中的机会。

穷人家的姑娘，有书读，已然知足，从不敢向往其他同龄人向往或拥有的东西。姐姐已过豆蔻之年，出落得亭亭玉立，引得成片男生觊觎，她的闺密私下都有男友，她却不敢恋爱，她怕恋爱，怕恋爱影响她那本来就一般的学习成绩，她甚至没有勇气接受男生的目光，她在日复一日的拮据与自卑中变得越发冷漠。

“王雅莉！”理科班的毛毛在二楼扯着嗓子喊，王雅莉没有应声，低着脑袋加速前行。她的心怦怦乱跳，额头渗出汗珠，她分不清这种感觉是厌恶还是不安，就像她无法理解那个昏热躁动的夏天。“王雅莉！”毛毛继续扯着嗓子喊，楼层开始躁动，女孩子偷笑，男孩子帮腔，甚至有人吹起口哨。王雅莉忍无可忍，一脚踩烂地上的情书，仰首回敬一句：“喊你妈个×喊！”楼层更加躁动，女孩子哈哈大笑，男孩子集体起哄，这下该毛毛露怯了，他涨红脸蛋，表情呆傻僵硬，不知如何收场。

毛毛活该挨骂，他这两嗓子让王雅莉出了大名，也让王雅莉最好的闺密心碎了一地。整个文科班都知道程墨暗恋毛毛，毛毛却当众向别人扔了纸飞机，程墨只好申请调换了宿舍，再没勇气见王雅莉。

高考成绩出来，姐姐失利，分数只过了当地邢台学院的录取线。程墨留下复读，铁了心要报考和毛毛一样的大学。姐姐另一名闺密葛青考取了北大，声名大噪，四年后又栖身党校，一飞冲天。

几年后，程墨给姐姐写了一封很长的邮件，内容不详。又过了几年，程墨和毛毛在石家庄离婚，她不得不托人起诉并独自办理了手续，因为老公和她的一个女学生跑了。姐姐对我说："程墨挺可怜的，她付出了那么多，毛毛却从来没有爱过她。"

我回老家帮老乡盖新房，工地上邂逅传说中的"林志颖"。可叹"志颖"，怎么也会有沧桑，所以不再是年轻的模样。他拖动二百斤的身体走来，望着我，想说什么，却又不知从何说起，只递了根烟了事。"志颖"接爸爸大喜的班开了班车，班花妻子在村里小学做了民办教师，一家人过着微不足道的乡下小日子，世间太多的故事，其实都没有胜者。

3.

葛青曾对我说："除了钱，没东西能难倒你姐姐，这女人性格太硬了。"

可她偏偏是个穷人家的姑娘，钱是她的心病，钱是她的梦魇，她如愿以偿地上了高校，却逃不开人生的头号大敌。那是家里最困难的时期，弟弟也上了高中，家里却只有一个人在工作。为了不让弟弟借钱读书，她将全部课外时间都用在兼职上，做家教，刷盘子，发传单，即便这样，她的名字依旧和其他贫困生一起出现在学校的催款栏中，她不敢看那块板子，她是邢台学院有史以来唯一一个欠着学费和贷款利息的校学生会主席。

她变得外向，作风干练，言语刻薄，骑着一辆二手自行车风尘仆仆地奔波在城市的各个角落，只要人家脸不是太臭，不拖欠工资，她就帮人家干。她不舍得去食堂吃饭，写了个简易的营养食谱钉在床头。她自己动手剪头发，并将同宿舍所有女生的发型剪乱。她信奉一个古老的教条："人怕做事，事怕人做。"也许是经历过太多的人情冷漠，她笃信自我的力量，不再轻易接受别人的施舍。做完家教，对方家长称孩子的爸爸是市人事局局长，毕业想进哪所学校教书可以帮忙，她告诉人家毕业后只想考国家公务员。

站牌下，她帮我背好包，拍拍我裤子上的尘土说："记着，小子，咱这样的家庭，上个学不容易，好好学，什么都是假的，只有学到的东西才是真的。"

大学恋爱公开化，她没有心思，也没有时间，学生会的学弟暗恋她，不敢表白，似乎任何心志孱弱的男生在她面前都会失去胆量。表姐的婚礼上，表姐夫那肉嘟嘟的发小儿对她一见钟情，她婉拒，肉嘟嘟不甘心，每隔半月必回邢台探家，探家必来看姐姐。校门口，姐姐说："你来干啥？"肉嘟嘟说："没事，回家，顺道看看你呗。"姐姐说："回家吧。"肉嘟嘟说："嗯。"如此数年，孜孜不倦。

我问王雅莉，为什么选择肉嘟嘟？王雅莉讲了个故事。话说这肉嘟嘟也算个官二代，父母均吃皇粮，他中专毕业，找不到工作，又不想和其他机关子弟一样落得个啃老的名声，一怒之下与我表姐夫去京城做保安，月薪一千，管吃管住管制服，干了五年，携五万现金归来，肉嘟嘟的妈又疼又气，当场就把儿子给打了。

肉嘟嘟赢了，他以不可思议的执着和令人发指的节俭打动了王雅莉，王雅莉说服母亲，一分彩礼钱没要，风风光光地嫁给了他。但在大多数人眼里，王雅莉的出嫁充满了投机色彩，她考上了肉嘟嘟父母所在单位的公务员，尽管她在一百多位竞聘者中笔试是第一名，面试的时候公婆还是出面帮了不少忙。

毕业合影那天，校门口来了个人，姐姐和表姐一同出去迎接。毛毛对姐姐说他要和程墨结婚了，希望姐姐周末来参加他们在老家的婚礼，姐姐说周末就要大考，肯定去不了。毛毛在远处突然把车停下，站出来，关掉车门，对着天空扯着嗓子喊了一声：“王雅莉！”然后头也不回地钻进车里走了。表姐说：“这男的谁啊，怎么这么逗啊？”姐姐抹了把脸，笑着说：“一个傻小子。”

4.

参加工作后的姐姐接了母亲的班，执掌全家的财政。每到年底，她做好几页的家庭财务报表给我，我一次也没看过，她收起来说：“你不爱看没啥，但我必须得做。”她继承了母亲当年的勤奋和节俭，却远比当年的母亲强硬和专制，她严格控制全家人的支出，于是姐夫谢绝大部分聚餐，父亲在电话中对我哭诉没有打麻将的钱，妮妮在门上刻下“妈妈不爱我她不知道我好爱她”几个字。两个家庭，八口人，几乎都要看她的脸色行事。

她穿一身警服，气场强大地迈过故乡的老街，接受每一个巷口每一位长辈的问候和赞许。乡亲们来串门的越来越多，母亲骄傲地向乡亲们炫耀，这是女儿给买的，那是女儿给买的，什么都是女儿给买的。父亲喝酒后被人打，她带领派出所一帮干警冲到对方家里闹，直到对方赔礼道歉。家乡的人去监狱探监找她通融，她将人家送的购物卡硬生生地退回，她在故乡人面前始终保持着一种胜利者的姿态。

2007年，我大学毕业，私自进京谋生，她旗帜鲜明地站在父辈一边与我开战，她逼我回家工作，逼我回迁户口，逼我相亲，逼我在日本核电站爆炸后买盐，我急了，说：“买个屁盐！你大小也算个国家干部，承蒙党和人民教育多年，就这点儿觉悟。”她扑哧一声乐了，乐完继续板着脸说：“少废话啊，人家都买，你凭什么不买？”

2012年，这个女人突然温和了许多，也许是多年的操劳，榨干了她最后一丝脂肪和跋扈。她偶尔会在跟我吵架失败后略带伤感地说：“你看我是不是有点儿老了，妮妮最近老笑话我爱忘事，我头上也有了白头发，是不是更年期要来了？”我说：“别，别，您才三十四，更年期早着呢。”她说：“你到底啥时候才能结婚！”

妮妮八岁时，全家人在院子里聚餐。父亲说前些天遇到大喜了，大喜晚景凄凉，老两口儿不招儿媳妇待见，被赶到养老院生活，养老院年久失修、窗破屋漏，却无人帮衬修补。我顺便问起妮妮的妈：“如果当年你和班花那场架打赢了，会是怎样？”她说：“那时候小孩子一个，懂个屁。”

王雅莉照旧带着女儿送我去火车站，照旧边开车边唠叨：“是，咱家那时候是穷，是受过不少欺负，但这么多年过去了，你不能总像个孩子似的看不起老家人。你不回来工作，没关系，但我告诉你，外面的朋友再多，毕竟心上跟你隔着一层，老家的人再不好，毕竟和你水土一脉，世代同处，那种埋在心底的情分是你在外面找不到的。”

回京后，我做了一个梦，梦见姐姐离婚了，她的公公、婆婆、丈夫、女儿都抛弃了她，连工作都丢了，她重新变回当年那个无路可走的穷姑娘。我把她接到北京，帮她找工作，帮她物色男伴。她不想工作，对男人也死了心，我就养她一辈子，守她一辈子，直到她比我先老去，直到她比我先糊涂。我坐在床边给她喂饭，她撑开皱纹，边喝饭边瞪眼瞧着眼前这个老头子，瞪半天，认出我是谁，然后望着窗外说：“蛋，下雨了，咱娘怎么还没回来？”醒来后，我哭得一塌糊涂。

我给王雅莉打电话说：“刚才你在梦里可惨了。”王雅莉说：“我过得好着呢，乱梦个屁，我说你到底啥时候才能结婚！”

我指着远处的灯火和车辆说：“你看，芸芸众生，有很多不如你的人。”她说：“我干吗要和不如我的人比？”

VOL. 08

08.

姑娘，姑娘

在很多人眼里，798是艺术的代名词，是文艺工作者的天堂，各地文艺青年来京，不到798转一遭，简直枉来此地，简直是凡夫俗子。可在某些极端文青看来，798不过是三流艺术家向非艺术类人群献媚的地方，那里满墙的颜料，不是赤裸裸抄袭西方某个大家，就是将自己的情人深情描述一百遍，这些不要脸的破玩意儿，也就蒙蒙学理科的姑娘，内行人看在眼里，真叫个揪心。

极端文青对待798的态度，像极了北京大妈对待王府井的态度，北京人谁去王府井消费啊，那分明是蒙外地人的地方，北京人自己买衣服有动物园批发市场，吃小吃有护国寺和鼓楼大街，想追个时髦干脆去新光天地，那才叫真洋气。同理，极端文青们光顾798，只存在两种可能，一种是给外地老同学做导游，一种是和非艺术类姑娘约会。

冬日的画廊，我身边的理科姑娘上来就要我解释啥是当代艺术。这是她和文艺青年约会的路数，她喜欢对我这种准极端文青的出身及爱好评头论足，并以此为引子一点点奚落文艺青年的阴暗，仿佛全天下我们这样的人都咬舌自尽了，她这样的女白领才能恢复学术界与无聊界的地位。

我站在一幅裸女图旁酝酿了两分钟，说："当代艺术源自生活。"她说："完啦？"我说："可不完了。"她说："还以为你要大吹一番呢，你们学艺术的不都挺高调的吗？"我说："不是所有人都高调好吗？其实艺术哪儿有那么高深，就是你们这些人把艺术给神话了，艺术也不过是现实生活的一个映现而已。"她说："你这是变相高调，'艺术源自生活'的后半句是'艺术高于生活'，你以为我不知道啊，还映现，你看看这些画，哪些是映现生活的？都是故意夸大和扭曲生活的，还有这一张，你看，赤裸裸地意淫大胸。"我说："小声点儿，人家这个画家是女的。"她气势不减："我就说嘛，她肯定没胸。"

她接着说："那你给我说说古典绘画和现代绘画的区别。"我反将一军："你先说你怎么理解的。"她说："我觉得现代绘画就是大家比赛谁画得不像，就跟毕加索一样，早期画得挺好看，后来越画越像儿童画，为什么啊？难道就为了个返璞归真？”我说：“嗯，这么说吧，用你能理解的说法来讲，古典绘画就是写实，画得越像越成功，后来照相机出来了，画家没饭辙了，开始加大主观处理成分，过程跟现在的修图软件差不多，淡化客观事物，加入更多个人思想的表达。个人思想表达到极致时，开始扭曲和纠结。就和人生一样，一开始都是清纯的、质朴的，后来开始欺骗与自我欺骗，最后觉得什么都是唯心的。我这么说你可听得明白？”她说：“真扯，你这种观点发到网上肯定招来一堆骂。”我说：“这年头在网上说什么不招人骂？可总得有人说呀，何况艺术本来就没什么标准，没你们学生物科技的那么呆板。”她睁大眼：“哎呀，你还拽起来了，我们学生物科技的怎么呆板了？你再说一个试试看。”我说：“我的意思是学生物的严谨，比艺术严谨……好吧，我刚才扯的那些确实招骂。”

画廊门口，她清了清高跟鞋尖上的尘垢，顺便谈起艺术圈的丑陋，主指男女作风问题。她说：“你承不承认你们学艺术的都很乱。”我说：“不能叫乱吧，应该理性看待这个问题。”她说：“嚯，这个也能理性看待，你们要理性能胡来吗？”我说：“我是说理性分析这种现象。我问你个问题啊，人世间最美好的东西是什么？”她望着我说：“你不会说是性吧？”我双手摊向她：“是姑娘。”她眉头紧锁，表示不解。我说：“艺术家最喜欢的东西是什么？是姑娘，姑娘是世间最美的事物，是艺术家灵感最好的源泉，所以你看毕加索爱了一辈子姑娘，也画了一辈子好画。”她说：“你们离了姑娘就不会画画啦？说那么多不还是个色吗？女人也有当画家的，她们难道也像你们男人一样靠着下半身才能搞创作吗？说好听点儿，你这是泛性论，说难听点儿，就是个色。”我说：“其实女画家也……”她说：“欸，欸，你看你看，下雪了。”我说：“好吧，下雪了。”她说：“你们文青下雪了会出来玩吗？”我说：“文青也是人啊，为什么下雪不能出来玩！”

她不依不饶：“我不明白，性对你们男人真有那么大魔力吗？你看啊，你们平时讲笑话讲这个，画画时画这个，还经常凑在一起看这种片子，哪个小姑娘冲你们乐一下，你们恨不得立刻把她赶上床，你说你们是不是这样？”我笑起来，说：“干吗非得说这个？”她说：“你看，你还笑，笑就证明我没说错。”我说：“我笑是没见过你这样的，你一个名牌大学出身的大姑娘在大街上聊上床，还真有你的。”她说：“我也没说性不对啊，只是你们男人分明就是下半身动物，任何时候、任何地点，一遇到下半身，立马投降，什么坐怀不乱、清心寡欲，都是瞎扯淡。”我说：“我从生理角度辩护一下这一点啊。你也知道，男人性欲最强的年龄是十几岁到三十几岁，女人是三十岁到五十岁，对吧？所以你不能只站在一个立场上说话。”她说：“就算是这样，也不公平，哦，我们女人最好的年华都给了你们这帮禽兽享受，我们自己想用的时候你们又不理我们，找小姑娘去了，有些干脆还不举了……”我抬眼看看身边的路人，凑近她耳根说：“今天是我娘亲的生日，咱能不能不说这个？”

“那结了婚呢？你们这些学艺术的结了婚也不怎么安分。”她顺理成章地聊到婚后出轨，亮出撒手锏。

说实话，我被难住了，这种既聪明又残忍的姑娘真是让人又爱又恨，她不知道男人被问是否出轨就跟女人被问是否爱钱一样尴尬，稍有不慎，就会被戴上虚伪的帽子，可我又不能过分真诚，否则我和她的关系很可能就此夭折。

我鼓足勇气，站定说：“现行的道德体系下，出轨是错，这无可辩驳。”她说：“那为什么现在婚后出轨的男人那么多，大多还是有文化的人？明知是错，还背着家人在外面乱搞，这是为什么？”我说：“大概是空虚吧，不过也有不乱搞的，你别总把男人看成一个德行。据我所知，很多搞数学理论和宏观物理学的男人就守身如玉，他们钻在实验室里捣鼓半辈子，对他们来说，屋外有一个老娘儿们就够烦了。另外，男人也会成长，年轻的时候不可能真正理解幸福和性的关系，就好像很多玩摇滚的承认，直到自己有了女儿，才真正开始尊重女人，你们应该给男人一点儿信心。”

她瞟我一眼，瞟得我心里发毛，我望着她说：“是这个理吧？”她说：“好吧，放过你了。”我说：“嗯。”

雪开始下大，呼呼地往眼睛里钻，我提议去路边的咖啡馆躲躲，她嫌咖啡馆人多，坚持要我陪她散步。我站在路灯下给她整理帽子，发现整条街道就我们两个人，她噘着嘴巴看我，像地主家的二小姐看佃农家的大儿子。

我拍着她背后的雪说：“刚才咖啡馆门口的那个男生一直偷看你，你得意吧？”她说：“哪个？”我说：“就背红包那个，你看你看，进去了。”她说：“就那个啊，你看错了吧，人家怎么会看我？我今天裹得跟个企鹅似的。”我说：“不不，您盛装之下难掩春色。”她笑着推我一把说：“去你的！”我说：“还走吗？”她说：“走啊，难得有这么好的雪天，得好好跟你聊聊。”我帮她拎起包说：“得，走吧。”

她说：“刚才我问你出轨的问题是不是很过分？让你有点儿难堪。”我说：“不不，您拿捏得恰到好处。”她说：“你少装，我知道你们男生都爱面子，听不了女人问这些尖锐的问题。”我说：“可你还是问了呀，这说明你是真心想听我的看法。咱们认识这么长时间了，你才问这个，已经很仁义了，我，我很感动。”她说：“是吧，你看我也是读过书的人，别以为就你们文科生懂礼数。”我点头如捣蒜：“是的，是的，那依照您的路数，下面是不是该考察男人责任心、事业心之类的啦？”她说：“哇，你好聪明，那你跟我说说什么样的男人才算有责任心。”

我心里猛抽自己两个大嘴巴子，面不改色地说：“责任心啊？”她说：“是啊，责任心，你怎么理解的？”我说：“我理解的责任心，就是豁得出去吧。你也说了，男人都爱面子，如果他肯为了你舍弃那些面子，那他就是对你负责任。”她沉默了五秒钟，说：“这个答得不错。”我说：“你呢？像你这样的职业女性是怎么分辨好男人与坏男人的？单纯以责任心分辨吗？”她说：“那不一定，有责任心的男人不一定都是好人，有些人对自己人过分地照顾，也意味着对别人冷漠，这种人其实也属于自私的。”我说：“比如愚孝，你们女人都讨厌这个。”她说：“这算一个，还有其他一些事情，总之不能把自己的幸福建立在别人的痛苦上，那算不上好人。”我说：“女孩子能看到这一点，很难得。”她说：“你什么意思，你这是看不起女人了？”我说：

“不是，我是说很多男人都未必能认识到这一点。”

“你知道我为什么不喜欢你们文青吗？”她说。我问：“为什么？”她抬头望着前方：“不是说文艺不好，只是太文艺的人总有股子清高，总觉得自己品位特高，别人都是俗人，就他们雅，这股子劲儿特别让人讨厌。”我说：“你说得有道理，很多人确实是这样，不过我觉得这不限于文青吧，应该是知识分子的通病。”她说：“怎么讲？”我说：“嗯……随便举几个例子来说吧，在多数文青眼里，只有文艺才是高端的，因为他们自信找到了最纯洁、最美好的东西；在多数理科生眼里，只有科技才是高端的，因为他们自信掌握了科技就掌握了人类的未来；在多数商人眼里，只有金钱才是高端的，因为他们自信获得了金钱就获得了能力和地位；在多数律师眼里，只有法制才是高端的，因为他们白信法制是规范人类文明的第一利器，等等等等，这就是价值通病。”她说：“你说的这些不能代表全部，只能代表一部分狂妄的人，我承认这样的人有，而且不少，但你不能否认你们文青这类通病最严重。”我说：“我承认我也沾染了这类通病，但我比较看重人性。说到底，真正左右这个世界的，不是什么艺术，不是什么科技，不是什么法制，不是什么金融，而是人，也就是人性，你看看好莱坞拍的那些描述未来的科幻片，科技、法制、经济发展到极致后，最后博弈的对象，还是人性。”她笑起来："以人为本哈，挺老土的，不过也挺实在，唉，人真是种复杂的动物。"我说："是啊，所以咱们不能用一种方式去定义别人，比如说我是个医生，我看人习惯性地以身体机能为标准，可身体以外呢，我懂的不一定比人家多。用一种标准去衡量别人，只能证明自己的狭隘、片面和无知。"她睁大眼睛，吐出一口气说："说真的，要不是和你聊天，单单就接触你这个人，还真以为你就是个精英主义者。"

她又看我一眼，说："你发现没，每次咱们见面聊天，总会冒出一些特别世故的词，像'男人''女人''文青''理科生'这些，咱们其实都习惯站在自己的角度和立场上看问题。"我说："人之常情，大家都习惯自我保护。"她说："而且咱们还总喜欢攻击对方的生活，我骂你文艺，你骂我无知。"我笑出来，说："别说得那么难听，咱们这是学术讨论，学术讨论。"她说："不过这也怪不得我们女人，谁叫你们这些男人虚虚实实、不靠谱儿的，谁知道你们哪句话是真的、哪句话是假的？"我说："不能吧？你哪儿见过我这样实诚的人？一般男人追求女人，都故意夸大自己的优点，掩饰自己的缺点，我给你讲过我多少缺点了。"她说："对了，最近和你谈着的那个姑娘怎么样了？就你那个大学女同学。"我说："什么和我谈着的姑娘？你别乱说，我和她就是老同学见面吃个饭而已，人家有男朋友，现在都回老家结婚了。”她说：“她不是一直追你吗？这么快就放弃啦？”我说：“她大学时看上过我，那时我没答应，后来六年多没见，这一见面就直接告诉我她有了新男友，而且马上要回去结婚了，丫这是专程来逆袭的。”

“你也是，干吗老盯着同龄人呢？”她说，“你现在这种条件，不是挺招二十岁小姑娘喜欢吗？”我说：“我总得找个有共同语言的吧。”她说：“哈哈，你指望着我们这样的剩女和你有共同语言，是吧？”我说：“倒是和你们聊得来，怎奈你们这些姑娘心气高，动不动就要房子、要户口的，我这样的你们哪里瞧得上？”她说：“哎哟，这就诋毁上啦，拜托你别把我们剩女想得那么恐怖好吗？我们要是要房子、要户口，不早找个这种条件的男人嫁了，还轮得上给你看？我们都是有情有义的好菇凉（姑娘）好吗？”我说：“好吧，你们都是有情有义的好姑娘，我们都是无情无义的臭男人，行了吧……男人也不容易，你们多体谅一下。你说像我们这种从底层出来的小子，多难啊，身后没有弹药，眼前千军万马，房子、车子、票子，事业、家庭、孩子，这往后得多少事啊？”她说：“就你们男人照顾事业和家庭啦，就你们挣钱啦？我最讨厌你们男生讲这种话，家庭和孩子将来都是我们女人的活儿好吗？你别动不动就拿男人挣钱说事，这社会给我们女人挣钱的机会多，还是给你们男人挣钱的机会多？要是机会均等，我们用得着你们挣钱吗？啊，你们钱没挣多少，还抱怨我们女人要这要那的，你以为你是古装片里的大老爷啊？我们就得无偿伺候你们啊？”我说：“你别急，我不是那个意思。”她说：“你就是这个意思。”

我说：“其实我能理解一些姑娘对物质方面的要求，毕竟像你说的，这个社会给女人拼事业的机会相对较少，加上生存竞争激烈，女人普遍比男人更缺乏安全感，而中国人对安全感的理解，大多时候就是物质，或者说就是钱。”她说：“唉，你以后可别这么说话了，你知不知道你这么说话会让一部分女人误解你，觉得你才是物质至上的人。我们女人要都奔着钱去，那天下有媳妇的就只有富豪，人家还不止一个媳妇，哪儿有人肯跟你们繁衍人类？”我说：“哈哈，好吧，我不乱说话了。”

她说：“你恨以前不要你的那些姑娘吗？”我说：“谈不上恨，当时确实动了点儿气，觉得面子上挂不住，后来想想，人家嫌弃，也证明人家是有追求的人，只是我不够分量罢了。”她说：“嗯，这才像句男人该说的话。你知道吗？你平时挺好的，就是急了爱说点儿二百五的话，乱指责人，乱得罪人。”我说：“二百五也有二百五的好处啊，起码自我安慰功夫一流。”她说：“这又怎么讲？”我说：“二百五栽了跟头，总能找出一千种方法安慰自己，比方说我们没钱洗澡，那我们就可以告诉自己，其实每个人生下来时都沾满了污垢。”她说：“你这算唯心吗？”我说：“算。”

她说：“你是不是特不相信爱情，觉得爱情特假？你好像在网上写过类似的东西。”我说：“哪儿有？你不知道我对爱情多么崇拜，我只是对婚姻不大信任，可能和我的出身有关系吧。我一度认为婚姻是个落伍的东西，是人类历史上的领导者为了更好地控制人口资源和社会伦理而使用的手段，是违反人性的。”她说：“你这种观点就是典型的不负责任的文青观点，根本就是站着说话不腰疼，要没婚姻制度，那咱们国家这么多人还不得乱了套啊，得有多少私生的孩子没人养，得有多少孤寡老人没人养？别的不说，婚庆公司和房地产商就先得饿死。所以说你们这些文青不能参政，你们都恨不得中国和20世纪60年代的美国一样，做个嬉皮士，弄个性解放，整天嗑药、泡妞、听摇滚乐，根本不管别人死活。”我说：“你别乱拐话题，我是说我个人以往的见解。每个人根据自己的意愿去调配生活，就很好，就像从事销售工作的人使用好几个手机一样，同样是朋友，有生意上的朋友，有知心朋友；也像有些女人把自己身边的男人分得很细，有情人，有蓝颜，有备胎，有饭票，这都算是现代人的智慧；还有那些单身主义者、不要孩子的丁克，等等，都是根据个人意愿生活的，你能说人家有错吗？”

她说：“那你家里逼婚怎么办？你会为了结婚而结婚吗？你和我交往是不是就因为你家里逼婚？我告诉你，你要因为这个，我可不想见你。”我说：“家里都逼婚五年了，我要从早从了，还用得着熬这么长时间？不过你说起逼婚了，我还真有点儿担心自己最后顶不住，我一个人哪儿抵抗得了那么大的传统势力？”她说：“那怎么办？你打算认啦？回你老家，娶个小村姑，给你爸妈生几个胖娃娃？”我说：“你这话说得不厚道，村姑怎么了？村姑也有好人啊。再说了，我是男人，大不了以事业为重，跟谁过不是过？胡适那么前卫的牛人，不也是包办婚姻，守着个小脚女人活了一辈子吗？不过话说回来，你不一样，你是姑娘，这点上我绝望你不能绝望，婚姻对女人太重要，你不能因为任何一个理由孤注一掷地乱嫁人。”她说：“那你觉得我应该找个什么样的男人结婚？”我说：“找个你喜欢的呗。”她说：“你这说了等于没说，谁会找个自己讨厌的男人过下半辈子？”我说：“非要个标准，那就找个诚实的男人。我是这么理解的，男人可以有各种缺陷，但必须诚实，因为他今天在你面前虚伪，明天就能肆无忌惮地欺骗你。你看上一个男人，得想法把他看透彻了，这样以后你们引发祸端的概率就大大降低了。所谓女人的婚姻，不求惊喜，但求无祸，平平淡淡已是成功，祸端一起，女人就容易吃亏。”

她严肃起来，说：“我不骗你，这两年我也被家里逼婚逼得厉害，逼得我都有点儿神经质了，可我在感情上还是很理想化，结果现在越来越没有自信，连我哥哥都说我要找的那种男人不可能出现，我也挺纠结的。”我说：“没必要纠结，你条件不错了，至少比我们这样的好吧？你看你，长得不差，家里也是城里的中产阶层，父母都有文化，自己也受过很好的高等教育。”她说：“你也不错啦，你能把生活分析得头头是道，把自己的职业规划得条理分明，还会应对家人逼婚，这些我都做不到。”我说：“嗐，哪儿有你说得那么容易？顾的事情多，力量也就小了。”

我指着远处的灯火和车辆说：“你看，芸芸众生，有很多不如你的人。”她说：“我干吗要和不如我的人比？”

暮色吞噬整个厂区，画廊、商店里的游客陆续走出来，男男女女，在雪地上撒欢儿。我受到附近人群的感染，俯身揉出两个大雪球，说：“要不要玩打苹果游戏？你把这个顶头上，站在那边，让我扔一个，而且你不能躲，扔不准算我输。”她瞪大眼睛说：“你怎么不说你站那边让我扔你，你这什么破游戏？”我说：“这个游戏有个浪漫的典故。”她说：“去你的，有个屁典故。”我站直身子说：“还记得我跟你讲过的那个意大利球星巴乔吗？他上学时很多女孩子暗恋他，他不知道选哪个，就用足球射苹果的方式选，姑娘头上放好苹果，巴乔踢球，安全击中谁的苹果，谁就是他的女朋友。很多姑娘不敢去顶那个苹果，顶苹果的也只有一个姑娘头顶的苹果被足球安全击中，这姑娘就是巴乔一直暗恋的那个学姐，后来成了巴乔的太太。”她笑着干呕一声说：“真恶心，没见过你这么不要脸的。”

我将一个雪球用力掷向远处的烟囱，望着落下的雪球说：“你有没有想过，咱们这个年纪的人，压力的根源是什么？”她说：“你先前不是说了吗？是责任心导致的压力，我认同你这个观点。”我扔出第二个雪球，说：“责任心是其中一方面，最主要的其实是咱们自己跟自己太较劲，总觉得必须趁着年轻拼一下才无憾，这种情绪无形中加重了咱们的精神压力。”她说：“照你这个意思，什么都不在乎，什么也不争取，没心没肺的，活得简简单单，就没压力了，是吧？”我说：“没错，就是这个意思，我也是这两年才想通了这点。有些东西，你追求了很多年，最后到手了又怎么样呢？任何东西都有缺陷，任何梦想都有漏洞，咱们其实都应该随性些，那样才会快乐。”她说：“行啊，那我问你个随性的问题，你爱我吗？”我回头看她：“啊？”

“啊什么啊，问你爱不爱我。”她说，“看看你说不说实话。”我揉了把脸，抠了抠眼，说：“算喜欢吧，说爱有点儿大。算上这次，咱们见面一共才四回吧，我要说我爱你，你能信吗？”她说：“就知道你会这么说。”我说：“你这是陷阱式的问题，我要说我爱你，你肯定说‘你以前也是这么痛快地回答其他姑娘的吧’；我要说不爱，你就会说‘你看连你自己都承认是因为家里逼婚才约的我’。你这点儿心机我一眼就能看出来。”她说：“哈，我就随便一问，你还扯出心机来了，咱俩到底谁有心机？”我说：“那你爱我吗？我问你呢。”她说：“我不想回答。”我说：“没关系，你答吧，我也是随便一问。”她说：“哎呀，行了，我道歉还不行吗？这个话题咱跳过。”我说：“你看，你连回答的勇气都没有，还嘲笑我。”她说：“那好，你说，你说我爱不爱你？我让你说。”我说：“不爱。”她说：“何以见得？”我说：“你听说过火锅理论吗？就是说你这样的姑娘本来想吃一顿大餐，但附近只有一家火锅店，不是说火锅不好，可终究不是你理想中的菜。”她说：“你的意思，你就是那个火锅了？”我说：“对啊，我早就看清这点了，咱们认识快一年了吧，每次我提出正式建立关系，你都纠结、闹情绪，明明答应了，却又不甘心，每次咱们都因为这个吵架拌嘴，断了联系，几个月后你又主动冒出来跟我说话，你说，我在你眼里不是火锅是什么？说火锅是好听的，难听点儿就是备胎。”她嚷起来：

“王蛋蛋，你别总这么主观论断别人行吗？我刚才说了跳过这个话题，你有完没完？你自己把自己当备胎，还非把屎盆子扣我头上，你以为你谁啊，你有什么资格这样说别人？啊，我把你当备胎，那你把我当什么？我在你心里连个火锅都算不上。”

我弓着身子，一边撕纸巾给她擦脸，一边骂自己是浑蛋。她坐在长椅上，使出吃奶的劲儿挤眼泪，两分钟后，总算挤不出来了。我说：“好了，到饭点了，出去吃点儿东西。”她说：“吃个屁。”我说：“这边没卖屁的。”她说：“卖个屁。”我说：“你半个小时前就说饿，现在去，行不行？”她说：“气饱了。”我说：“气饱了才要吃饭啊，你说你为这点儿小事攒了这么多气在肚子里，不进点儿膳，怎好将它们顶出来？”她扑哧一声乐了，说：“滚。”我笑着搀起她说：“好啦好啦，起来起来，都六点多了，这附近街上的馆子可不多，一会儿人满了，连位子都没了。”她说：“那你不许再犯浑。”我说：“我再犯浑，你就拿筷子把我扔进火锅里涮。”

她说：“你是不是因为咱们昨天就约好吃火锅，所以才编出刚才那么个傻×段子？还是你早就编好了，存心要气我？”我说：“苍天在上，绝对是现编的，只是没想到这么快就让您给识破了，是小的愚钝，小的无能，小的下次给殿下编点儿羊蝎子烧烤啥的。”她说：“其实真正不喜欢吃火锅的是你，你总是口口声声说你口味随你妈，什么腥的、辣的、酸的都不吃，那你能吃什么啊？这个不能吃，那个不能吃的，你活得累不累？你这样的人，累死你活该。”

雪还在下，眼前的道路再次变得平整，就连身后的798看起来也不再那么揪心，因为此时的它与外面的世界已毫无差别。

前井胡同的尽头，我邂逅一双黄绿相间的袜子，我盯了它很久很久，离开时又情不自禁地哭了，它如此眼熟，我竟想不起谁曾经穿过，是男生还是女生，是我曾经爱过的人吗？他们穿着这双鲜艳的袜子在风中游走，像团燃烧殆尽的火焰。

VOL. 09

09.

没有母校的人

1. 哭鼻子的贫困生

我曾经有个习惯，一到新环境就迅速忘记老伙伴。很多人说这是自私，其实我很早就觉察到缘分的阶段性，缘尽不可强求，只要还在成长，昨天的骄傲也许就是明日的笑柄。比如学校这种东西，就是个半胁迫性的群落，你没有权利选择班级，没有权利选择师长，没有权利选择下铺的室友，毕业后总有些人注定不再相见，区别只是谁先忘了谁。

淅淅沥沥的秋雨天，我被分到全校设施最好的宿舍，占好下铺，咬着苹果，看着一个又一个陌生男孩跟随家人走进来，他们和我进来时一样，捧着蓝色被罩和迷彩军服。之后半月，是无休止的踢正步、站军姿和军事理论课。偌大的操场，秋老虎肆虐，上万名孩子在烈日下哆嗦。我至今都认为大学军训是件无聊的事情，老师和兵油子在小孩子面前要够威风，却只给他们留下黝黑的皮肤与满腔的鼻屎。这种官僚味极浓的运动，实际上只存在一种价值——选美，落满黄土的军帽下，姑娘们集体失去魅力，突然闪现出一张动人的脸蛋，这便是系花了。

军训结束当天，宿舍区出现凄凉的一幕，一个女孩子哭着鼻子，在老父亲的带领下，跟几名女同学依依不舍地道别。大家说这个女孩子家里条件不好，与老家乡绅的儿子有婚约，家里没同意她上学，她私自拿着通知书前来报到。

裕大学生多来自三线小城市和底层农村，贫困生规模庞大。贫困生在这里的定义已不是拿不出学费，而是连借都借不到钱的那拨穷孩子。他们大多来自西部山区，全家靠着坡上几亩耕地生活，兄弟姐妹好几个，还有帮冷血的穷亲戚。拿不出学费，要申请贫困生资格，等待助学贷款，而即便是功德无量的助学贷款，也不是天上的馅儿饼，毕业前你必须将它还清，不然就没有学位证。

学费有着落后，生活怎么办？靠着裕大每月四十五元的生活补助根本不够活，你得去刷盘子、举家教牌、拖图书馆的地、上富家子弟的车。总之，得靠一己之力完成四年学业。当然，作为老字号的地方名校，裕大也有贫困生奖学金和助学金，可这些东西不会普度所有人，它们时不时还会去临幸那些拿着高档手机、穿着名牌鞋帽的家伙。我有一个勤奋刻苦的同窗，期末拿到贫困生奖学金，校方二话不说，先送他一个价高质次的MP3播放器，扣去播放器的钱，剩下的给他打到私营食堂的饭卡上，想套现，只有将饭卡折价转让。这种变着法儿侵吞善款的事情在校园里屡见不鲜，中国人发起国难财来历来不畏鬼神。

在裕大，我算不上贫困生，但敬佩那些勤工俭学的学生。家姐上大学时，家里困难，她一边申请助学贷款，一边将所有节假日利用起来打工，同时她还是校学生会的主席。我中文系最好的朋友小高没申请到贫困生资格，更没有助学贷款，他的学费是向几个高中同学借的，而后他做家教，做餐馆服务生，同时兼着两三份工作。他哥哥来省城找工作，没处落脚，住进他的宿舍，他以一己之力养活两个人，身体和精神随时面临崩溃。

晚上十点，小高做兼职归来，睁着无神的双眼，踩着凌波微步，我端着脸盆跟他打招呼，他一脚踏空楼梯，差点儿魂断当场。与小高同社团的一个小个子女生也是贫困生，在校外餐馆做迎宾女招待，我和同学逛夜市路过她身旁，她笑着与我们打招呼，我们回来时她依旧站在晚风中跟我们打招呼，只是那张脸分明哭过。

我从没怀疑过贫困学生的未来，他们的艰辛与他们的学生身份一样，都是暂时的，都会有结束的一天。但我着实为他们的心灵担忧，日复一日地丧失尊严，人生观、价值观会不会扭曲——他们完全有借口扭曲。当然，对贫困生的解读还有很多，比如一些三好学生就冲我说："中国人太多，大学师资又有限，不应该只看到贫困生的生活难处，也应该看到扩招政策给予了更多年轻人接受高等教育的机会。"显然三好学生的人生观比我要积极、正面许多，事实上任何国度、任何时代的教育体制都会存在这样那样的问题，但就像三好学生们说的，裕大很仁义了，它有着媲美英美的学科数量，却收着平民级别的学费。

四年后，我毕业了，顺利拿到学位证。我找到辅导员，问道："我们是学设计的，为什么给我们发文学学士证？"她说："哎呀，咱们学校文科类只有这几个学位颁发资格，有你的就不错了，你还挑。"

2. 姓焦的老师

我出身不好，加上顽皮，从小到大没上过什么好学校，也没遇到什么好老师。小学时他们拿柳条子抽我，罚我去北风呼啸的门口站着。初中时他们当众挖苦我，将我画的四格漫画撕碎后扔进炉火中。高中时他们干脆把我爹叫到学校揍我，我被揍急了，却不能揍爹，只能当着他们的面哭了。

大学老师显然比中学老师和蔼许多，因为这种地方没有升学压力，学生成绩的优劣不会影响到他们的收入，加上学生们正值娇滴滴的年华，他们尽可能地与学生们打成一片。

我们的辅导员是个年轻的姐姐，音乐学院刚毕业的研究生，活泼可爱，笑靥如花。她虽是师长，却也是个孩子，擅长当众唱歌跑调和手绘各种惨不忍睹的儿童画。这个大孩子辅导员被学生传诵最多的是她的择偶段子，她身家显赫，父亲是将军，母亲是教授，哥哥也刚刚晋升中校，简直不可一世，她公开自己的择偶标准：有长相、有才华、有大钱，满足其中两条即可参选，所以至今也没听到她结婚的消息。

作为传播学院的艺术生，我们有着全裕大最新潮的领导。院长本是名画家，写生季会跟着学生一起上山下海，到了晚上，他还会怀着浓浓的牵挂，不顾小伙子们赤裸的胸膛，溜进男生宿舍进行慰问，他拉开灯，摆出白酒和烟草，嚷嚷道："都起来，都起来，才几点就睡觉！”学生有不抽烟的，他照发不误，嘴里唠叨：“不抽烟算什么男子汉？”学院新调来的副书记，比画家院长更加年轻，嗓门儿更加洪亮。他原是校长秘书，因办事利落得到提拔，同时他也是石家庄知名的司仪，平日里开着私家车到处参加红白事赚钱。他的代表歌曲是“这个人就是娘啊，这个人就是妈……”，每次在学校大舞台上唱这首歌总能震翻全场，站在远处的外学院学生呆呆地站着，真以为台上这位是总政歌舞团来走穴的。

男生最喜欢的，永远是体育课。裕大的体育课根据个人志愿调配，学生每个学期都要填写自己的体育志向，包括我在内，多数人第一志愿永远勾选舞蹈，但最后总会被调配到其他课程。我没有气馁，孜孜追求，第四次在表格上勾选舞蹈，最终被分到了散打班。散打课是所有体育课中人气最低的，不是说大家不喜欢格斗，实在是害怕那个散打老师。他是学校体育部主任，他的课不论男女，上来就是几十个俯卧撑，不标准，就踹你屁股，下课，再做几十个俯卧撑，还是不停地踹屁股。散打老师喜欢边抖动肌肉边讲述他见义勇为斗歹徒的故事，他一遍又一遍地教育我们，不吸烟，不喝酒，每日坚持晨练，便可如他一般健美。2006年冬日清晨，人们在单杠旁发现他的尸体，死于脑出血。

春末夏初，裕大女生开始集体饿肚子，因为游泳课又要来了。蛙泳是裕大的必修课。但平原子女，入水就紧张，一个个窝在浅水区发蒙，游泳老师扯着一脸的横肉说：“怕什么，都给我往深水区走，一脚把你们踢过去喝几口水，什么都能学会。”我们蛙泳考试最终全数通过了，包括那个游了半截实在撑不下去，换成狗刨式的学生，游泳老师在岸边扯着一脸横肉不停地鼓励他：“你快点儿刨。”

大三后，再没有了艺术课与体育课，只剩下专业课和其他课程，于是我开始频繁逃课。我连班会都不参加，整日闷在图书馆和宿舍里，笃信从图书馆随便挑本书都能秒杀那些虚张声势的理论课教授。可即便是理论课，也开始减少，渐渐地，传播学院变成了青年疗养学院，大把的课余时间，接二连三的节假日，让那里的学生更加散漫与堕落。我们班有一个神一样的女生，四年里，她只有开学交学费和期末考试时才现身，大家都说她和她的警察男友云游四海去了，可就是这样的家伙，最后也顺利参加了毕业论文答辩。

裕大的毕业论文答辩，同样是走过场，老师们根本不看学生从网上下载的论文，只是象征性地聊聊天，就算通过。也许是我“逃课王”的招牌太大，坐在对面的两位老师准备好好释放一下成见，其中一位一脸不屑地说：“哈哈，你小子，我给你们上了一个学期的课，就没见过你几回，现在设计类工作竞争多激烈啊，就你这个样子，以后能不能混口饭吃都不好说，你好自为之吧。”当时我很生气，也很失落，这位老师的专业课我真的没有逃过，所以这是赤裸裸的成见。读书人不一定都有出息，很多读书人的心胸与性格决定了他们的一生不过是个微不足道的小人物。在我眼里，这两位狭隘的答辩老师还不如当初教我们理论课的焦老师，焦老师除了在课上大声介绍自己是传播学院唯一姓焦的老师外，再无其他事情供我们回忆。

3. 后激素时代的爱情

谈恋爱，是大学最著名的景观。家境好的，追求长相姣好的；家境一般的，冲身边姿色一般的下手。糟糕的性启蒙教育，使中国大部分大学生的爱情观远不及他们的下半身成熟。很多大学生的爱情，根本称不上爱情，不过是一堆粉饰过的性欲与赤裸裸的虚荣，不甘心躲在厕所自慰的男生，被言情小说迷得晕头转向的女生，携手品尝真正的禁果。尝完，上瘾，开房，租房，直到其中一方腻了，找个漂亮的借口离开，留下另一个在原地迎风流泪或破罐子破摔。

相比那些坐在网吧角落里搜黄图的外学院男生，艺术系男生十分幸运，大家都有自己的电脑，可以利用蜗牛般网速的校园网熬夜下载爱情动作片，然后光明正大地在机房交换U盘。爱情动作片几乎占据了裕大艺术系男生四分之一的时间与精力，这种氛围下催生出来的男女交往，也基本以肉体的喜厌为标准，那些高富帅级别的艺术系男生，成为各大艺术类学院的山大王，他们恨不得将所有能追到手的漂亮女生睡个遍。

因为对摇滚乐近乎疯狂的追求，我无暇他顾，很快就成为班上刺眼的单身汉。大二上半学期，山区贫困生都有了妞，他们从出租屋泄欲归来，自然要冲单身汉显摆一下优越感，趾高气扬地站在床头说："超，你怎么不找个女朋友啊？"我说："没有不要紧，但也不能凑合啊。"这句话很快传到他们女朋友的耳朵里，女朋友们一下子全急了，大骂我是王八蛋。

长久以来我都有严重的中文系情结，这可能与自己喜欢文学并且家中几个姐姐都是中文系出身有关。刚入学裕大时，我就混进中文系文学社，结交了一大堆中文系的学生，但不到半年就和他们结伴滚出了文学社。大学社团，是个和军训一样无聊的东西，它只能成就一两个人的学分与威风，对其他大部分人而言，只是个意淫官场的游戏。

社团的中文系女编辑为了挽留我，也是出于怜悯，主动介绍她们宿舍最后一个单身女生给我。与我约会的中文系姑娘，长相、气质、成绩均属一流，她知道我私下在搞文学创作，提出想要阅读的要求，我思考再三，还是将含有自己身世描写的随笔集送给了她，之后她就没了人影。她向我叙述过她的身世，她是三线城市小户人家出身，父亲早年嗜赌，几乎败光家产，母亲生于贫苦，也醒于贫苦，平日里常常告诫女儿：男人都靠不住，攀枝要攀高枝，嫁郎要嫁金郎。显然我不是什么金郎，连个银郎都算不上，这着实气坏了她。

我托人传话数次，终于在舞蹈系练功房后见到了她，那时候我并不知道她放弃我的真正原因。一路旁敲侧击地问她缘何如此，她停下脚步，鼓足勇气望着我说："咱们还是做好朋友吧。"我说："不行。"她说："你怎么这样？"我说："就不行。"自此，不复相见。

据说这个姑娘随后又谈了两次对象，想必都是家境殷实的男生。可不知为什么，也都无果而终。总之，她也失败了，她为此付出的不仅仅是贞节，还有学业，同宿舍的其他女生都考上了研究生，她只能拿着一纸本科文凭回老家任教，接着火速相亲，嫁给当地一个二百多斤的富二代。

几年后，提起这个中文系姑娘，社团的老同学们直言她有这样的结局也算不错，但我还是为那份长相和气质遗憾，作为一个少有的知性范儿的姑娘，她不应该只得到这些。

老同学们提供了更多的八卦，说这个姑娘生了娃娃，做了母亲，各类聚会，从来都是一个人参加，依旧喜欢摆出一副高贵的架子。她喝完酒后喜欢对身边的人抱怨，抱怨过去，抱怨现在，抱怨所有曾令她付出过的东西。她注册了两个QQ号，一个号码扮演贤妻良母，一个号码贴满黑金属摇滚和极端自由主义的绘画，她一遍又一遍地对人诉说着“婚姻就是长久地忍受痛苦”之类的话。

有人说：女人是爱情最大的消费者。可现实中很多女人并不迷信爱情，她们更迷信物质带来的生活。女人看重物质，源于中国绵延几千年的男权制度，生产资料由男人把持，女人就不容易得到尊重，选择更好的男人成为她们唯一可追求的人生目标，也是她们唯一的安全感，薛宝钗这样冰雪聪明的女子，也只能把前途押在男人身上。

所以，我不恨那个中文系姑娘，每个人都有选择生活的权利。我也不再诋毁大学生的恋爱，这显然低估了大学生的心机，一部分大学生确实付出过真心，比如我这样的，一部分大学生也远比我想象中成熟，比如那个最终得到了金钱的中文系姑娘。

与中文系姑娘分手的当晚，石家庄下了四十年来最大的一场雪，我望着窗外灯光中凌乱的雪花，几乎心碎了。这段夭折的感情给我的价值观带来的毁灭性冲击影响了我许多年，我再不敢轻易相信女人，再不敢轻易触碰心灵，一个人穿着盔甲走到了今天。

4. 轰隆隆的歌谣

尽管遭遇过有史以来最严重的一次情劫，如今回忆起大学，我还是会告诉人家，我的大学是幸福的，因为我有摇滚乐。

为什么总会有人在青春期迷上这种吵闹的音乐？也许真像某位朋友说的：这些孩子的童年太糟了。不幸的身世让我们比同龄人早一步见识到人性中的虚伪，也早一步学会了独立思考。对我们来说，这种奇怪的音乐带来的不只是感官高潮，还有一扇重新认识世界的窗口。没有人再去听那些无病呻吟的港台流行乐，也没有人再去信那些虚伪的主流教条，大家拥有了属于自己的诗歌与哲学，拥有了属于自己的追求快乐的方式。

红旗大街，是石家庄最知名的高校聚集区，也是省城最知名的夜市，这地方只有一样商品与我有关，就是打口唱片。作为最后一代打口青年，卡带、CD、音像店、地下演出、摇滚杂志几乎占据了我全部的课余时间，花掉了我全部的零花钱。那个时候的裕大，整届中文系也不见得有五个人知道大卫·鲍伊，更不会有人理解为什么要花钱买这些残破的卡带和光盘。

当年石家庄有三处著名的打口店，分别是倚梦、极端音乐和金旋律。我对倚梦的感情很深，不光因为这个店在裕大旁边，还因为他们光明正大地在货架上摆出打口唱片。倚梦的店员是老板娘的弟弟，也是个人见人爱的小帅哥，他每次看到我，都会递一支烟笑着打招呼。他蹲在地上，拧开功放，陪我一起聆听Tiamat乐队（提亚马特，瑞典的一支乐队）的专辑，听得酣畅淋漓时，指着窗外的雾霾天说："你看，这种天配上这种音乐，多带劲儿！"

可惜，我们赶上的只是打口时代的小尾巴。自2004年开始，MP3铺天盖地，喜爱音乐的青年有了更多获取国外音乐的渠道。很快，倚梦开始为客户提供下载服务，金旋律也摆上了空白盘和刻录机，卡带、CD彻底被淘汰，我们亲眼目睹了唱片工业的陨落。

因为品味的独特，我在学校的朋友不多，基本都是通过摇滚乐小圈子认识的，分散在不同的学院、不同的班级。那几年，我一直扮演着摇滚乐迷召集者的角色，穿着重金属的T恤、戴着耳钉四处奔走，在校园二手市场摆摊卖打口带，在社团报纸上发表有关摇滚乐的文章，在其他学院宿舍发放摇滚杂志，甚至和朋友一起接受学校电台专访，用公共平台向全校师生播放Metallica（金属乐队）和Pink Floyd（平克·弗洛伊德乐队）的歌。但这些举动无一不是徒劳，没有人响应我们，甚至连我们参与编辑的报纸也停了刊。

我最后一次在公众场合传播摇滚乐，是在学院的送老生晚会上。当时我背着一把破吉他走到舞台中央，低着脑袋演唱了一首改编自鲍勃·迪伦的民谣，台下小马扎上坐着数百名大一新生，远处角落里围着数十名大三、大四的老生，他们一个个都盯着我，等着我出洋相。我唱到一半，台下开始嗡嗡作响，显然大家不喜欢这首歌，也不喜欢我，他们多么希望我演唱的是乌龙节目表上的那首《同桌的你》。演出结束后的第二天，我在机房观看晚会录像，发现自己在台上傻得不能再傻了，灯光把我的脸照得像失去亲人一般惨白，脸上、腿上的肌肉随着和弦上下抖动，活脱一个胖乞丐在唱民谣。我不忍心再看，走到楼道里默默点燃一支烟，心想这是何苦呢，将来我要是成了伟人，这段录像还不得传疯了啊。

人都是这样，只有站在第三方的角度审视自己，才能发现自己的丑态。就像我长久以来对裕大各方面的抱怨，换个立场，这些都不过是一个偏执狂的成见，我和其他心胸狭隘的小人并没有什么两样，我甚至比他们更可恶，因为我有太多泼妇式的一厢情愿。

在外人眼里，摇滚乐又何尝不是丑陋的音乐呢？我们真的没有必要将全部的快乐都拿出来与他人分享。

我放弃了摇滚乐迷召集者的角色，伴随着无尽的失落，这份失落远远超过当初那个中文系姑娘对我的遗弃。因为在我看来，别人的否定远没有自我质疑来得可怕，当你最引以为傲的东西不能给你带来理解与尊重，也就是孤独到了最深处的时候。我归还朋友的吉他，扔掉床头的摇滚杂志，重新回到图书馆三楼，整整一年都趴在厚厚的书籍上睡觉，等待着这一切最终落幕。

2005年冬，红旗大街一所高校的学生手持棍棒冲出校门，光天化日之下打砸高教市场里的平民超市，蓝色的碎玻璃和白色的运动鞋散落在街边，无一人敢去打扫。2006年秋，红旗大街夜市上发生群殴，十几个设计学院的男生追打一名校外摊贩，板砖泡着鲜血静静地躺在路人的脚下。2007年春，裕大北宿舍一名女生从六楼飞下，原因是保研未果。同一天，科技大学也有一名女生轻生，原因是相恋四年的男友把她玩腻了。2009年夏，音乐学院晚会的舞台上演真实版“王子复仇记”，女演员谢幕时被上台献花的男生一刀刺死。

现实生活远没有摇滚乐真诚，却远比摇滚乐残酷。

大四，是就业的时期，已没有什么课可上，少数与老师关系好的学生获得保送，大多数学生自己制作简历在招聘会上投递。我得到一家广告公司青睐，搬出学校实习，离校前，我招来所有同窗，打开自己收藏的那一箱子打口唱片，说：“要毕业了，没什么送给大家的，大家认识我也就是从这些东西开始的，随便拿吧。”半小时后，箱子空掉，我的青春正式宣告结束。

我最后一次停在舞蹈系练功房后，透过灯火向内望去，女孩子们穿着统一的黑色紧身衣，扎着统一的马尾辫，旋转着，跳跃着，细长的手指划破飘舞的光线，绽放的睫毛挑动流动的琴声，像一群恸哭不止的精灵。离开练功房，我的清澈演变为凌乱，眼前裕大的孩子们，将来都要脱掉学生的行头，去做白领，去做学者，去做官员，去做“资本家”，我们会在各种流水线上学会各种技术、各种规则，只因为我们向往同一种美好的生活。

5. 没有母校的人

昔日的大学同窗，如今从事各行各业，靠祖上关系委身豪门的，回老家做人民教师的，在私企公司做小主管的，开网店搞创业的，时光飞逝，岁月匆匆，男人们开始发福，女人们开始身材走样，有房的结婚，没房的也要结婚，接着为孩子的户口发愁，为事业的出路焦虑，为爱人的不忠愤怒，为亲人的逝世伤神，有些人在股票大盘前手舞足蹈，有些人万念俱灰地站到了天桥边缘。而仅仅在十年前，他们都是那个跟着家人踏进裕大校门的一脸羞涩的孩子。

我一直在思考一个问题，男人如何才算成功？男人们向往妻妾成群、车库并排、随从遍地，追求的是钱，是地位，是名声，那有了钱、有了地位、有了名声以后呢？人生是不是只剩下了吃喝玩乐，或者说人生本来就是吃喝玩乐？当年在一起玩摇滚的美术学院的小哥们儿，毕业后丢掉画板剪掉长发，在高教区支摊卖起女装，不出两年就开了分店，三年后更是买到了曾经梦寐以求的天价限量版电吉他。可他还会弹吗？还有时间弹吗？他会不会摆出一副恶心的样子直接告诉别人，他买这把琴只是为了证明自己有能力买到？中文系的贫困生小高，毕业后选择去遥远的塞北教学，选择塞北，不是因为那里有马奶酒和烤羊肉，而是因为与世隔绝的环境，他期望着坝上的清风能一点点洗去他往日的耻辱与伤痛。五年后，他洗完了，吃胖了，用公积金买到当地一所两室一厅的房子，可他随后跑到北京，告诉我他受够了那个地方，他想去大城市发展，他甘愿为此辞去教师的工作、卖掉新买的房子，只要能走出那片草原。

2010年，我在通州区遇到两个20世纪80年代末出生的男孩子，其中一人是我同学所在公司的少东家，也是他的直属上司。这些人在我的住处冲我显摆他们的奥迪车、显摆他们的漂亮女友、显摆他们能够熟练地演唱台湾流行歌曲，熟练地偷取QQ农场的蔬菜，但他们不知道姜文是谁，更别提梁实秋、黑泽明、巴菲特、史蒂芬·霍金、米兰·昆德拉这些浮云般的名讳，他们生活得很幸福，他们会这样幸福地生活三十年，直到大厦崩塌。

2011年，我回到裕大，那里已盘给了其他学校，图书馆、文学院的牌子都没了，传播学院看起来也更加陈旧。我们当年入住的宿舍区，被区政府收回后变成了鬼城，门窗生锈，灯柱破裂，杂草丛生，纸屑遍地。长长的树荫下，只有我一个人慢慢地走着，我努力回想着这里曾有过的无数年轻而嘈杂的灵魂，却不过是一段与这里相似的凋零殆尽的往事。回京的火车上，我对朋友说："北大、清华的学生到六十岁还能拥有母校和青春印象，裕大的一部分孩子不再有了。"事实上，我的小学校园、中学校园也都不存在了，我和这个时代众多城乡结合部的孩子一样，正式成为"没有母校的人"。

2012年，我破例第一次参加裕大老同学的聚会，也最后一次失望，在场所有的人均不再是当年的模样。讽刺的是，他们也指责我变了，说我变得世故、变得冷漠、变得虚伪。我告诉他们，我真实过，只是他们忘了。那天的酒刚喝到一半，我就提前离开了酒店，独自一人去逛后海。前井胡同的尽头，我邂逅一双黄绿相间的袜子，我盯了它很久很久，离开时又情不自禁地哭了，它如此眼熟，我竟想不起谁曾经穿过，是男生还是女生，是我曾经爱过的人吗？他们穿着这双鲜艳的袜子在风中游走，像团燃烧殆尽的火焰。

2013年的平安夜，我终于梦到了那个中文系姑娘。她远远地站在舞蹈系练功房后等我，依旧那么年轻，依旧那么漂亮，我笑着走过去，告诉她我愿意做她的朋友，她也笑起来，问我将来有什么打算。我说我要去北京，她问为什么，我说也许那里有特别的东西，我会在那里租房，在那里工作，甚至爱上那里的一个姑娘，我还会忘了她，忘了裕大，忘了自己来自什么地方，因为缘分是有尽头的。

人们在纵横交错的电流与数字生活中重新找到了生存的方向，一切，又回归平实、平庸与平淡。

VOL. 10

10.

轻舔刀头恨，

有鬼夜杀人

人固有一死，或断气于床，或扑街于市，或扑街于市又断气于床。

人都怕死，所以非自愿的死大多被以讹传讹，惊吓乡里。村干事好赌，媳妇气得上吊，舌头吐得老长，干事不敢归宿。半年后，胆大的村会计陪他回屋睡，半夜，会计被房梁嘎吱声惊醒，月光中看到一对小脚从自己盖的被单上踩过。小时候这样的故事很多，女人一旦带着怨气走了，就拼命纠缠，中国人对女鬼的恐惧远远超过男鬼，足见中国男人之心虚。

大约七岁那年，乡里的信用合作社发生一场凶杀案。一名歹徒夜间越墙，捅熟睡的女值班员十刀后遁入金库，女值班员泡在鲜血里爬行十米拍门，保安老栓持猎枪而出，黑暗中倚库门而立，片刻，门响，老栓扣响怒火，门内应声而死。事后县里一堆领导送女值班员下葬，奖励其家属数万元，老栓却不敢拿钱，这是他平生第一次杀人，杀的还是同村的乡亲，郁郁寡欢了很多年。老栓的儿子是我初中同学，又高又帅，金城武一般，我问道："你们家的枪呢？""金城武"道："哎呀，俺爹不叫说这事。"

穷村出乱民，二十年前的故乡是标准的中国蛮乡，肢体冲突层出不穷，为遗产、房产、田产等拼得你死我活。邻村两家男人争夺几平方米的土地，双方出动了十几个人，其中一人被刀捅在大腿上，伤及主动脉，血溅半丈，不消一个时辰口干而死。中国传统文化里，死者为大，但官司没打完，那口气还没出，活人就不让死人安息，死者被家属放在新宅空屋里一年多，日晒风吹，变成了干尸，最后被用手举着入了殓。

因为修了水库、火电厂和自来水厂，水脉尽断，乡里女人只剩下两种自杀方式：上吊和喝敌敌畏。敌敌畏本是一种默默无闻、无欲无求的农药，却因为带走了太多冤魂，在中国出了几十年的名。人死之后，只有丑态，即便是女人，青脸、瞪眼、吐舌头，或因喝了敌敌畏，脸紫黑得像茄子一样，根本谈不上香消玉殒。

幼时最为人津津乐道的是乡里的爆炸案，一男子被媳妇娘家人逼着离婚，便用化肥制了袋炸药，夜间放在老丈人家房子墙后。丈母娘半夜梦见死去多年的大女儿，大女儿站在床前，扯下被子让她快走，醒来，发现被子掉在地上，捡起来再睡，大女儿又站在床前，扯下被子叫她快走。她怒了，与大女儿争吵，叫道：“死丫头片子，快点儿走吧，这么多年了你也不让家里消停。”醒来，越想越气，端起大女儿生前用过的镜子，疾步走到外面院子里摔碎，镜子落地，轰隆一声，背后的房子塌了半边。

当然，在当年爆炸案频繁发生的中原，这不过是一道微不足道的烟火，疯子们专找人多的职工单元房下手，无辜的中国人在睡梦中上了天。我一直不喜欢楼房，除了严重的“有院才算家”的乡下人情结，安全是重要因素。一来我怕地震，我亦亲历过地震，裤子都没穿，就号召全宿舍的人跑到院子里。二来现在的商品房基本都偷工减料，不堪重击，别说地震，一袋化肥扔上去都能让它倒下。三来我国三十年来重理轻文，有太多人掌握了化肥会挥发之术，他们的媳妇跟别人跑了，去买化肥；工作被人挤掉了，去买化肥；官司打输了，去买化肥；他们恨二楼，五楼的人也得吃化肥。

长大后，故乡变得文明起来，这一点着实要感谢党的政策。不用去外地打工的农民一旦有了钱，便不再轻易为小事争执，刑事案件越来越少，用他们的话说，打不起啊，自己被打了，住院，疼；打了别人，被讹钱，更疼。有钱后的女人们也渐渐有了心胸，丈夫外面有了人，她就闹离婚，到时候房产、钱拿走一半，足够自己活。一家老小遭了欺负和挤对，实在憋不住气，就打官司，官司打不赢，就卖掉房产举家搬到城里住。

天上星多月不明，城里钱多乱了情，乡下渐至和谐，十里外的城里却开始惶惶不可终日，尤其是牛城东郊工业区。绵延十几里的工业区，是亚洲最大的木板材基地，养活了方圆百里的农民和不知从哪儿冒出来的南方打工者，天南海北辍学的年轻人来这里吃饭、留宿、打工，这种地方，一度是牛城最混乱的地方，几乎每年都要死人。

工业区最多的人命案子，是车祸。王家镇南107国道的十字路口因为没有设交通岗，夺走几十条人命。逢暮色降临，超载大车呼啸而过，撞飞骑车子从板材厂下班的妇女后加速溜走。肇事者无踪迹，交通局也只能备案。死者家人普遍采取一种做法，由村支书带头，十几个人抬着棺材放在路边，挨个儿拦车要钱，司机摇开窗，支书递上一支烟，说："你看，这家里很困难，老人在，孩子还上学。”司机给五十，不行；一百，放行。几天时间，要够十万八万，交警现身，告之收手。

十年前，这个杀人路口终于恶至极端，女老师带着二十个小学生排队从路边走过，急转弯的货车逼来，牛顿在车上推下成堆钢条，瞬间埋死七个孩子，女老师奋力推开几个娃娃后自己被钢条砸死，这就是牛城“11 · 9”特大交通事故。事后，愤怒的民众怒不可遏，齐聚国道旁谴责，最后当地政府赔偿了死伤者一些钱，并授予女教师英雄称号。

我娘和工友们在工业区上了十五年班，她说，大家再也不从那个路口过，不是害怕车辆，是害怕黑暗，那个地方的路灯修了多次，从来就没好过，疾风划过昏黄的灯罩，发出嘤嘤的哭声。

工业区最著名的一次杀人事件，死者是北和县一个十几岁的孩子，因讨薪，被厂长带人乱棍打死。厂长是当地一霸，有钱有后台，此案当年不了了之。死者的村子里有位在京中央大员，回乡探亲，被拦轿喊冤，大员下车，含泪扶起痛哭的乡亲，道：“咱们乡里乡亲的，跟我说一声就行了，干吗弄这个动静？”大员让秘书拨通当地官员的电话，官员魂飞魄散，当月即斩恶霸厂长，并发动所有电视台、报纸头版头条报道此事，以告天威。

作为一个80后，我对故乡的感情一直很复杂。一方面，我讨厌旧时代的乡土。俗语云：“人穷志短。”穷了几辈子的人，早已穷断好心肠，老老少少不过为口饭活着，没什么精神文明可言。生活里飘荡着的，是不可救药的小农意识、荒诞可笑的封建迷信、层出不穷的肢体暴力和凌乱不堪的偷情滥情；另一方面，我又为工业时代的牛城唏嘘不已，工业化让牛城郊区几个县市的农民富了起来，富起来的农民也开始学着像城里人那样文明起来，但这种“速成式”文明的背后，是干涸的河流、污浊的空气、荒芜的田野和一些劣迹斑斑的灵魂。

我上初中那年，村子里住进一位姓郭的叔叔，此人生于牛城东面十里处的东县，自幼失去双亲，以心狠手辣闻名，曾因刑事案件蹲过几年的大牢。出狱后，老家不宜居住，他带着媳妇和孩子迁至我们村居住。我记得这个叔叔的样子，他长我十五六岁，枯瘦，鬈发，经常穿着军大衣在冬日的夜晚游走，像一匹暗藏杀气的狼。他的事迹众说纷纭，有人说他在东县挑过一个流氓的脚筋，有人说他在一次越狱后将手铐挂在公安局的大门上示威，还有人说他在庙会上被几个仇家用绳子拴在拖拉机后面游街，但人们谈论最多的，还是他在赌桌上的能耐。

那时第一批在城乡工业区富起来的商家，大多并没什么文化，闲暇时的娱乐不外乎喝酒、赌博、嫖娼，这给许多社会闲散人员提供了敛财的机会。郭叔叔就是其中的行家，他天赋异禀，精通十几门千术[1]，终年流连于赌场各处，专门骗取赌客们的钱财和他们的女人，据说他先后有过三个老婆，其中两个是赌桌上赢来的。

我上高中那年，这位郭叔叔的事业达到顶峰，巧取豪夺得来的钱财据说已逾百万，但同时伴随他的，是警察的追捕与仇家的“骚扰”，他不得不草草遣散老婆和孩子，一声不响地离开住处，再次开始流浪生涯。两年后，村长接到城里警察打来的电话，要他前去指认郭叔叔的尸体。这家伙在除夕的晚上突然出现在工业区附近的国道上，与埋伏在此的几个仇家持刀决斗，最后在闪烁的警灯前捂着肚子一个跟头摔倒在地上。

郭叔叔的一生，浓缩了灰暗人性的精华，也成就了城乡流氓的绝唱。他不是什么枭雄，他只是新旧时代交替中滋生的一朵畸形的“奇葩”，用我大伯的话说：“这样的人，即使发了财，也不会长久，别人不杀他，天也会杀他。”在某种意义上，郭叔叔的死也代表了一种旧文化的落幕，随着新政策、新市场、新人群的崛起，早年混乱的工业区如今早已不复存在，木板材基地渐

① 千术，指赌博老千们在赌桌上坑蒙拐骗的技术。

渐凋零，取而代之的，是各种高新科技厂区与呼啸而过的高铁，人们在纵横交错的电流与数字生活中重新找到了生存的方向，一切，又回归平实、平庸与平淡。

墙缝，女人，大腿，

我此生再找不出比这更优美的修辞手法了。

VOL. 11

11.

恶霸，风尘，

烟花镇

1992年，五里外邻村里一个大哥在黑塔镇开舞厅赚了钱，回家盖大房子。乡亲们下地归来，路过工地，指着铁架子说："看，那就是他开舞厅挣来的房子，墙缝里不知藏着多少女人的大腿。"墙缝，女人，大腿，我此生再找不出比这更优美的修辞手法了。

1994年，我学会了骑单车，与小伙伴们迎风百里赶到位于沙城西部的黑塔镇，一帮快到青春期的土小子，只是观光罢了，身上带的钞票连顿炒饼都吃不起。我指挥大家下车，向一处街道走去。黑塔镇的小街并不长，却越来越窄，两边门脸儿十分拥挤，牌匾中都带着"舞厅"俩字，终于，一个又一个，再无新意。这地方比我想象中脏乱许多，电线纵横交错，枯藤爬满青灰色的墙壁，穿着超短裙的女人们站在台阶上，或抽烟，或嗑瓜子，与她们头顶上的霓虹灯一样无精打采。我逐个与她们对视，她们翻白眼骂道："小屁孩儿，看什么看，滚蛋！"

早年沙城最穷的地方就是西部，西部人也因此饱受东部人歧视，东部人讥讽西部人为"山咯筋"，意思是"山里长大的语调可笑的土鳖"。沙城最先富起来的地方也是西部。山民打井，挖出了闪亮的石头，接着大大小小的私人矿厂齐刷刷地冒出来，其整体规模与产量甚至接近了国营矿厂。矿石造就了沙城的新格局，自古远离官府又有银两的地方便是帮会的温床，流氓地痞如雨后春笋般在沙城西部出现，他们操着棍棒、砍刀大肆合并私矿，纷纷暴富。富起来的地痞，买通基层官员，培养青壮年打手，在山冈上建起高高的别墅，他们也出资为当地铺路架桥，不过是为了开出自家百万元级别的大奔驰。

讽刺的是，平原人依旧在讲"山咯筋"的笑话，大家放下锄头，坐在地垄沟沿上，聊起黑塔镇最知名的两个黑老大。头一个是龟王，龟王出身于山沟穷苦人家，是个其貌不扬的小胖子，发迹后，置五处高楼，从山顶望去，形似王八，故得名"龟王"。第二个是龟王的徒弟，当过兵，好军事，跟着师傅成名，龟徒宅院刷成迷彩色，墙头架铁丝网，屋顶装二手军用雷达，号称能侦测到十公里内飞行着的导弹。

龟王师徒本是狱中相识的罪犯，龟王出狱后拉帮结派，攻取了黑塔镇一座山头，收五处矿厂。龟徒出狱后，借师傅之威攻取了另一座山头，收四处矿厂。龟徒年轻，过于猖狂，炫富杀人，惹到官场人物，龟王出面讲和，龟徒再犯，龟王怒而弃之，曰："匹夫不识官威，必遭殃祸。"后师徒双方争地盘火并，死伤数十人，龟王军师遭绑架撕票，龟徒心腹被乱刀斩杀，他们各自给爱将筑起青石大坟，清明时节焚钞号丧。

除了帮会，矿石给黑塔镇带来的还有南蛮子和"小姐"。南蛮子是当地对南方打工者的蔑称，其多为目不识丁的赤贫农民或亡命徒，个子矮，脚板大，本地人不敢下的深井，南蛮子抽口烟就敢下，当然薪水也最高。南蛮子的高薪，不汇给家人，不存信用合作社，统统掷于酒色。在这帮人眼里，黑塔镇周围的山冈就是他们人生的巅峰，巅峰处，再无须韬光养晦。南蛮子饮下烈酒，唱完《爱拼才会赢》，搂着"小姐"走进房间，次日也许就被井内的石头砸死，被石缝中的瓦斯毒死，被仇家的铁锹敲死，尸体被拖到山沟隐蔽处架把野火烧掉，为那一带夜空增添一抹妖娆的红色。

与老百姓嘴边的笑话不同，黑塔镇是前沙城官员眼中的明星镇，因为它贡献了巨额税金，带动了西部十几个乡镇的发展。得意忘形的官员们规划融资，在沙城市中心建起十七层楼的夏风大酒店。十七层楼的夏风大酒店，也是个笑话，据说设计师的初衷是十八层，领导后知后觉，称十八层是地狱，强行减掉了一层。

故乡在很多年里流传着一句话："沙城市是靠娼妓业发展起来的。"言下之意，夏风大酒店的墙缝里也藏有无数女人的大腿。那些年，沙城民间充斥着大腿，几乎每个从西部回来的人都怀揣香艳段子。我有个叔叔，常年在沙城市西部村落行医，他的诊所大晚上被一个满脸是血的女子叩开，正是夏风大酒店的"小姐"，外商包了她，她却触犯行规，私下多接了几个单子，于是在巷道中被人用刀片划花了脸蛋。叔叔边缝针边问原委，"小姐"咬牙陈述，一声未哭。我问叔叔："后来呢？"叔叔说："后来？这种人只能回老家了呗，脸毁了，也得罪了人，还在沙城混个屁！你小屁孩儿问这些干啥？滚！"

1996年，我认识了一个初中同学的邻居，一个美丽的短发姐姐，皮肤白皙，双眼非常大，语气温婉，每次去同学家玩，都见她蹲在院子里与一帮萝莉玩石子游戏。同学说："她在黑塔镇当"小姐"，家里穷，初中没毕业就跟着别人去赚钱，听说在那边很红。她爹中风半瘫，所以要时常回家来帮忙。"同学接着告诉我，短发姐姐曾对他妈妈吐露过想改行的心声，她说："婶子，我不想去黑塔镇了，您帮我在咱们这边找个对象吧，我想成家。"

1997年，短发姐姐嫁到我们村，丈夫是我小学同学的哥哥。大婚时，娘家亲戚一个没来，陪她出嫁的只有母亲和弟弟，母亲在车上哭了一路，不知是喜是悲。

1998年，民间风言风语：一名“小姐”衣衫不整地从夏风大酒店的高楼上飞下来摔死了，沙城市千人围观。那是个多事的年头，政府为维持社会秩序，展开一轮又一轮的严打。黑塔镇龟徒因频繁吞并地盘伤人，引起市公安局注意，沙城矿区的黑恶势力成为重点清剿对象。一时间，贪腐走动，土豪乱窜，连住在夏风大酒店的外商都惶惶不可终日。当时我在沙城读私立中学，同学向我炫耀龟王的名片，名片上赫然印着“公安理事会理事”几个字，这个搞笑的头衔并没有保住龟王，他“跑路”期间翻落桥下，被冲上来的干警团团摁住。龟王脸贴泥泞，喊出一大串沙城高干的名字，并威胁在场的每一名警员，警官急了，猛击他脸部，直到他满口血沫讲不出话。

龟王因“恐吓”“绑架”“伤人”“杀人”“行贿”“非法经营”等罪名被判了死刑，四肢戴上镣铐，脖颈插好木牌，在武警陪伴下游遍黑塔镇和沙城市，最后，在白马桥刑场，半自动步枪鸣响，龟王流着哈喇子倒在尸坑里。

黑塔镇龟徒的人生远比其师傅干脆，躲在自家雷达后面，一面朝天开枪，一面高喊：“哪个过铁丝网，就让哪个上西天！”派出所老所长看了一会儿，挥手让手下把他送上了西天。

2001年，老同学告诉我，沙城更换高层，迎来省里指派的新领导班子。新班子新铁腕，一年内就将沙城西部的小黑矿关完、炸完了，同时查封了黑塔镇所有的舞厅，驱逐了上万个非法务工的南蛮子。从此，那里傍晚再无霓虹灯，夜幕再无青烟。

2009年，还是那个老同学，邀我参加他的婚礼，他是黑塔镇人，而黑塔镇再不是我当年见到的模样。我一个人站在路口许久，找不出当年走过的街道，到处是青纱覆盖的高楼和散发传单的业务人员，黑塔镇，已是开发商的天下。

黑塔镇富人的婚礼延续了臭显摆的传统，车队逛完山冈，还要远赴沙城市就餐。在新郎提醒下，我认出了夏风大酒店，它被周围的楼群淹没了，一副落伍、委屈模样，他说夏风如今被盘给私人做写字楼了，里面没几家公司。新郎越聊越起劲，放弃普通话而改用沙城话，说：“你家那边划归牛城开发区了，是不是咱们以后就不算老乡了？”我说：“谁跟你是老乡？老子本来就是牛城人，你就是个山咯筋。”他说：“我×！”

苇子在艳阳下飘舞，时而青绿，时而金黄，

淹没了姑娘的身躯，像一场温暖的梦。

VOL. 12

12.

永花和小楼

王门楼对我说，他小时候最讨厌的就是食堂，不到点不开饭，吃个半饱，桶底就干了。他和弟弟王门栓一顿能吃八个窝头，生产队队长老埋怨这个，爹娘骂哥儿俩，骂在嘴里疼在心里，哥儿俩好委屈，社会主义大食堂，又没规定吃多少。

王门楼带着脏娃们去村头河里找食，河里大鱼不多，王门楼不喜欢抓鱼，他说这条河淹死过秀才的老婆，那个女人是大着肚子跳的河，河里的鱼都是她的孩子变的，它们长得像娃娃，会在打雷天突然蹦出水面，甩动胡须，吱吱地响。王门楼教大家捞虾，用泥巴堆出一条小坝，等水位下降后，光着脚踩进泥里，很多虾米在泥里蹦，还有泥鳅和螃蟹，洗净，放进铁锅，撒上盐煮。当然这些事情只能偷着做，大人们反对孩子下河找食，他们说：“捞鱼摸虾，饿死全家。”

喝完虾汤，王门楼和脏娃们摸着肚子回到村子，生产队队长家的二小子捧着一大碗鸡蛋面坐在石墩子上吃，脏娃们围住他，二小子大喊：“俺爹出来了！”脏娃们赶紧跑了。

三里外的河沿上，张永花和大姐在割草，大姐停下镰刀放低身子，河堤上走来两个大人，各自挑着扁担，嘴里骂着干部。张永花那年十岁，吓得浑身哆嗦，大姐死死摁着她，等大人走远。大姐说：“跑！”张永花起身，插上镰刀，跑了，苇子在艳阳下飘舞，时而青绿，时而金黄，淹没了姑娘的身躯，像一场可怕的梦。张永花哭起来，喊：“大姐，大姐，草掉了。”大姐瞪着眼说：“死丫头片子，你不要命啦！”张永花不敢吭声了，继续哭着鼻子跑。

后来，张瘸子家的女儿们去外村割草，也不再有人告发，生产队只是不允许割自己村的野草。那年头，割草的女孩子真多啊，湖村家家院子里都有草山和铡刀，切成草料，卖给十里外的农场，贴补家用。

张永花摔进河里，草筐子在河塘里滑行。王门楼喊：“湖村的人掉河啦！湖村的人掉河啦！”张永花奋力往岸上走，嘴里喊：“大姐！大姐！”王门楼和脏娃们跑到河边，发现河里是个女孩子，大笑，王门楼喊：“给她看把儿！给她看把儿！”呼啦啦一堆裤子脱下来，冲着张永花摇晃，张永花又羞又恼，捂脸不敢上岸。大姐喊："小花！小花！"王门楼穿起裤子说："走，走。"脏娃们提起裤子跑了，大姐冲过来，抓起泥块扔过去喊："狗日的坏小子！狗日的坏小子！"

二更天，张瘸子关上窗，点上油灯，穿过院子，叫醒偏房的孩子们。孩子们照旧精神起来，飞快地穿上衣服和鞋子，排队跟着张瘸子走到正房。大儿子挪开水缸，掀开地窖板子，地窖里有麦子，是张瘸子和儿子们在自留地里一粒一粒种出来的，每到月初和十五，全家人窝在下面煮麦片粥喝。四女儿说："爹，我刚才看见下面一袋麦子发芽了。"张瘸子说："地窖潮，赶明儿没人的时候我拿到场上晒晒，磨了面，跟高粱面和一起，还能做杂面饼子吃。"

喝完虾汤，王门楼摸着肚子和脏娃们坐在娘娘庙后面乘凉，对面沙坑里传出厮打声和哭骂声，一个脏娃跑过来说："小楼，快去，二小子打你家门栓呢。"王门楼起身跑进坑里，门栓被打得鼻涕一把泪一把。王门楼气炸了肺，大喝一声："啊——！"飞起一脚将二小子踢翻，接着骑上去捶打，二小子也被打得鼻涕一把泪一把，王门楼想起六月初五的鸡蛋面，拳头越来越狠。脏娃们说："别打了，别打了，没气了。"王门楼停手，二小子昏死在沙土上，门栓擦干眼泪说："哥，你跑吧。"

王门楼一口气跑出几里地，躺在苇子丛中喘气，张永花背着筐站在他面前说：“你上俺村捞鱼来啦？”王门楼说：“我刚才打死人了。”张永花赶紧跑了。

张永花抱着小妹妹坐在街门边，二哥红着眼睛撇着嘴推车走过来，张永花拍着睡着的妹妹说：“哥你回来啦？煤呢？”二哥不吭声，进了家门。张瘸子站在院里大骂：“兔崽子，叫你拿麻去换煤，煤呢？你是不是把麻掉大沙河里啦？还是把麻换成钱花了？说，不说今儿打死你个兔崽子！”全家人都出来了，乱了套，二哥捂着脸哭着说：“煤就放在后座上，没捆结实，掉了下来，让赵村的人捡走了，他们好几个人，跑得快，我没追上。”

张瘸子叫齐全族老少，在公社书记的带领下，提着一面大锣浩浩荡荡地走进赵村。张瘸子敲着锣喊：“赵村的社员们都出来，都出来，你们谁拿了我们家的煤我知道，你们交出来，咱还是爷们儿，不交出来，我就告到乡里去，告到县里去，告你们搞破坏，告得你们没饭吃。”公社书记接茬儿喊：“赵村的书记出来，给大伙儿个交代，赵村的书记出来，给大伙儿个交代。”赵村的人只要不是书记的都出来了，站在街旁一言不发，张瘸子继续敲锣喊叫。王门楼站在远处看热闹，看够了，挤过人群，走到张永花后面，用手捅她说：“割草的，割草的。”张永花白他一眼说：“滚。”王门楼说：“我知道谁拾了你们家的煤。”张永花说：“滚。”

王门楼看着张永花，说：“割草的，说会儿话呗。”张永花边割草边说：“有啥说的？”王门楼说：“你割俺们村的草，我就不能和你说个话呀？”张永花说：“那咋了？你们村的人懒，不割，还不让俺割？”王门楼说：“你除了割草还干啥？”张永花说：“多着嘞，你以为都像你啊，你除了捞鱼还会干个啥？你们赵村的人就是懒。”

日头越来越毒，夏蝉成片成片地叫，张永花用脚踩了踩筐子，坐下来休息。王门楼从口袋里摸出糖，说：“给你吃吧，糖。”张永花说：“哪儿弄的？”王门楼说：“在供销社偷的。”张永花把糖放嘴里含了一会儿，说：“你吃晌午饭了吗？”王门楼说：“没吃。”张永花拿出杂面饼说：“你吃不吃？”王门楼哪里见过杂面饼，两眼放光地说：“吃。”张永花说：“你去河里给我抓条鱼，就给你吃。”王门楼脱掉裤子、褂子走进河里，摸了半天，说：“鱼这会儿都睡觉呢，咱们找虾米中不？”张永花背好筐，抓起河边的裤子、褂子扔到树上，伸着脑袋喊：“捞你的吧！”插上镰刀，跑了。王门楼从河里走出来，蹭破皮肉上树，取下衣服，哭着鼻子喊：“你给我回来！你给我回来！”

地震来了，天上卷着黑风，地下响着闷雷，河水打着滚往上冒，油灯盏和自行车摔在地上，食堂里的刀叮当乱响，带着裂缝的墙也终于裂开，砸中了生产队队长家的二小子，他这次是真的死了。

王门楼十七岁时，一口气跑出几里地，站在河堤上喊："张永花！张永花！"张永花从苇子地里跑出来，噘着嘴说："咋了？瞎喊叫啥呀瞎喊叫！"王门楼说："我要去城里当工人了，村里就三个指标，俺家是烈属，所以我就选上了。"张永花说："那有啥呀，我过段日子也要去修水库，修好几年嘞，红色水库，成分不比你低。"王门楼说："等你回来咱俩好吧。"张永花说："再说吧，二姐喊我呢，我得走了。"王门楼说："嗯，那你走吧。"张永花白他一眼，拍拍衣角，插上镰刀，跑了。苇子在艳阳下飘舞，时而青绿，时而金黄，淹没了姑娘的身躯，像一场温暖的梦。

——送给我的母亲张永花和父亲王门楼，祝老两口儿结婚三十五周年快乐。

（全书完）

图书在版编目（CIP）数据

你的孤独，比这个世界更动人 / 王云超著. — 长沙：
湖南文艺出版社，2015.2
ISBN 978-7-5404-7062-3

Ⅰ. ①你… Ⅱ. ①王… Ⅲ. ①短篇小说－小说集－
中国－当代 Ⅳ. ①I247.7

中国版本图书馆CIP数据核字（2014）第311224号

©中南博集天卷文化传媒有限公司。本书版权受法律保护。未经权利人许可，任何人不得以任何方式使用本书包括正文、插图、封面、版式等任何部分内容，违者将受到法律制裁。

上架建议：小说 · 情感励志

你的孤独，比这个世界更动人

作　　者：王云超
出 版 人：刘清华
责任编辑：薛　健　刘诗哲
监　　制：陈　江　毛闽峰
策划编辑：郑中莉
文案编辑：张红丽
营销编辑：张　璐
摄　　影：顾　均
封面设计：棱角视觉
版式设计：张丽娜
出版发行：湖南文艺出版社
（长沙市雨花区东二环一段508号　邮编：410014）
网　　址：www.hnwy.net
印　　刷：北京鹏润伟业印刷有限公司
经　　销：新华书店
开　　本：880mm × 1270mm　1/32
字　　数：266千字
印　　张：11.5
版　　次：2015年2月第1版
印　　次：2015年2月第1次印刷
书　　号：ISBN 978-7-5404-7062-3
定　　价：36.00元
（若有质量问题，请致电质量监督电话：010-84409925）